图片为本书作者柯兆龙从健康到病灾再到康复的画面

2014年5月打高尔夫球

2015年3月11日在加拿大黄刀市晕倒被救

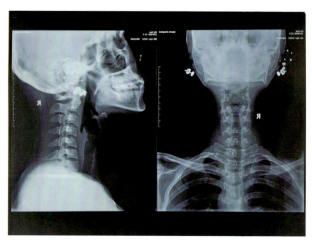

2015年4月1日全身瘫痪当天的CT片

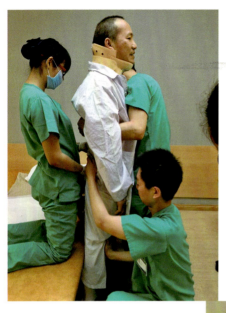

2015年4月在中国北京普华医院康复中心全身瘫痪后第一次站起来

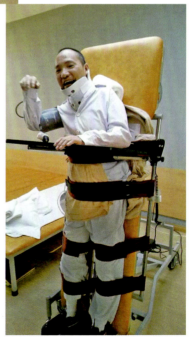

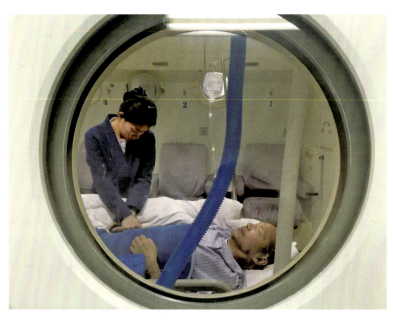

2015年4月在北京天坛普华医院高压氧舱接受治疗

2015年5月5日回温哥华
后每天被吊来吊去

2015年5月在温哥华总
医院康复中心接受康复训练

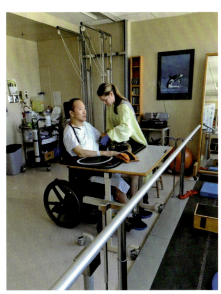

2015年6月瘫痪后第一次
给太太写生日贺卡

2015年7月在温哥华
思强康复中心全身瘫痪后
第一次自己吃饭

2015年8月太太在思强康
复中心外晚餐后陪我散心

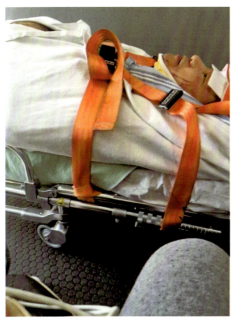

2015年8月下旬从思强康复中心回家仅3小时又被紧急送医院

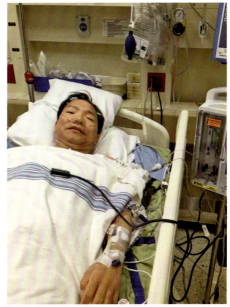

2016年4月23日在温哥华总医院全胃切除后第一天正在输入营养液

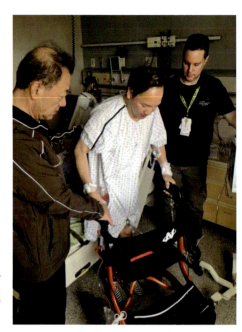

2016年4月23日全
胃切除手术后第一天上
午下床练习走路

2017年6月训练双棒走路

2017年6月与癌症手术医生汉密尔顿（Dr.Trevor Hamilton）合影

2017年7月康复训练

2017年7月在家康复训练　　　　2018年4月拐杖走路训练

2018年6月参加柯玲毕业典礼

2018年12月和太
太一起包馄饨

2019年3月与康
复医生里比（Dr.Rajiv
Reebye）合影

2019年4月草地上
练习徒手走路

2019年4月与中医师
李永洲及其儿子合影

2019年5月半球上训练平衡

2019年5月跑步机上训练走路速度

2019年5月垫子上训练平衡

2019年5月走楼梯训练

2019年11月独立开车

2019年11月使用
筷子吃食物

2019年11月训练手腕力量

2019年11月用两个手指写康复书

（加）柯兆龙 著

扼住命运的咽喉

——我是如何战胜全身瘫痪和癌症的

SPM 南方出版传媒 广东人民出版社
·广州·

图书在版编目（CIP）数据

扼住命运的咽喉——我是如何战胜全身瘫痪和癌症的 /
（加）柯兆龙 著. —广州：广东人民出版社，2020.8
ISBN 978-7-218-14412-2

Ⅰ.①扼… Ⅱ.①柯… Ⅲ.①纪实文学－加拿大－现代
Ⅳ.① I711.55

中国版本图书馆 CIP 数据核字 (2020) 第 141594 号

E' ZHU MINGYUN DE YANHOU——WO SHI RUHE ZHANSHENG QUANSHEN TANHUAN HE AIZHENG DE

扼住命运的咽喉——我是如何战胜全身瘫痪和癌症的

柯兆龙 著

出 版 人：肖风华

责任编辑：汪 泉
文字编辑：刘飞桐
封面设计：书窗设计
责任技编：吴彦斌

出版发行：广东人民出版社
地　　址：广东省广州市海珠区新港西路204号2号楼（邮政编码：510300）
电　　话：（020）85716809（总编室）
传　　真：（020）85716872
网　　址：http://www.gdpph.com
印　　刷：广州市岭美文化科技有限公司
开　　本：889毫米×1230毫米　1/32
印　　张：9.625　　插 页：16　　字 数：200千
版　　次：2020年8月第1版
印　　次：2020年8月第1次印刷
定　　价：56.00元

如发现印装质量问题，影响阅读，请与出版社（020-85716808）联系调换。
售书热线：（020）85716826

我要扼住命运的咽喉。它妄想使我屈服，这绝对办不到。

——贝多芬

目录

1 第一章　挣脱死亡

    1. 喜极生悲   ·1

    2. 在寂静的清晨呼喊救命   ·9

    3. 生还的希望熄灭了   ·17

    4. 房门被撬开了   ·27

35 第二章　医学专家的"死刑"判决

    5. 手术进行了4个小时   ·35

    6. 我将永远瘫痪吗?   ·42

    7. 我为什么总是喘不过气来?   ·52

    8. 我站立起来了   ·55

    9. 返回加拿大   ·61

74 第三章　和病魔拼刺刀

    10. 我居然能自己小便了   ·74

    11. 我像货物一样被吊来吊去   ·78

12. 全身被刺入七十多根金针　　　· 83

13. 妻子为我泡脚　　　· 87

14. 我的手臂会死去吗?　　　· 91

15. 小便功能突然丧失　　　· 95

16. 严重失眠怎么办?　　　· 101

17. 我能自己吃饭了　　　· 104

18. 我为妻子写贺卡　　　· 108

19. 我迈开了里程碑式的第一步　　　· 112

20. 进入游泳池训练　　　· 115

121／ 第四章　康复初见曙光

21. 回家3小时后救护车又来了　　　· 121

22. 我的平衡感还能恢复吗?　　　· 125

23. 调整心态很重要　　　· 129

24. 第一次走到外面世界　　　· 134

138／ 第五章　天哪，我居然得了癌症?

25. 我提出"荒唐"的要求　　　· 138

26. 我的胃里发现了癌细胞　　　· 140

27. 医生秘书终于来电话了　　　· 143

28. 我的胃要全部切除?　　　· 148

29. 患上癌症怎么办　　　· 156

30. 焦灼等待中的插曲　　　　　·161

31. 两国医生的一致结论　　　　·163

171　**第六章　完胜癌症历险记**

32. 我遭到亲友"围攻"　　　　·171

33. 我同开刀医生再次见面　　　·176

34. 我的胃没有了　　　　　　　·179

35. 医生竟让我吃牛肉　　　　　·184

36. 我想自杀　　　　　　　　　·189

37. 重上战场　　　　　　　　　·204

38. 癌症逃跑了　　　　　　　　·211

218　**第七章　魔鬼般的训练得到了奇迹般的回报**

39. 康复医生祝贺我　　　　　　·218

40. 我第一次靠自己穿衣服　　　·223

41. 遭遇江湖郎中　　　　　　　·227

42. 第一次靠自己站起来了　　　·233

43. 重新开车奔驰在大街小巷　　·236

44. 走路参加女儿的毕业典礼　　·245

45. 能自己洗澡了　　　　　　　·249

46. 两个手指敲出长篇小说　　　·254

47. 我"欺骗"了太太　　　　　·258

48. 辞退优秀护工   · 266

49. 意念的神奇作用   · 272

50. 康复成果   · 274

279 / 第 | 八 | 章 | **我的使命**

51. 我至今无法原谅自己   · 279

52. 我坚决支持你   · 284

结束语   · 289

291 / 后 记

第｜一｜章｜ 挣脱死亡

1. 喜极生悲

2015年3月8日，加拿大，西北地区，离北极圈仅有400公里的黄刀市。

我和妻子海伦及大女儿柯雪，来此观看迷人的北极光。这也是我开始兑现一年多前，在我们夫妇银婚庆典上对太太的承诺的第一步：在金婚来临之前，我们的足迹将遍布世界100个名胜古迹。

遗憾的是，我们到达黄刀市后，连续两晚，北极光都没有出现。

10日晚上是这次旅游的最后一个夜晚，在从酒店到当地旅行社营地的路上，大家坐在旅游大巴上，开始祈祷今夜能够观赏到北极光。20分钟后，车子到达营地，可惜，北极光还是没有如愿出现。面对近零下40度的酷寒，大部分人在野外待了10分钟后，都冻得受不了，于是，怀着既失望又期待的心情，颇为不甘地躲进了小木屋取暖，继续等候着

1

北极光的出现。

为了暖和身子，我给太太和大女儿各端了一碗热乎乎的浓汤，自己也端了一碗喝起来。我刚喝了两口，突然觉得胃胀得连一粒芝麻都吃不下，并有一阵强烈的恶心感，于是赶紧将碗搁在桌上。静默1分钟后，我感觉好多了，就又继续喝汤。

为了看到北极光，大家好几次进出小木屋，每次所见的都令人失望。此时，已是翌日凌晨1点了，按计划，所有人2点必须返回各自入住的酒店，然后各奔东西，若是到那之前，极光都没有出现，那我们就没有机会看见了。就在大家不抱希望、带着极度的遗憾准备离开的时候，忽然有人撞门而入，激动地大声高呼："北极光来了！北极光来了！"所有人立刻从椅子上跳了起来，跑了出去。

果然，夜空中出现了绚丽多彩、变幻莫测的北极光，奇丽的景色令人叹为观止。

据说，凡是看见北极光的人，都将好运连连，喜事不断，美满幸福。大家兴奋地欢呼雀跃，击掌拥抱，有的跪拜在厚厚的雪地上双手合十祈祷；有的站立着向空中伸展双臂祈求；有的展开四肢仰面躺在无垠的白雪上大声喊叫……

迷人的北极光，震撼着我的内心，使我热血沸腾。但就我而言，太太聪明、贤惠、能干，两个女儿身心健康、发展全面，而我本人身体健康，无论文学创作还是生意，都是事业有成，平时里就是做生意，写作，打高尔夫球，在自家宽大的室内游泳池畅游，家庭温馨和睦，我已是世界上最幸运和最幸福的人了。现在，我不求更多，只愿北极光将我现在拥有的一切保持长久，使我的余生平安健康。我想，我的这个要求并不高，我的这个愿望是一定能实现的。

11日凌晨2点，大巴士按时返回酒店。车外的世界，被银白色的积雪包裹着，在皎洁的月色和路灯的照耀下，显得无比宁静和清晰可见。尽管车内漆黑一团，但所有人都眉飞色舞，兴奋地谈论着北极光的神秘和美丽。

突然，我又感到一阵剧烈的恶心，并不断地有东西往喉咙口涌来，就是想呕吐。我立刻用意念不断告诉自己，我不会呕吐的，我能坚持住的。与此同时，我紧闭双唇，收紧下颚，努力克制着不让自己呕吐。随即，我迅速站了起来，快步走到驾驶员右边的车门前，站在了大巴士最下面一级台阶。这样只要车门一开，我就会飞快奔向酒店大堂卫生间，一吐为快。

2分钟后，大巴士终于在我们入住的探险者酒店（The Explorer Hotel）门口停下。就在车门打开的一瞬间，我突然眼前一黑，接着就什么都不知道了。

不知何时，我苏醒了，发现自己趴在了酒店大门前冰凉的水泥地上，四周围着许多人。太太蹲在我身旁，焦急地询问我感觉如何。医院的急救车也来了，两位年轻的西人男救护人员，急忙走到我眼前，要把我搬上担架送医院。我迅速从地上站了起来，除了太想睡觉，没有感觉身体有任何不适，认为自己根本不用去医院，所以，坚持要回客房。

救护人员和我太太他们几个人，跟随我乘电梯一起来到了客房。我突然感觉有强烈的便意，便赶紧走进了卫生间；约莫过了五六分钟，又感觉没有便意了，就走了出来。救护人员再次要求我去医院。我还是说不去。一位救护人员拿着担架往门外走去，但另一位没有走，好像还想再看一看我的情况。大家都劝我去医院，太太更是声嘶力竭地要求我一定要去医院。尽管他们都是在讲普通话或上海话，但救护人员还是猜到了他们的意思，便立刻进行制止，说我是成年人了，要尊重我的决定。救护人员让所有人站在了他身后，不许靠近我。然后，他对我说道："我再问你最后一次，你到底去不去医院？"

我坐在床边，思想在激烈斗争着，考虑是否要去医院。现在，我没有感到任何不适，应该不会有什么问题，没有必要去医院。此刻，我最渴望的一件事，就是躺下睡觉。我相信，只要好好睡一觉，一切都会好的。不去医院的另一个主要原因是，我30年来没有伤风感冒过，更没有去过医院看病。我坚信，我是铁打的身体，根本没必要去医院。

就在我张口刚要说出我决定不去医院时，太太不顾一切，绕过救护人员，一个箭步冲到我跟前，轻声、快速而坚定地对我讲了六个字："一定要去医院！"

我像是被猛击了一棒，立刻惊醒了。潜意识告诉我，必须听太太的。于是，我脱口对救护人员说道："那就去医院吧。"

接着，两位救护人员用担架，将我抬到了救护车里。太太、大女儿及朋友们都想一起上车，但救护车只允许一个人随车。于是，大女儿坐在我身旁，太太等人坐出租车随后赶去。

救护人员要求大女儿不停地和我说话，绝不能让我睡着，否则有生命危险。

此时，我眼皮很重，极想睡觉，感觉睡觉就是人世间最快乐最幸福的事。尽管大女儿一直滔滔不绝地找话题与我说话，还不时提几个问题让我回答，迫使我动脑筋不会睡着，但好几次，我感觉她的声音变得越来越远、越来越轻，比铅还重的眼皮还是情不自禁地闭上了。只要一闭上眼睛，我就顿感全身极其放松，无比舒适。但只要我一闭上眼睛，大女儿就会立刻大声呼喊我，并不停地用手推捏我的肩膀，使我醒来，并告诫我不能睡觉。于是，我强迫自己睁眼并不断转动眼珠，连续快速深呼吸，用力咬紧嘴唇，尽量使自己清醒。但在到达仅有几分钟车程的斯坦顿领土（Stanton Territorial）医院门口时，我实在支撑不住，完全昏睡过去了。

不知过了多久，我睁开了眼睛，发现自己仰面躺在了一张舒适的床上。

一位和蔼可亲的中年西人女护士，赶紧俯下身来贴着我的耳朵，微笑着轻轻对我说道："你终于醒啦。你真幸运！如果你迟来5分钟，或者你在输血前睡着了，就会死的。我马上就要下班了，你可要好好保重啊。"

我朝她咧了一咧嘴，轻轻说了声"谢谢"。

我使劲地微微抬起头，看见病床像是被安置在医院一条长长的走廊里，一边靠着墙，一袋悬挂在输液架上浓浓的血浆，正慢慢地通过细细的软管输入我的手臂。

走廊里静谧无声。

我再努力朝前定睛一看，床尾坐着大女儿。她依旧穿着昨夜野外穿的、旅行社借给我们的极厚的黑色防寒外套，靠墙而坐，奋拉着脑袋，睡着了。从护士交接班的时间来判断，现在应该是早上七八点了吧。也就是说，大女儿从昨天早上起床后，到今天凌晨2点多随我一起上了救护车，到现在，已经整整24小时没睡了。

我眼眶一酸，眼睛变得湿漉漉的。

不一会儿，她醒了。看见我睁着眼睛望着天花板，她脸上露出了开心的笑容。

她走到我的床头旁，告诉我，今天凌晨在大巴士上，看见我突然起身疾步走向驾驶台时，大家都大吃一惊。大巴士车门一开，就见我从车上直挺挺地朝前扑倒下去，吓坏了所有人。她和旅行社的日裔导游女孩，立刻奔向了酒店大堂，酒店接待员让导游出来告诫所有人不能碰我，等待救护人员到来，随后立刻拨打了911紧急电话。5分钟左右，救护车就赶到了。到达医院后，医务人员立刻对我进行紧急抢救。主治医生同样要求大女儿，决不能让我睡过去。大女儿一边不时推摇我，一边同我讲话，我也会机械地说几个字。这种状况，一直持续到我开始被输入血浆为止（我大脑里对这段过程的记忆，完全是空白的）。医生说了，我因为失血太多，需要输入大量的血浆。医生还说，我经过抢救，终于没有生命危险了。其后赶到医院的妻子和朋友们，了解情况后才稍稍放心。为了让他们早点休息，大女儿坚持自己留下来，安排出租车让他们先回酒店去了。

我突然意识到：我最心爱的太太，如果不是你最后一句将我敲醒的话，五十五岁的我已经同这个世界永别了。结婚26年多来，你始终在帮夫、旺夫，今天，你又在救夫，给了我第二次生命。从今往后，我一定要加倍地关爱你。

如果不是大女儿持续不断地不让我睡着，我也已经和这个世界永别了。谢谢你了，我的大女儿！

"你，你快回酒店睡觉去吧。"我对站在床边的大女儿，心疼而吃力地轻声说道。随即，我感觉到，疲倦排山倒海般地朝我涌来。我实在支撑不住了，情不自禁地闭上了眼睛。

等我再次醒来，已是当天下午3点多了。

我发现自己躺在了一间有不少仪器的房间里。一位和蔼可亲的中年西人女护士告诉我，他们准备给我做胃镜检查，并告知了我注意事项，还说我待会儿就会被麻醉。

我等到麻醉过后清醒时，发现自己已被安置在了ICU（重症监护室）。一位较年轻的西人男护士告诉我，由于我的胃里全是血块，胃镜无法看清胃壁，所以明天还得再做一次胃镜检查。

"我的胃里全是血块？"我自言自语。

忽然，我想起来了。就在两天前的凌晨回到酒店后，我也是突然感觉一阵恶心，很想吐，便赶紧走进客房卫生间，在洗漱盆里吐出了一大口咖啡色、有块状物的东西。当时，我还以为是由于几个小时前喝了不少咖啡所致，也就没当回事。事后，我也没有任何不适的感觉，每天照样活力十足地参加旅行社安排的狗拉雪橇、冬季捕鱼等活动，还拉着坐在雪橇板上的大女儿在雪地上欢快奔跑，每顿饭都胃口大开，感到食物奇香无比。原来那天已经胃出血了，我已经胃出血至少两天多了。

"我在导尿？"我看见一只尿袋挂在了床边，很吃惊，怪不得一直没有要小便的感觉。

"噢，今天凌晨你被送进医院后就给你导尿了。"男护士解释道。

"请将导尿管拔去，我要自己小便。"我坚定地说道。

男护士犹豫了一下，接着微微一笑，点头同意了。

到了晚上，我就自己起身去卫生间小便了。

第二天上午，我再次躺在内窥镜检查室接受了胃镜检查。等我在检查室麻醉过后苏醒时，一位中年西人主治医生，指着挂在空中的电视屏幕里的胃镜照片，很耐心地向我解释。

我看见，在我胃的贲门附近有一块赤豆般大小的溃疡，这就是出血部位，现在出血已被止住。医生说，我已无大碍，但需要在医院里住上几天，作进一步观察。他们会联系我在温哥华的家庭医生，并建议我回温哥华后接受肠胃专科医生的进一步检查。

在ICU住了24小时后，我被安排进普通病房住了几天。我没有感觉身体有任何异样，也没有感觉体力有所下降，饮食、行动等一切如常。

医院在对我胃里的溃疡进行活检后，给出了最终的诊断结果：一、胃溃疡；二、体内有幽门螺旋杆菌。

朋友们都说，我大难不死，必有后福。

3月16日晚上，我同妻女一起回到了温哥华。第二天，我打电话给远在中国北京的医学专家李国平，向他咨询为何我会突然胃出血。他答道：一是气候突然极端变化（我从零上10摄氏度的温哥华，飞到了近零下40摄氏度的黄刀市，温差有50摄氏度）；二是饮食变化（我在入住的酒店餐厅里，吃了不少麋鹿和牦牛等动物的肉，以及极辣的韩国泡面），都可能引起胃出血。

听完他的分析，我确信，只是外界和饮食的因素才导致我胃出血的，现在胃内不再出血了，也没有任何不适，我依旧健壮如牛。

2. 在寂静的清晨呼喊救命

2015年4月1日，愚人节。中国，北京，新侨诺富特饭店，10楼一间客房。

由于加拿大和中国有着15个小时的时差，来中国第四天，我还有时差问题，凌晨4点半便醒了，第一件事就是去卫生间。

也许是在坐厕上坐得太久，两腿麻木无力，加上半个多月前在黄刀市胃大出血后的极度虚弱，让我感觉极其疲惫；也许是卫生间的地面太滑。总之，就在双手分别拉住开着的卫生间门的里外把手，想借力将整个身体前倾迅速站起的一刹那，我双脚猛地打了滑，顿时，两眼一黑，整个身体急速猛烈地朝着卫生间门旁的墙上撞上去……

不知过了多久，我终于苏醒了。

睁开眼睛一看，发现自己趴在地上，头顶心紧紧地顶着门边的墙，脸部侧向卫生间门一侧的右方，右手被压在胸口之下。

我的第一反应是：赶快爬起来。

我用力抽出右手，想用双手撑起整个身体。但是，无论我如何使力，右手臂就是纹丝不动；我再移动身旁的左手臂，也是纹丝不动；想移动双脚，根本没有任何感觉。我又竭尽全力连续尝试了几次，还是这种状况。我头顶心被紧紧地顶在了墙上，挤压着脖子，极其难受。

我很惊愕：这次怎么不像20天前在黄刀市那样昏死过去呢？那天醒来，双手一撑地就站起来了，现在怎么再也无法爬起来了呢？而且，我的手脚为什么都不能动弹了？

由于脖子长时间侧向右边，变得僵硬酸痛难熬，我决定先将身体往后移动一下，以便让头顶心和墙之间留有一些空间，可以让头顺利转动到左侧。可是，无论我怎么努力，如何使劲，身体就是纹丝不动。最后，我只能努力微微抬起头，头皮紧贴着墙，使劲向左侧转动。这一次，总算成功了。极其酸痛僵硬的脖子，终于得到了一些缓解。

我刚将整个头贴到地上，猛地感觉到有一层厚厚的、黏黏的、有血腥味的稠状物，在我右侧脸颊下沉淀着。

血！鲜血！可是，地上怎么会有这么多血呢？

我依稀记得，我曾经整个人向墙飞冲过去。啊，一定是我的前额重重地撞击在了墙上，撞出了一个大口子，然后伤口流淌出很多血。

不过，值得庆幸的是，伤口已经停止流血了，也不感觉疼痛。

难道这次受伤很严重？

应该不会吧，也许再休息一会儿，就可以自己爬起来了，应该，不，肯定不会有什么大碍的。于是，我静静地趴在地上，闭目养神，让身体得到充分的休息。

几分钟后，感觉已有足够的气力可以轻松地爬起来了，我便再次尝试抽出身底下的右手臂。可是，同先前一样，不管怎样使劲，右手臂还是无法移动。几经努力，使出了九牛二虎之力，全身依旧是除了脖子和头部能移动外，其他部位都纹丝不动。

"今天怎么啦，我怎么动不了了呢？这到底是怎么回事？"我问自己。

此时，我感觉很疲惫了，只能无奈地趴在地上。

现在，唯一能做的，就是每隔数分钟，不得不艰难地慢慢转动一下已经酸痛难熬的脖子，将脸颊换个方向搁在地上，使之暂时得到一些缓解。

接着，我告诉自己，尽量放松身心，多一点时间养精蓄力，等待下一次用更大的力量爬起来；然后，回床上再睡一会儿，一切就都会好了，白天的计划照样可以按部就班实施了。

于是，我微微地闭上了眼睛，放缓呼吸，彻底让自己处于松弛状态。

静静地在地上趴了一会儿，我再次感觉已有足够的气力可以迅速站起来，便又一次尝试双手撑地爬起来。但是，无论我如何努力，还是爬不起来，身体就是不听指挥，好像已经完全不属于我的了。

看来，我自己无论如何是没法爬起来了。现在，只得依靠他人来救我了，而且，我必须被尽快救起，否则，一直趴在地上，状况会越来越糟糕。不过，我没有丝毫恐惧，也没有任何惊慌，更没有感觉生命会受到致命威胁，只是冷静地思考分析着，如何才能让自己尽快获救。

在这静谧无比的清晨，我首先想到，此时最有可能救我的人，就是隔壁的房客。

昨晚10点多，我进入房间后便打开了电视机，没几分钟，就有人敲门，说是服务员，让我将电视机的声音调小一些，隔壁的客人睡不着，打电话投诉我了。我房间的电视机声音并不大，显然，隔壁的客人是极难入睡，或极易惊醒的，客房之间的隔音效果应该也不会好。

此刻，我只要把他吵醒了，他就会来救我，如果担心惹事（这些年在中国碰瓷讹诈的事越演越烈，使人不得不小心防范，或者见死不敢救），至少会打电话通知酒店人员前来救我。

于是，我憋足气力大声高喊："救命啊——！救命啊——！"一连呼喊了十几遍。

接着，我竖耳倾听外面是否有反应。

四周一片寂静，没有任何反应。

也许他还未被吵醒，也许他未曾听见，也许他已打电话给了酒店，酒店的工作人员正在向我这里走来。我决定再等上几分钟看看。

又过了一会儿，依旧没有任何动静。我又声嘶力竭地连续高喊十几次"救命啊——！救命啊——！"，遗憾的是，与之前一样，四周还是没有任何动静。

显而易见，隔壁的客人肯定是指望不上了。

那么，此时此刻，还有谁能来救我呢？

我想了想，觉得此时应该没有任何人可以救我。

我突然极其后悔，为何不听太太的话，几天前执意要从加拿大赶到万里之遥的中国来呢？世界上还有什么事比健康更重要呢？我到了中国，还不顾身体虚弱和正在倒时差，就争分夺秒地开始工作，于是造成现在的结局。

五天前，即2015年3月27日，按原计划，我先到中国处理一些公司业务，一周多后，太太再来，正式开启我们的亚洲之旅。太太认为我前些天出血过多，元气大伤，应该取消这次亚洲之行，由她在温哥华照顾我，静养调理至少三五个月，方可远行。但这次，由于中国的行程和会议已安排妥当，加上我感觉依旧精神抖擞，而且还咨询了家庭医生，他认为去亚洲出差一两个月没有问题，于是，我没有听太太的建议，坚持要按原计划行动。

太太拗不过我，勉强同意了，但还是很不放心，再三嘱咐我到中国后不要太劳累，把一天的工作量，用两天，甚至三天来完成，时刻牢记一周前大出血过，身体还很虚弱。

中国时间3月28日傍晚5点，飞机降落在上海浦东国际机场，我立即给太太打电话，报平安。尽管此时已是温哥华凌晨2点了，我的电话会将她从睡梦中吵醒，但这是自从我们十几年前移民后，我第一次离开妻女来中国出差时，妻子所提的要求：飞机落地后第一时间向她报平安。

从机场出关后的那一刻开始，我就把太太在机场对我的叮嘱完全抛在了脑后，不顾时差和旅途劳累，把两天的工作量，浓缩在一天完成，开始了紧凑而繁忙的工作，又是饭局，又是打电话，又是处理邮件，一直忙到晚上近12点，才上床休息。

第二天一早，我就和先我几天到达上海的大女儿，一起坐飞机去了北京。

3月29日下午至31日晚上，在北京和天津的这两天半时间里，我更是马不停蹄，同约定好的相关人员见面交谈，并出席多个饭局。

一切都很顺利，我感觉精力很充沛。

3月31日晚上10点多，也就是昨晚，为了躲避北京严重的塞车，也为了今天下午3点去咫尺之遥的同仁医院办事，并于晚上同美国来的博士伦公司相关人员在酒店附近共进晚餐，我从北京朝阳区的酒店转移到了东城区新侨诺富特饭店。白天，我可以专心在酒店里写我的长篇小说《高尔夫丽人》。我请公司的一位股东，晚上5点半来酒店接我。

二十多年来，我出差住酒店有一个习惯，就是睡觉以前，一定会按上"请勿打扰"按钮，或在房门外的把手上挂上"请勿打扰"指示牌，然后将客房的门上锁后再上保险。昨晚，我在房里找了好几次，就是找不到"请勿打扰"按钮，也没有指示牌。由于还在倒时差，这几天又特别忙碌，加上不久前大出血伤了元气，我突然感觉很累，想想没有"请勿打扰"也只是小事一桩，便不再寻找那个按钮，只是将门上了保险锁，匆匆洗漱了一下就上床睡觉了。

这是我这么多年入住酒店，第一次没有向人告示"请勿打扰"。

我绝对没有想到，从昨晚上床睡觉，到今晨起床，仅仅过了几个小时，我便再一次昏死过去，摔倒，撞墙，额头出了很多血，而且，趴在地上，无法起来。

我真是后悔啊！

但是，后悔又有什么用呢？时间不会倒流，世上没有后悔药，现在，唯有向前看，尽快获救。

"救命啊——！救命啊——！……"我再次扯开嗓门，声嘶力竭地大声连续不停呼救，希望有人会立刻前来救我。

客房的里里外外，上上下下，没有一丝声响，更没有听见脚步声和说话声。

此刻，我突然感到很累了，喉咙也有些嘶哑了。如果再这样继续高喊，不但不会有任何效果，还会导致我再也没有精力大声喊叫，嗓子也会哑掉。其结果是我和外面的世界被完全隔开了，再也不可能被人发现我急需救助。每一次声嘶力竭的叫喊，都会消耗我很多能量，使我越发疲惫，更加虚弱。

我告诫自己，必须保持冷静，保存体力，讲究策略，不做无用功，等到走廊上有人走过时，再大声全力喊叫。

于是，我静静地趴在地上，竖起双耳，全神贯注谛听室外是否有人走过。

好在我跌倒的卫生间与过道只有一墙之隔，浴缸上面还有窗户。只要有人走过，我是能听见脚步声的；只要我喊，外面路过的人也一定是能够听见的。

我想，酒店里住着很多客人，现在又是早晨，不一会儿，过道里就会有人走过，到时，只要我一喊救命，就可立刻获救。

没过几分钟，我的脖子又开始酸痛难熬，便拼命抬头转向另一个方向。被压在胸下的右手掌，越发麻木、酸胀和疼痛。此时，整个人的感觉是，生不如死。

我心里非常清楚，如果继续这样被动地拖延下去，情况一定会变得越来越糟，甚至不可收拾。我开始担心，随着时间的推移，我将会变得更加虚弱，会坚持不住。不能被动地等待，当务之急，还是要想方设法尽快被救。

于是，我不顾一切，又拼命地连续大声叫："救命啊——！救命啊——！"

我真希望，这凄惨的呼救声，能击破窗上的玻璃，飘散到酒店的每个角落，立刻引来众多的救援者。

可是，屋外的走廊里，还是鸦雀无声。

我失望之极。

同时，我越发感觉疲惫不堪，呼吸也开始变得急促了起来，状况变得渐渐危急。

我再一次感到极其后悔。昨天，真不应该从朝阳区的酒店，搬到东城区的新侨诺富特饭店。

3月29日，从上海到达北京后，我就和大女儿同住一个酒店。前两天，我们都会早上8点在酒店餐厅，一起吃早餐。昨天早上，我晚了几分钟到，她就立刻打电话给我，问我一切都OK吗；说我如果不接电话，就会立刻赶来我房间查看。

我决定换酒店，她开始时极力反对，说妈妈嘱咐过她，在妈妈到达中国以前，必须和爸爸住在同一个酒店，时刻注意爸爸的身体状况。于是，我告诉她，今天整天都有人陪我，只是晚上和明天白天我一个人，不过都在酒店客房里，很安全，晚上接待美国客人，我们就又在一起了。而且，我现在身体很棒，不会有任何危险。她极不愿意，但也无奈，由于这两天她的所有安排都在朝阳区，北京的交通又是极其堵塞的，所以没办法同我一起换酒店。事后，在很长一段时间内，她为此事深感内疚和自责。

假如我现在还和大女儿同住一个酒店，如果她见我没有按时到餐厅同她一起吃早餐，那她一定会来客房找我，我也就会被立刻救起。但是，我却一意孤行，现在……

唉！

3.　生还的希望熄灭了

此刻，我感觉自己越来越虚弱了。我不能再盲目地大声喊叫，否则会体力不支，只有等到外援出现时，再竭尽全力呼喊。

可是，外援何时才能来呢？我还要趴在地上多久呢？我能坚持得住吗？

就在我感觉越来越烦躁和不安，甚至有些绝望之时，突然，过道里传来了脚步声，由远到近，由轻到重。

我立刻兴奋不已，就像一位心脏停止跳动的患者，一针强心针下去，立刻复活了。

啊，救星来了！

担心这突然降临的救星瞬间即逝，很可能没有下一次了，于是我赶紧用力微微抬起头，用力将顶着墙的头从左侧转到正中，再次竭尽全力连续高喊："救命啊——！救命啊——！救命啊——！"

紧接着，我侧耳倾听，是否有人会呼应，或者在敲门。可是，外面没有了任何声响。一定是那个人，在我呼叫时已走远了。

我再一次失望之极，感觉已经没有气力来呼吸了，只能将疲

17

愈酸痛、微微扬起的头使劲转向右侧，贴在地面，闭上了眼睛，继续无奈地等待房外可能出现的下一次脚步声。

"不过，既然有人出现在走廊里，说明住客已经起床了。不一会儿，走廊里就会出现更多的脚步声。那时，我再喊救命，其中一定会有好心人，前来救我。"我自我安慰道。

就在此时，我忽然感受到，前额中间有一股暖暖的、厚厚的液体，慢慢地顺着左眉往左耳朵、脖子方向爬行，并伴有一股浓烈的血腥味。

是血！一定又是鲜血！

肯定是刚才的用力呼喊，加上心里的急躁不安，导致额头的伤口再次崩裂而流血，而且流速在逐渐加快。如果持续流血，我就会马上再次休克，最终因为失血过多而在昏睡中死去。

奇怪的是，面对极有可能发生的死亡，我竟然没有感到丝毫害怕，只是冷静地问自己：难道我就这样不明不白死去吗？难道我就再也见不到我的妻女了？我才只有五十五岁啊，离我们夫妇俩设定的双方都健康活到一百岁的目标，仅仅过去了一半岁月，我会甘心吗？

不行，坚决不行！

虽然身体已经不听指挥了，但我还是不能屈服于命运摆布，必须主动做些什么。当务之急，就是必须先将额头的流血止住。可是，此刻，我又能有什么办法呢？

我忽然想起35年前听过的一则小故事：一个人始终怀疑自己大腿上某个部位会生脓疮，日也担忧，夜也担忧，结果没多久，这个部位果真生出了一个大大的脓疮。其实，这是他的意念将身上的毒素汇聚在大腿上破茧而出所致。这充分说明，人的意念这个东西很神奇，虽然看不见，摸不着，却真实存在，而且威力巨大，会影响和改变人的精神和身体状况。

那么，现在，我是否也可以运用意念，止住我的流血呢？

我决定试一试。

我不断告诫自己："冷静，冷静，必须保持十万分冷静。"接着，开始连续祈祷："鲜血啊，请不要再流了。"

与此同时，我尽可能地完全放松自己，深深呼气，慢慢吐气，并在大脑中持续不断地竭力想象着，额头流出的血慢慢停止流淌了，凝固了。

令人惊奇和难以置信的是，没多久，额头再也没有东西流动了，出血真的被止住了！

人的意念确有巨大威力和神奇效果。

我不会死了！我完全依靠自己的冷静和智慧，拯救了自己！

我顿感轻松、开心和定心。天不绝我啊！

就在我暗自庆幸和欢呼的时候，突然有一股极浓的睡意，密不透风地向我袭来，威力巨大，持续不断，使我无力抵抗，也无法抵抗。

我情不自禁地闭上了沉重的眼皮，顿感整个人极其放松、舒坦和快乐。

我看见，我伸展着四肢平趴着，慢慢地离开了空旷的大草坪，向着蔚蓝色的天空，轻轻地往上缓缓游荡、飘浮。几朵美丽的白云，在我四周，随我一起慢慢地移动。前上方，是一座闪烁着无数束金光的美丽金黄色宫殿，形状就像北京的天安门。宫殿释放出巨大的引力，将我缓缓吸引过去。

人之所以带着哭声来到这个世界，一定是因为预感到这一生将充满艰辛、不易和酸甜苦辣；人在离开这个世界的最后瞬间，一定是带着解脱、轻松、舒服、快乐、兴奋和向往的感觉，否则，谁肯离开这个五彩缤纷和充满诱惑的世界？

此时此刻，我的唯一感觉就是如此。我的身体，越是往宫殿方向飘去，就越感到轻松、惬意和兴奋。

就这样，我越飘越远，越飘越高，越飘越舒服，越飘越感觉任何烦恼都解脱了。

猛然间，我隐隐约约听见，从遥远的地面上，传来了一阵阵虽然很轻微，但极有穿透力的呼唤声："兆龙——！兆龙——！"

那不是亲爱的太太，在呼唤着我的名字吗？！

我往下定睛一看，只见太太身着26年前婚礼那天的粉红色套装，仰着头，双手在嘴前围拢成一个圆圈，声嘶竭力地连续呼唤着我的名字。

紧接着，我又看见，14年前移民这天，身穿本白色中带有粉红色和绿色小花朵羊毛开衫的大女儿，以及身穿蓝白横条相间羊毛套衫的小女儿，站在她们妈妈身旁，挥臂连续不停地高喊着："爸爸，爸爸，您快回来吧——！您快回来吧——！"

脑袋一抖，我惊醒了！

原来全是幻觉！

不过，这幻觉，却让我心惊胆跳，甚至让我觉得，我的一只脚已经跨进了阴界。

我想起来，就在20天前，我躺在急救车上时，也是感觉只要闭上眼睛，就无比轻松和舒坦。那时，还没有出现幻觉，也没有像现在这样，闭上眼，还带给我兴奋和向往。可仅仅就是那样，救护人员就已经严肃警告我，不能闭上眼；大女儿告诉我，在医院里，医生要求她，在我被输血之前，决不能让我睡过去；护士说，只要我睡过去了，也就永远不会醒了。

我忽然感到很庆幸，第一次的死亡威胁，尽管伤害了我，但也给了我经验，使我明白，此刻不能睡过去，必须同睡眠生死对决！而且，一定要打败它！否则，我现在一定会闭上眼睛，会尽情享受着此刻的美景和快乐，可结果也就和这个世界，和我最亲爱的人，永别了。

此刻，尽管我的身体和意识被睡意紧紧包裹着，可在心灵深处，突然有一个声音在连续不断地警告我：你千万不能睡着！你想方设法不要睡着！你万万不可以睡着！你一旦睡着了，就永远不可能再醒了！你从此就再也见不到你最爱的妻女了！快醒吧，赶快醒来吧！你的太太和女儿们，都在翘首期盼着你立刻回家和她们团聚！

我赶紧用力不让眼睛再次闭上，紧盯着离我只有几厘米的地面。

"不！我不能睡！无论如何不能睡！"我不断警告自己。

如果我因为享受快乐而放任自己沉睡过去，此刻没有任何人会来唤醒我，我一定再也醒不过来了。那么，我必死无疑！

我不能死！我还没有兑现在银婚庆典上对太太的承诺，还没有参加小女儿的大学毕业典礼，还没有将两个女儿交给未来的女婿，还有很多事情要做。

这次没有大女儿，也没有任何其他人在我身旁和我讲话，更不会有人不断推搡我，不让我睡去。我必须完全依靠自己的毅力和意志，不让自己睡去。同时，还要伸长耳朵，密切谛听门外的任何动静。

于是，我拼命眨巴眼睛，不断用力张合嘴巴，这样神志就有些清醒了。可是，不到两分钟，比铅还重的眼皮又开始情不自禁地闭了起来。我赶紧轮流紧咬上下嘴唇直至疼痛，以此驱赶走了一些睡意。不一会儿，睡意又如洪水般地向我袭来，使我无法招架。我又不敢频繁转动脑袋，担心额头伤口再次破裂血流不止。无论我用何种办法，还是出现过几次短暂的昏睡过去之后，立刻又惊醒的情况。

曾有一段时间，我选择了放弃同睡意的决斗，因为我感觉即使受尽折磨，想尽办法，我肯定也斗不过它，与其这样痛苦万分，不如舒服放弃。在无比快乐的感受中安详平静、没有痛苦地睡死过去，也算是人生终点的一大幸运。同时，我觉得即使现在死去，也没有遗憾。人生该有的幸福，我都有了；人生该有的成功，我也实现了。何况，此时闭眼睡觉绝对是件天底下最幸福的事。于是，我彻底放松了自己，闭上了眼睛。

可是，心灵深处的潜意识，在我闭眼不久立刻将我唤醒，咒骂我懦夫，嘲笑我逃避，没有担当，对妻女没有爱心和责任心，不是男子汉。接着，太太和两个女儿期盼的眼神，闪现在我眼前，不断给我增添勇气和毅力。

我决定只要还能呼吸，就绝不放弃同睡意决斗！两强相遇，一定是勇者胜！

不过，我心里还是很紧张，害怕下一次不由自主地闭眼之后，就再也睁不开了。我害怕，我的意志和毅力能战胜睡意，但越来越下降的体力，会导致我最终斗不过睡意。现在，我只有出奇制胜。

尝试过许多办法后，我终于发现，唯有一定要活着见到妻女的强烈愿望，才能使我不再昏睡过去。唯有妻女的身影时刻浮现在我眼前，才会使我保持头脑清醒。

我想起十几年前，我们全家一起去旅游时的情景。

2003年圣诞节，我们全家去古巴旅游。第一站，我们住进了古巴人不允许进入的一个半岛。第二天中午，当我们从海滨浴场游泳结束回到客房时，两个女儿高声叫着，床上怎么会有两只头对着头的白天鹅？再细看，原来这两只所谓的白天鹅，是用两条白色的浴巾手扎而成，头顶上还各放着一片鲜红的鲜花花瓣。天鹅两条长长弯弯的脖子，组成了一个爱心的图案。

天鹅旁，有一张用圆珠笔工工整整书写的英文正方形便条（古巴的官方语言是西班牙语）。只见字条上写道："非常感谢您对我的恩赐。我是您的奴隶（用的是英文'slave'这个词）。如果有任何需要，随时使唤我。"最后是签名。

大女儿惊奇地问我，这是谁写的？为什么称自己是奴隶？现在不可以有奴隶的。还扎了两只天鹅？

我当然明白其中缘由，便对两个女儿说道："这是为我们打扫房间的服务员写的，因为我在床上放了3美元，作为她清理房间的小费。"

我不管在哪个国家，每次住酒店，都会在每天起床后，在床上放一些钱作为小费，以此感谢服务员的辛劳。

"为了3美元她就这样做了？"大女儿睁大了眼睛，不相信地问道。

"嘿，你不要小看这3美元。你知道这里服务员一个月的工资是多少？在这涉外场所工作的服务员，工资比古巴其他地方工作的人都高，但一个月也只有十几美元。这3美元，是他们好几天的工资啦。"

"那您明天多放一些钱在床上，服务员就可以多买一些东西给小孩了。"大女儿要求道。

"对呀，对呀，爸爸您一定要这样做。"小女儿摇晃我的胳膊，央求道。

"好的。从明天开始，我每天在床上放10美元。不过，你们要牢记，只有把自己变得强大，才有能力帮助他人。"我顺势对她俩提了要求。

大女儿明白了，重重点了点头。才六岁的小女儿似懂非懂地跟着姐姐频频点着她那可爱的小头。

在古巴的几天时间里，我们全家充分享受了温暖的阳光，可口的美食，美丽的风景，热烈的舞蹈，诱人的海底世界……一家人欢声笑语，尽享天伦之乐。

突然，"嘭"的一声关门声响，闯进了我时刻竖起的耳朵。接着，就听见走廊里有人在说话，和我只有一墙之隔。由于没有听见脚步声，我认为他们很可能就是隔壁房客。

我赶紧拼命高喊："救命啊——！救命啊——！"

外面的说话声立刻停了下来。

"好像有人在喊救命。"男的声音。

"不会吧，可能是电视机的声音。"女的声音。

"不像，是里面的人在叫。"男的声音。

就像一个仰面躺在广袤沙漠中濒临渴死而绝望的人，突然有一大壶甘泉从天而降至眼前一样，外面传来的说话声，令我兴奋不已。

终于被人发现了！终于有救了！我明白，时间拖得越久，对生命威胁就越大，何况，还时刻存在着永远睡死过去的危险。

我怕获救机会一旦逝去就不再回来，立刻竭尽全力地连续高喊："救命啊——！救命啊——！"

"是人在叫，就在这间房里传出来的。"男的继续说道。

"不要多管闲事。这里有服务员，他们会管的。我们吃完早餐还得赶到同仁医院。"女的说道。

"可是……"男的声音。

"可是什么，还不快去吃早餐！"女的命令道。

接着，走廊里的声音和脚步声，渐渐远去了。

我又拼命喊了几声："救命啊——！救命啊——！"

四周没有任何反应。

顿时，我完全崩溃了，身心受到毁灭性打击，就像一个人趴在一个荒无人烟的孤岛上，饥渴不已，无力移动，濒临死亡，突然看见大海上迎面开来一艘船，船上有人向他挥手，正当他重新燃起生命希望之时，那艘船却掉转方向，远驰而去。

我已经精疲力竭，耗尽了最后一丝能量，被压在胸下的右手已经没有了任何知觉，可能已经坏死。尽管我几乎是赤身裸体躺在卫生间冰凉地砖上，而且已经很长时间了，但整个身体的皮肤，却没有丝毫寒冷的感觉，甚至连触觉也都没有了。

我的生命，每时每刻都在受到死亡威胁。

根据刚才这对男女的对话内容，现在应该是早上八九点钟。也就是说，我已经趴在地上三四个小时了。这期间，走廊里仅仅只出现过两次脚步声。

难道我今天必定被逼上绝路？

如果再也没有其他人从卫生间外面的走廊经过，我就只能继续趴在地上，直到下午5点半有人来酒店接我，至少还有八九个小时，这期间不会有人来找我。额头的伤口，随时还会大出血，我很可能因为失血过多而死去；我也很可能再一次沉睡过去，永远睁不开眼睛了；即使额头不再出血，睡眠不再侵入，我的体力也很可能支撑不到那个时候。无论出现上述哪种情况，其结果都会是我离开了这个世界，离开了最疼爱的妻女。

我开始真正害怕起来。我不愿这样莫名其妙地死去。

身在热闹的酒店之内，却没有任何人前来救助我。我只能眼看着自己渐渐死去，却无能为力，像一支只剩最后一段的蜡烛，一边痛苦无奈地流着眼泪，一边眼睁睁地看着自己晃晃悠悠燃尽最后的火焰，接着便是永远地熄灭。

对此，我没有任何办法可想，只能伤心绝望地继续瘫趴在地上。

前来救我，只有几步之遥，对这两个男女来说，完全是举手之劳。他们为什么不愿来救我呢？要知道，他们的冷酷无情，很可能会导致一个鲜活生命从此灭失，随之而来的是他亲人的悲痛欲绝和命运倾跌。

获救希望一旦消失，人便会感到极度颓废无力和疲惫不堪。现在，睡意又一次铺天盖地向我袭来，使我变得神志模糊，睁不开眼睛。我正在沉睡下去，感觉越来越轻松，越来越舒服……

4. 房门被撬开了

忽然，一个声音在我耳边响起："你不能睡！你快回家吧！你的妻女正等着你！"

紧接着，太太和两个女儿，连续不断地在我耳边呼唤我的名字，声音由远到近，由轻到重。太太还抱怨我："你不是在银婚上承诺，要带我去100个地方吗？难道你要食言？自从我们相识以来，你可从来没有不兑现承诺啊。"同时，她们不停地推搡我，一定要唤醒我。

脑袋一个颤抖，我醒了。

"对啊，我决不能对太太言而无信，更不能丢下她们母女不管，一个人去极乐世界。我必须打败睡意！"

就在死神紧拽我之时，我忽然想起，哪怕走廊里再也没有人走过，即使路过的人同样不愿来救我，我还是有一次被救的机会，那就是中午11点左右，来客房收取需要洗涤衣物的服务员会敲门。

我仔细回忆昨晚进客房后的一举一动，再次确认是否打开了"请勿打扰"指示灯。如果打开了，服务员肯定不会敲门，我将彻底完蛋。万幸的是，我非常确信，自己因为没有找到开关和指示牌，而没有向任何人告知"请勿打扰"，服务员一定会敲门的。

但是，我将房门反锁了。如果服务员敲门，没人应答，他会开门，如果发现门被反锁，便会离去。因此，我只有保持高度清醒，全神贯注，时刻倾听，才可能在服务员敲门的一刹那，再次高喊"救命"，如此才能被获救。

假如服务员今天粗心大意，忘了来我客房收衣服呢？我以前也碰到过类似情况。如果真是这样，那我就……我不敢往下想了。不过，我想，我不可能接二连三地倒霉透顶，服务员一定会来敲门的。

就在这时，我放在书桌上的手机响了。

这个电话来得正是时候，我有救了！

我通常晚上都会关机，昨晚，我竟忘了关机，真是天不绝我啊。

来电者一定是太太！每当我出差在外，我们每天都会至少通一次电话。现在，远隔万里、在地球另一边的她，一定感应到我身处绝境，已经走到死亡边缘，再一次来挽救我的生命了，她生就一副帮夫旺夫救夫命；来电者也可能是大女儿，她还是不放心我一个人独处；也可能是亲朋好友，或者是相识的人。不管是谁，我只要接通电话，就可以请对方立刻通知酒店前来救我。

我赶紧用手撑地爬起来接电话，但手臂根本无法移动。我拼尽气力再一次努力移动双手，还是无济于事。

我想起来了，自从凌晨倒下后，我的身体就再也不能移动了。

电话铃声又响了几次，对我来说可闻不可及。

我忽然嘲笑自己是一个世界上最大的傻瓜。假如能爬起来接听电话，说明我身体没有大碍，为何还要对方通知酒店前来救我？

现在，离服务员来收取衣物应该还有很长的一段时间，只要在这期间，我保持头脑清醒，不但不会睡死过去，还可立刻听到随时可能传来的轻轻敲门声。先前回忆开心往事，赶走了睡意，我决定继续采用此法。我再一次沉浸在一家人以前在不同国家游玩时欢快美好的画面中：青瓦台、悉尼歌剧院、凡尔赛宫、大英博物馆、法兰克福大教堂、滑铁卢、橱窗女郎、古罗马格斗场、《音乐之声》拍摄地、梵蒂冈、日内瓦、玛雅古迹、好莱坞环球影城……

"笃笃笃"，轻轻的敲门声，突然从静谧的走廊里，穿过卫生间连接走廊的窗户，飘进了我耳朵。

"有人敲门？！"我绷紧神经，屏气聆听。

"笃笃笃"，又是三声轻轻敲门声。

没错！一点不错！千真万确是有人在敲门！！！一定是那位来收衣物的服务员！！！

千盼万盼的那位服务员，终于没有粗心大意，按时来敲我的房门了！

苍天不可能置我于死地！我不可能死了！

立刻，我全身所有细胞跳跃起来，精神大振。

我赶紧使出所有气力，连声高喊："救命啊——！救命啊——！……"

接着，我停止喊叫，倾听外面是否有反应。

我相信，那位服务员一定听到了我的呼救声，正在开门，正在将房门上的保险链条取下，正在走进来……现在，只要有人将我扶起来，就可万事大吉。

走廊里没有任何动静，也没有了敲门声，一切恢复静谧。

"难道刚才是我的错觉？难道我已经神志不清出现幻觉了？难道我的喊声不够响亮？难道我至少6个小时趴在地上，声音已经细若游丝？"我不断自问。

不会！肯定不会！尽管我正在思念妻女，但双耳始终竖起的，神经始终紧绷的，大脑始终清醒的，不可能有任何错觉！刚才，的的确确有人在敲门！而我的呼救声，在求生欲望之下，一定是震耳欲聋的！

我坚信，那位服务员此刻就站在我的房门口。

于是，"救命啊——！救命啊——！……"我继续声嘶力竭地喊叫。

四周却依旧没有任何反应。

显然，那位服务员听到我呼喊救命声后，一定也是害怕惹事，不愿多管闲事，悄悄溜走了。

今天，4月1日，可恶的愚人节，竟然没有和我开国际玩笑，而是千真万确地将我置于死地。

我必须死去，我只有死去，因为我的寿数已到。

这就是看见北极光后的好运连连？这就是在黄刀市大难不死

后的必有后福？我欲哭无泪。

尽管我坚信，我的精神，我的意志，能坚持很久，但我的身体很可能坚持不了多久。我害怕等到傍晚时分，我已经没有呼吸，四肢僵硬。

我不是因为胆小而害怕死去，而是不甘心这样死去：明明可以被救，却与获救的机会失之交臂。我害怕再也没有机会见到妻女。我害怕还没有对她们交代一句遗言就突然死了。我害怕她们因我死去而变得失魂落魄，悲痛万分，再也没有快乐。

看来，我不得不说：别了，可爱的世界；别了，亲爱的妻女；我已经竭尽全力，想尽办法，无奈，天不容我；让我们来世再聚吧。

说实在的，死，并不可怕，人总有一死。但是，带着巨大遗憾死去，我不甘心，不服气，更无法瞑目！

现在，难道只有让死神把我带走这一条绝路可以走了？

不，世上永远无绝人之路。我现在还不能死，也没有权利死，更没有资格死。只要我一息尚存，就要同死神继续决一死战！

我必须等待下一次机会，那就是我天津公司一位股东傍晚开车来酒店接我去赴宴。尽管还得再等待六七个小时，但我的前额不会再出血了，因为我刚才连续声嘶力竭地喊叫，加上心急火燎，都没出血。我也不可能再次昏睡过去，因为此时我的血液沸腾，充满斗志。我坚信我的体力能坚持到晚上，因为一定要活着见到妻女的精神支柱强有力地支撑着我。

此外，获救时间在做着减法。我只要数到60就是1分钟，数到600就是10分钟，7个小时也就是数到25200而已。尽管接下来的时间我会更孤独、更煎熬、更痛苦，但我能战胜这些。

我坚信，我一定能打败死神！

接着，我开始数数："一、二、三、四、五……"

"嘀铃铃铃……"，一阵刺耳的铃声，同时在卫生间和客房的书桌上响了起来。

有人打电话进来！可是，我无法接听电话，对铃声也已经麻木。一会儿，四周又变得鸦雀无声。

"……一百五十、一百五十一、一百五十二……"

当我数到大约三百这个数目时，听见走廊里有众多凌乱脚步声，以及几个男女混合的说话声。

我刚要大声喊叫，房门已被重重地敲打着。

我赶紧高喊："救命啊——！救命啊——！"

"是里面在叫。"一个嗓音浑厚的男性在说话。

"我刚才敲门时，就听见里面在叫。我马上打电话进去，没人接，就来喊你了。"一个中年妇女温柔的声音。

原来刚才的电话，是这位细心和有责任心的服务员打的。接着，她又去喊人来救我了。对不起，我错怪她了。

谢天谢地，经过长时间煎熬、痛苦、孤独和无奈的等待，我终于可以被救了！

"我有救了！我不会死了！亲爱的太太，可爱的女儿们，我还能活着再次见到你们了！"

我的内心，所有恐惧和担忧立刻被驱散，充满喜悦和激动，眼睛放射出无限光芒。

接着，房门被撬开了。

卫生间的门也被砸开了。

"哇，出了这么多血啊。"中年妇女惊慌失措地尖叫道。

"快……快把我……扶起来。"我突感全身无力，吃力地央求道。

"请你再忍受一下，我们已经打了120，他们很快就会到的。"嗓音浑厚的说道。

"不行，我实在……坚持……不了了。请赶快……扶我……起来，让……我……躺到……床上。"我真的难受之极，呼吸也开始困难起来，再次强烈要求道。

我认为，只要他们将我扶到床上，仰面而躺，休息一下，一切都会好的。

"先生，你伤得很严重，我们不是专业救护人员，不能动你，必须等到救护人员来，请你务必谅解。而且，你必须尽快送医院。"嗓音浑厚的继续说道。

没办法，只能再忍受煎熬了。说来不可置信，原本还坚信能坚持到晚上的我，现在，看见有救了，反而感觉坚持不住了。"坚持不住也得坚持。你只当现在没有人来救你。"我不断地这样告诫自己。

"先生，你在北京有没有可以直接联系到的人，比如亲戚、朋友？我们可以马上通知他们。"嗓音浑厚的问道。

我第一个想到的是大女儿，但考虑到，我是受了严重的伤，属于医学范畴，必须先找医生朋友。幸好，我在北京还真有几位医生朋友，其中还包括著名医学专家李国平。于是，我赶紧请嗓音浑厚的男性打开我手机，告诉了他密码，以及该找谁。很快，他就和李国平通上电话了。

"救护车……怎么还……没有来呀。你不是说……我必须尽快……送医院吗？"我艰难地问道。

我估计，从他们进来到现在，至少也有十几分钟了。半个多月前，我在加拿大晕倒，5分钟不到救护车就赶到了。

"快了，快了，你再坚持一下。"嗓音浑厚的继续安慰我。

大约又过了至少十几分钟，救护车终于来了。

我被他们抬上了担架，仰面而躺，一下子能顺畅呼吸了，人也感觉舒服了很多，绝对不可能死去了。

啊，我第二次战胜了死神！

"赶快送同仁。"应该是其中一位救护人员在说话。

北京同仁医院离我入住并倒下的北京新侨诺富特饭店，只有350米，步行也就几分钟。他们的安排是正确的。可我感觉救护车开了好长时间，穿过许多马路，还没有停下的迹象。

"同仁医院也就几分钟的车程，开了这么久，怎么还没有到呢？"我疑惑地问道。

"噢，我们看到了你的加拿大护照，决定送你去天坛普华医院。那是家中外合资医院，方便走保险。"好像还是那位嗓音浑厚的在说。

第 二 章 医学专家的"死刑"判决

5. 手术进行了4个小时

不知过了多久，我才被救到离酒店只有5公里（但路程比只有0.35公里距离的同仁医院远了14.3倍）的天坛普华医院。

刚到医院门口，我就精疲力竭，昏睡过去了。

我唯一依稀记得的，是自己好像被推入了一个房间，有人说话，声音像是从很遥远的地方轻轻飘来的，其余就都一概不知了。

我的入院记录时间是下午1点13分。也就是说，我从清晨5点撞倒在地到被救至医院，已经超过8个小时了。

不知又过了多久，我醒了，发现自己躺在一张病床上。

"我要做手术？！"我不相信自己仅仅摔了一跤，竟然要做外科手术。

"是的。"大女儿点点头。

"你刚才不是说我没什么大问题吗？怎么会突然要做手术呢？我肯定不同意的。你看，我现在精神好多了，休息一两天，就会没事的。"我坚定地说道。

"医生说，如果您做了手术，就会没事的；如果不做手术，就会瘫痪。"大女儿平静地说道。

不做手术就会瘫痪？这着实把我吓了一大跳。我开始犹豫了。

"那就做手术吧。"为了不瘫痪，我无奈地同意了。

"我会一直守在手术室门口，直到您出来。"大女儿想让我放心。

"不用。你晚上代表我，一定要招待好美国博士伦公司的客人。他们从美国来一趟不容易。"

"不，我不离开。"

"你不是说，手术后我就没问题了吗？这说明我的伤并不严重。去吧，尽地主之谊。"

"那好吧。不过，在您手术结束前，我一定会等候在手术室门口的。"大女儿咬了咬牙，勉强同意了。

我想，手术后，我至少得休息几天。不过，没有大问题，最多推迟一段时间，我照样可以和将到中国的太太一起旅游了。想着想着，我突然什么都不知道了。

等我从麻醉中苏醒过来，已是当天半夜，或是第二天一早了。我发现，我躺在了一间很大、很暗、很静的房间里。

见我睁开了双眼在东张西望，两位护士马上出现在我的床边，轻声细语地询问我需要什么。

我轻轻地摇了摇头。

"哪里不舒服，或者需要什么，尽管跟我们说。"那位年长一些的护士，和蔼地对我说道。

我微微点了一下头，便感觉眼皮很重，又沉睡过去了。

等我再次醒来，已是手术后的第二天中午了。

我想转动一下脑袋看看周围，却发现颈托将我脖子固定住了。我想动一下肩，抬一下手，都纹丝不动。

"我怎么除了脑袋能动以外，身体其他部位还是动不了呢？"我问自己。

一位嗓音甜甜的护士自我介绍后，指着身旁一位年约三十岁的女士，就是昨天年长一些的护士，对我说，这是她们的护士长赵娟。我想问我现在在哪里，但只能张嘴却发不出声音。护士长似乎明白了我的意思，亲切地告诉我，这里是ICU，我需要在这里住几天，我有任何需求随时告诉她们。我想说声"谢谢"，竟然发不出声。

我怎么突然不能说话了？难道颈椎手术把我变成了哑巴？见护士就站在床边，我来不及细想，赶紧用气息对护士长说了声谢谢。护士长见我嘴巴在动，却没有声音，赶紧俯下身，将耳朵贴近我嘴边。

我继续费劲地用气息一字一句地说道："我，手，术，情，况，怎，么，样？"

护士长告诉我：手术顺利，为我主刀的是他们天坛普华医院神经外科的韩小弟主任。椎管减压手术从下午5点15分开始（也就是在我摔倒后过了12小时多，送入医院后又过了4小时），到晚上9点15分结束，整整进行了4小时。

当一个多月后我离开中国时，我的出院报告上写道：我的颈2—颈3（C2—C3）脊髓损伤，颈3棘突两分叉骨连续性中断，骨折可能性大。

手术顺利，说明我已无大碍，休息几天就没问题了。等太太几天后来中国，我们照旧可以去旅游。

我顿感心情大好。

"我，只，能，这，样，说，话。你，们，的，工，作，台，离，我，太，远。如，果，有，事，我，用，鸟，叫，的，口，哨，来，喊，你，们。"我依旧用气息，艰难地从气管里将这些字一个一个吐了出来。接着，我试吹了几下娇凤鸟的叫声。

护士长大笑："你倒是很有办法的嘛，学鸟叫也学得很像。好，我会告诉所有护士，听到鸟叫声就赶紧过来。"

我青少年时天天练习吹竹笛，中气十足，吹口哨也特别响亮，常常和野外的娇凤鸟互叫，可以维持蛮长一段时间。

护士长接着说道："我们医院有康复师可以帮助你康复，你需要吗？"

我赶紧微微点点头。我最好明天就完全康复。

护士长去办公桌那边打电话了。不一会儿，她又折回来："今天下午2点康复师过来。"

我咧嘴笑了笑。

"门口有好几个人想进来看你，其中一位是你的女儿，你同意吗？"护士问我。

我又轻轻点点头。

"ICU规定探望时间为5分钟。"护士长说。

第一个进来的是我公司的副总经理，他是复员军人，性格刚强。我艰难地用气息，向他交代了一些工作，并让他告诉知情人，有关我的病情，对外一律保密，免得打扰他人。

大女儿最后一个进来。她问我，副总经理出去时，为何眼睛红红的，像是哭过。我轻轻摇了一下头。但我清楚，一定是他看见我前天下午还生龙活虎，今天却一副半死不活、惨不忍睹的样子，无法接受这个残酷的现实而哭了。这从侧面告诉我，我伤得很重。不过，我还是认为，不管现在伤得如何，凭强壮的体格，我很快就会康复的。

大女儿临走时，我用气息告诉她，千万不要告诉妈妈我现在的样子。大女儿眼含泪水，重重地点了一下头。

我很担心，太太知道我现在这个惨不忍睹的状况会承受不了，一定会崩溃的。好在当她见到我时，已经是几天之后了，到那时，我应当已精神抖擞。

下午2点，康复师戴丽丽来了，开始为我做康复训练。

"哎呀，你的手怎么肿得这么厉害？"她声音虽然不高，却是大惊失色的。

我因为不能动弹，所以无法看到自己的手。

她把我右手抬到我眼前。我看见，我右手又大又紫。她又把我左手举了起来，做了比较。"你看，你的右手比你左手大了几乎一倍。"

的的确确，我右手颜色黑紫，硕大无比，就像一只熊掌，令人毛骨悚然，一定是昨天被压在身体下面至少六七个小时之久造成的。

不仅如此，此刻，我脖子以下没有触觉，不知冷热、酸胀和痛痒。双臂、双手和双脚都很麻，尤其是双手，麻得相当厉害，极其难受。

接着，康复师开始轻轻捏、扳我的手指、手腕和手臂。她让我看看，能否自己微微动一下手指。我努力试了几次，根本不能动。

"我，为，何，连，手，指，都，无，法，动，了？"我感觉问题很严重，赶紧用气息问她。

"也许慢慢就会好转的。"她边捏着我的手，边语气平稳地说道。

紧接着，她马上转移话题，建议我定制一双特制高帮鞋，穿上后可以将脚掌和床面始终保持90度。按照我的病情，我会在很长一段时期内躺在床上，这将导致我的两只脚掌下垂，最终会像鸡爪子一样蜷缩在一起，而且这个结果是不可逆转的。

多可怕啊！但我不相信，我认为不用多久我就可以康复如初，健步如飞，不可能长期躺在床上的，所以我认为没必要定制这样的鞋。大女儿知道后，坚决要求定制这双鞋，还不断地做我工作。我最后同意了。于是，大女儿不敢怠慢，赶紧让康复师联系厂家。康复师说，这双鞋价格比较贵，需要人民币5800元。为了不让我双脚变成鸡爪子，大女儿毫不犹豫地说"可以"。

第二天，在康复师陪同下，一位小伙子用石膏给我做了脚和小腿的模型。5天后，鞋送来了，鞋帮高到我的膝盖。康复师要求护工每天晚上给我穿上，早晨脱掉；白天再穿两次，每次2小时。

当1个月后我返回加拿大住在康复中心时，我坚持让护士每天临睡前给我穿上这双特制鞋。职业治疗师（Occupational Therapy，简称OT，在加拿大须有大学研究生学历，并通过国家认证考试才可任职，其工作内容是为存在疾病、伤害、职业障碍、情感及心理问题患者和老人开发个人及团队项目，以便维持、恢复并提升他们的自理、工作、学习和娱乐能力等）知道后，拿起这双特紧的、极其难穿难脱的特制鞋看了半天，直皱眉头。我赶紧解释说，这双鞋对我何其重要，否则我的双脚会变成鸡爪子。于是，治疗师让护士换了一双普通的宽松中帮棉靴子（商店里也就卖约30加币，折合约200元人民币一双），说完全可以达到相同目的，晚上睡觉时给我穿上。又过了两天，她认为我已经可以站立了，就连这双棉靴子也没有必要再穿。从此，我晚上睡觉再也没有穿过鞋子，双脚也没有变成鸡爪子。唉，5800元的鞋，我只穿了1个月就作废了。

在ICU待了2天后，我精神好多了。万幸的是，我可以带着嗓音说话了（事后了解到，不少像我脊椎受伤部位这么高的人，会出现丧失说话功能和吞咽困难的后遗症）。

大女儿每天一大早要去天津公司办事，傍晚回北京，就赶到医院来看望我。由于ICU对探望病人有着严格的时间规定，护士不让她晚上进来看我。但是，她依旧天天来。不让她进来看我，就索性坐在ICU门外地上不走。只要离我近，她就放心了。她的举动感动了护士，破例每天让她悄悄地进来看望我一会儿。

每天晚上，她会给我买上一杯新鲜的混合水果。她将床头升高，用毛巾垫在我胸前，用勺子一口一口地喂我。

那天，她看见我情绪不佳，所以尽管已经疲惫不堪，但依旧很耐心地一口一口喂我吃水果，并滔滔不绝地向我谈起她一天的工作和感受，以及所见所闻。她这是不让我感到寂寞和悲伤啊。

我眼眶一酸，眼睛变得有些湿漉漉的。

大女儿为了我，改变了她所有的既定计划，不辞辛劳，坚持每天晚上来医院陪伴我。

6. 我将永远瘫痪吗？

我颈椎手术后的第七天，太太安排好诸多事情后，赶到北京。

"感觉好一点了吗？"她一进入病房就直奔我床头，心疼地问道。

接着，太太抬起我熊掌般的右手看了又看，然后轻轻放下，又抚摸了一下我前额撞墙留下的2厘米长的伤疤。

"没事，过几天一切就都OK了。"我微笑着，赶紧安慰起她。

见我精神不错，也很乐观（我的表现是带着夸张成分的，目的是给她减压），她那憔悴的脸上没有出现明显的焦虑和悲痛。我悬在喉咙口一颗忐忑不安的心，终于放了下来。

虽然医院有大锅饭和小锅菜，但太太深知我最爱吃她煮的菜肴。于是，她立刻赶到家乐福超市，购买了锅碗瓢盆、油盐酱醋和食材，每天在医院提供的厨房里，为我亲自掌勺。她的到来，使我顿感踏实、温暖、开心和舒适。

她在病房陪伴我的时候，我发现她的电话几乎一刻不停。好几次手机响了之后，她刚说了一句某医生，或某教授，或某主任，就推说信号不好，匆匆离开病房，到外面去接电话了。回来后，尽管她依旧脸带笑容，但我还是看出她那看似轻松的表情后面，隐藏着悲伤、紧张、焦虑和烦恼。

她是否瞒着我什么？我开始怀疑，又马上否定了猜疑。我们自相识以来，她从未向我隐瞒过什么。

一天，她接通手机后没有再说信号不好，离开病房，而是当着我的面直接和对方交谈起来。她再次肯定了昨天要求的：将我家正在建造的别墅的某些部位拆掉重建。她最后说道："关键是这几扇门的宽度，一定要达到能让轮椅很容易进出的尺寸。"

"你是否瞒着我什么？"我终于忍不住发问了。直觉告诉我，她肯定对我隐瞒了什么。

"没，没有啊。"她嘴上否认，但眼神却告诉我她在撒谎。

"你能否如实告诉我受伤的实情？相信我，任何结果我都能接受，也能承受。"我鼓励了她一下。

看到我坚定的眼神，听到我冷静的语气，太太狠狠咬了一下牙，告诉了我她所了解的一切。

这些都是大女儿在我手术后的第四天，看我已经完全脱离危险，于是告诉她的。

4月1日，我的朋友李国平接到酒店声音浑厚的男士的电话后，赶往医院了解我的情况。之后，他打电话给我大女儿，要她立刻赶到医院。

大女儿在医生办公室门口见到了李国平，焦急万分地问他："我爸爸怎么啦？"李国平神色凝重，指指办公室，说医生会告诉她有关我的病情。在这之前，李国平已同医生探讨过我的状况了，他只是不愿将这残酷的现实由他来告诉大女儿。

办公室里，坐着四五位医务人员。两位男医生中的一位，一边拿着片子，一边向大女儿说了一大通医学术语。很多内容，她都听不懂。

最后，医生明确告诉她：我已经全身瘫痪，由于我的后脖子肿胀厉害，严重压迫着颈椎神经，所以必须尽快减压，否则，后果会更严重。现在，有两个解决方案：一，立刻手术，但不确定对改善瘫痪程度是否有帮助，而且手术有风险，还可能出现其他并发症；二，不做手术，或者超过24小时再做手术，一定永远全身瘫痪。

医生让她尽快决定。

大女儿大脑一片空白，机械地走出办公室，直到见到等候在门外的李国平才缓过神来。她咨询李国平该如何办。李国平建议立刻手术，但要先将这个情况告诉她妈妈。

大女儿赶紧拨通了温哥华家里的电话，将妈妈从睡梦中吵醒。她担心妈妈一下子接受不了这个残酷的事实，便轻描淡写地对妈妈说道：如果手术，爸爸会很快没有问题的，如果不做手术，可能会瘫痪。妈妈让她听从李国平的建议。大女儿随即告诉医生，尽快手术。在给我做颈椎手术前，医生让大女儿告诉我，我已全身瘫痪，并需要做手术。但大女儿还是在告诉我病情，以及动员我同意立刻手术时，同样很冷静地向我隐瞒了我已经全身瘫痪的事实，怕我一下子接受不了。

大女儿签完手术同意书，筹措并交付完手术前必须支付的二十万元人民币押金，看着我被剃光头，推入手术室后，这才离开医院，前去招待美国客人。

大女儿在餐馆安排好一切，并拜托公司其他高层招待好客人，然后就赶回医院，坐在了手术室门外。看到手术室的灯熄了，我被推了出来。她获知我没有生命危险，就询问了明天探望时间，并看着我被推入了ICU，这才拖着沉重疲惫的双腿，伤心地离开了医院。

4年半后，大女儿的一位温哥华好朋友来我家，告诉我，我瘫痪的那天深夜，大女儿从医院回到酒店后，从北京打国际长途电话给这位好朋友，泣不成声，哭诉着：我家里出大事了，我爸爸永远瘫痪了，这可怎么办？我压力实在太大了，我撑不住了，我不知道以后的日子怎么过下去。一直到凌晨，在好朋友不断安慰下，她才停止了哭泣，情绪稍稍稳定了一些。

太太听完大女儿告诉她的这些真相后，规定大女儿每天晚上离开ICU后，立刻打电话给她，报告我每天的情况。

事后我了解到，太太听完大女儿告诉她真相后，失魂落魄，好几次手里拿着需要的东西还在使劲找；口里含着饭却忘了咀嚼；几乎整夜无法入睡；原来每天必去几次的后花园，连续好几天看都没有看一眼。

太太来中国之前，已经将大女儿发给她的有关我头颅、颈椎和胸部的CT扫描片、颈椎的MRI（核磁共振成像），发给了不少她认识的，或朋友推荐的医学专家看。

太太到达北京后，立刻约见我的主治医生付兵，了解我的病情。付医生明确告诉她，由于我颈椎的第二节、第三节受伤严重，原本应该紧紧相扣的第三颈椎和第四颈椎之间的椎间盘脱出椎管内，严重压迫椎管里的神经，完全阻断了大脑发出的各种神经信号，从而导致严重的全身瘫痪。现在我除了脑袋和脖子正常，身体其他部位全都动不了，也没有感觉。因此，我将终生瘫痪，大小便失禁，医学上称之为高位截瘫，治疗后的最好结果是能够坐轮椅。

主刀医生韩小弟主任告诉太太，手术时发现我颈椎里面被血水堵塞了，颈椎越来越肿胀，在取走颈椎上两小块碎裂的骨头后，血水一下子涌出来，肿胀很快消去了。但是，由于颈椎少了骨头，会留下很大后遗症，最明显的就是我以后不能多用力，会经常疲惫不堪。

我的医学专家朋友李国平，完全认同付医生和韩主任的诊断结论。

我四哥拿着我颈椎的MRI，咨询了上海最权威的骨科专家之一。他仔细看了MRI后，用不容置疑的口吻说道："第一，你兄弟的第三、第四颈椎骨间神经受到伤害，引起胸部以下高位截瘫，要恢复几乎不可能；第二，手术后半年内定终身，就是说半年后身体情况怎样就怎样，不会再有改变。"他补充道，"现在你兄弟一定是除了头部以外，身体其他部位都不能动弹。"四哥将这些情况告诉了我太太。

太太咨询过的医学专家，一个个打电话回复给她（这就是她回避我出去听电话的缘由），意见基本一致：我是极严重的高位截瘫，除了能说话、吃饭和睡觉，其他什么都干不了，控制大小便的神经即使能够恢复，也至少需要几年，但到那时，自主大小便的功能也早就丧失了。换言之，她的丈夫——我，从五十五岁开始，直至生命最后一天，都会是大小便失禁、终身躺在床上，脖子以下不能动弹，吃饭喝水需要人喂，每天24小时需要人护理。

如果说众多医生对我病情的判断，太太还不完全相信，那么，李国平对这些判断的确认就使太太不能不坚信，因为他是资深医学权威，不但曾任中国体育总局体育医院院长，常年指导中国体育国家队优秀队员伤病治疗和康复训练，还因为他是我的好朋友，只会很客观，不会保守和悲观地对我的伤残及后遗症作出论断。

"不过，他们说得也不一定正确。"太太说完，赶紧补充一句，很明显是在安慰我。

"他们说得可能都没错。但是，不适合我。你放心，3个月，最多半年，我一定康复如初！"我自信而坚定地对太太说道。这不是为了安慰太太，而是我内心真实的想法。

"是的是的，你一定能康复如初的。"太太赶紧附和着我。很明显，她口是心非。

虽然我认定，我绝不可能走到他们所描述的那个地步，可说实在的，所有了解我病情的医学专家都异口同声说出了相同结论，还是引起我内心的极大震荡，使我压力重重。

夜深人静，四周一片黑暗和静谧，护工也睡着了，我却无法入睡。

我绝没想到，现在我竟然是一位全身瘫痪患者！

我想象着，一个直挺挺躺在床上的人，吃饭要人一口一口喂，喝水也要人端着杯子才能一口一口吸，身上始终挂着尿袋，大便要么用开塞露要么需人抠出，1年365天，天天如此，直至死去——那人就是我！

我想到，中国国家体操队运动员桑兰，1998年，她十七岁那年，同样因颈椎受伤导致高位截瘫。

我又想到，中国国家排球队运动员汤淼，2007年，他二十五岁那年，也因颈椎受伤导致高位截瘫。

尽管有国家重点关心，有中国一流医生、康复师和先进康复器材全面帮助，但据我所知，至今他俩依旧高位截瘫，大小便失禁，生活无法自理。而我无论年龄、身体素质，还是康复条件，都无法同他们相比。那么，我的结果必定比他们还要悲惨。

今后，一个原本精力充沛、行动迅速和乐于助人的我，瞬间变成一个苟延残喘、拖累他人、需人帮助，甚至会遭人嫌被人弃的极重度残疾人。

什么事业、娱乐、爱好，都和我永别了。

自结婚以来，我一直是家里的顶梁柱，现在，顶梁柱断了，家就要塌了。我的妻女，将如何面对未来生活？

此外，依据太太人品、为人处世原则和我们夫妻之间的感情，她不会抛弃我。她除了承受巨大的痛苦和压力之外，还要时刻安慰我，关心我，照料我。只要我在世一天，我就会连累她一天，拖垮她一天。我忍心让她这样遭罪吗？难道她嫁给我，注定只有付出，只有辛劳，只有折磨吗？难道我下半辈子真的变成废人了？难道我余生必需由他人来服侍照顾吗？难道我就屈服于命运摆布吗？难道我就一定没有康复的可能性了吗？

……

我不敢再往下想了。

我久久凝视着天花板。

这一夜，我没有合过一次眼，在思考，在分析，在斗争，在判断，在打算，却没有悲伤，也没有害怕，更没有痛苦。

我很清楚，五十五岁的我，远比瘫痪时年仅十七岁的桑兰和二十五岁的汤森年长许多，身体素质不如他们。他们分别经过17年和8年的康复训练，依旧高位截瘫。我怎么就可能违背现代医学定论，创造奇迹，打败全身瘫痪呢？既然看得见结局，我还有必要竭尽全力，年复一年去做没有成果的事吗？我还有勇气和毅力，去做艰难持久但无望的康复训练吗？就像一位攀登万丈悬崖峭壁去采撷救命仙草的人，刚从山顶下来的所有人都对他说，山顶上光秃秃一片，根本没有任何仙草，他还有勇气和毅力攀岩吗？

放弃很容易，也很轻松，更符合医学规律，但结果很简单明了：我的余生一定会像现在一样永远躺在床上，还要连累他人，尤其是家人。

我甘心接受这样的命运安排吗？

不放弃，也许还有机会康复，哪怕成功概率微乎其微。有希望总比没希望好。人体功能，不进则退，不用则废。努力康复训练，哪怕效果不达意，也远比不努力好。我是身体的主人，绝不能让身体左右我。

此外，专家意见都是正确的，科学的，但是，也会偶尔出现误判的情况。这时，我想到了曾经两次见证的专家误判。

1996年，我决定下海经商，可从哪里开始呢？那时，已经全民经商，很多人早已成为千万、亿万富翁，而我还没起步。我大学的一些同学、校友下海经商，大都在做自己所学的纺织专业领域的生意，但我认为该领域格局太小。

经过综合分析和判断，我决定将起步业务瞄准在海上船舶运输方面，因为委托船舶承运货物的货主往往是有实力的公司，而且流动性大，这样我就可以以船舶为中心，快速发展众多客户，业务会越来越多。

为了证实分析的正确性及可行性，我请教了一位在航运界资历很深的经营专家。酒过三巡，他对我从头顶到脚底泼了一盆冰水："我真心劝你不要介入航运业务，理由有四：一是你不懂船运业务；二是你没有启动资金；三是这个领域门槛高、难度大；四是现在宏观调控已有几年了，大宗货物买卖少了，船运业务在萎缩，一些已赚了几千万的私人老板，都正在或者已经撤离航运界。"

我没有采纳他的意见。我认为：很多时候，长时间的低潮，恰恰是下一波更高潮的前奏曲；白手起家，更有挑战性和成就感；门槛高难度大，反而会吓走众多竞争者。不久，随着宏观调控结束，我很快就在煤炭、粮食和水泥海运方面崭露头角。接着，我又将业务重心转到海上石油运输领域，公司业务突飞猛进。

2002年，我打算进军中国房地产开发行业。经过分析，我认为目前尚未开发的上海市崇明岛，未来市场潜力很大。经过努力，我可以拿到崇明岛上较好地段的300亩土地，价格只有20万元/亩。考虑到我对房地产开发一窍不通，加上投资很大，我决定请教一位在上海房地产开发行业做得比较成功，且经常在专业报刊上发表房地产投资方面文章的开发商。

他劝我这几年坚决不要碰房地产项目，理由一是房地产市场即将进入拐点，最迟明年，会持续一路下跌；二是国家马上就要发布新政，拿了土地3年内不开发的，土地就会被没收。

这次，我完全听从这位专家意见，远离了房地产行业。没想到，整个中国房地产市场不但始终没有进入拐点，而且价格还一路飙升，尤其是崇明区的过江通道上海长江隧道在2004年12月28日动工兴建时，那块土地已涨到60万元/亩以上；而在2009年10月31日通车运营后，地价更是翻了很多倍。就是不开发建楼，单单买卖土地，利润就很可观，而且，也没有出现过因为3年内没有对土地进行开发而被国家没收土地的现象。

现在，尽管众多医学专家对我下了悲观论断，但那些就一定不可以改变吗？哪条法律、哪个规矩定下的，我柯兆龙也必须遵循他们所描述的轨迹发展呢？如果都按医学专家结论而认命，那世界上还有"奇迹"二字吗？

这次，我决不能听从专家的论断，我要挑战权威。

外面的晨光，透过窗帘缝隙渗透进来，洒落在临窗的病床上。

此时此刻，我完全想明白了我需要做什么，我应该如何做。

从小就不认输、不服输和不会输的我，此时全身充满一种不向命运低头的决不罢休的斗志。

我坚信，我天生就与众不同。凭借我的智力、毅力和耐力，也许3个月，最多6个月，我就会颠覆医学专家对我的论断，一定会康复如初，依旧是一条活生生的龙！

第二天一早，太太和大女儿都在我病房。

我首先告诉太太，别墅所有门都按正常尺寸建造，因为离我们搬进去还需2年，到那时我早就能走路了，绝不可能使用轮椅。

最后，我再次用坚定、信心十足的口吻对她俩说道："请放心，我一定会站起来的！我一定会像正常人一样生活的！"

太太顺着我说，好的好的，听你的，但她依旧将我以后每天必须经过的几扇门的门框，全部拆掉，加宽重建。她还是相信医学专家的定论：我这辈子最好的结果是坐轮椅。

小女儿柯玲从美国打电话给妈妈，然后请我听。她对我说了不少安慰话，还告诉我，她已从网上查了不少瘫痪后如何康复的资料，准备请姐姐转告我。从她的语调里，我感受到了她的悲伤。于是，我在电话里让她放心，爸爸只是太累了，老天见我不肯自己休息，便让我暂时瘫痪，这样我就只能躺在床上休息了。等几个月后我身体好了，我们再一起去打高尔夫球。这些话，不仅仅是安慰她，也恰恰是我想法的真实流露。

7．我为什么总是喘不过气来？

令我始料未及的是，全身瘫痪和颈椎手术后的康复，远远没有如我期望的那么快。

全身瘫痪后的第七天，我从ICU被转入普通病房，开始正常进食。医院将我安排在单人病房，配备两位护工，每天每人轮流照顾我12小时。

此时的我，除了全身依旧不能动弹外，吃饭喝水也要人喂，终日挂着尿袋，大便需要开塞露，甚至需要护士用手抠出来。同时，心灵创伤和精神折磨，以及它们对身体造成的严重伤害，开始显现出来。

晚上，每当入睡后，我就会强烈感觉到整个左手臂一直压在胸口上，使我喘不过气，并被惊吓醒来。

我喊醒护工小余，让她把我左手臂从胸口上移走。护工走到我床边一看，很吃惊，说我左手臂在身旁的床上平放着，根本不在胸口上。我虽然无法抬头查看，但还是坚信我的左手臂就在胸口上。护工不知道如何回答我，一脸无奈地看着我，木然地站在一旁。我让护工握住我左手，慢慢举起来给我看，再缓缓放下，接着让她轻轻托起我的头，使我能看到左手臂的的确确在身体左侧，而且距离躯干至少有20厘米距离。我这才相信，我左手臂现在千真万确不在胸口上。不一会儿，我便迷迷糊糊睡着了。

可是没过多久，我又感觉胸闷喘不过气，似乎左手臂又压在胸口上。于是，我再一次喊醒护工，结果还是像先前一样。无奈之下，我让护工先将我左手臂往上举，直到我能看见，然后再垂直放下，并握住我的左手，不让它动，直到我睡着才放手。这样，我的眼睛就会告诉大脑，手臂离身体有一段距离，而且被人握着不可能压在我胸口上。于是，我放心入睡。

还是没过多久，我依旧强烈感觉胸闷气短并被吓醒。

一个晚上，至少发生六七次这样的情况，使得我第二天精神萎靡，昏昏欲睡。

虽然我很清楚，我左手臂动弹不了，根本不可能压在胸口上，但只要睡着，就感觉左手臂压在胸口上，导致胸口很闷，喘不过气，直到被惊吓醒来，依旧感觉左手臂压在胸口上。

医生和护士还有康复师，对此都没有解决办法，更解释不出所以然，只说可能是精神压力太大造成的。我想，这一定和我4月1日那天在酒店摔倒，我右手臂被压在胸下长达至少六七个小时有关。

连续两周多，除了感觉左手臂压在胸口上喘不过气以外，每天我还会噩梦连连。或者是老虎追上我，要张开血盆大口咬断我脖子；或者我从悬崖峭壁上掉下来；或者我被人掐住脖子越来越喘不过气；或者……每次，我都被吓醒。

这段时期内，我甚至害怕黑夜到来，简直度夜如年。我希望永远是白天，永远有阳光，永远有人走动，时刻有人和我说话。

长期这样下去，我必将被毁灭。

怎么办呢？

我静静躺在床上，绞尽脑汁，寻找如何破解产生左臂压迫胸口的错觉这一医学上无法解决的难题。

我又一次想到，是否可以用意念来解决这个任何人都无法帮助我解决的难题，就像前不久我趴在地上用意念止住流血一样。

我决定一试。于是，我闭上双眼，无数次在大脑中极力想象一个画面：左手臂在身体左侧，离身体20厘米距离，胸口上除了一条薄薄被单外，没有任何东西。我不时让这个画面定格，同时，强烈地告诉自己：我左手臂都无法移动一下，怎么可能压在胸口上？尤其睡觉前，我先让护工举起我左手臂，再垂直放下并继续握住我的手，同时，我在大脑中强调我的左手被护工一直紧紧握着，不可能移动，左手臂更不可能压在胸口上。

就这样，我坚持每天睡前这样训练自己。结果，这个办法还挺管用的。我的这个可怕症状，一天一天在减轻。

大约在全身瘫痪后三个多星期，我所有精神压力，睡着后左手臂压在胸口上导致胸闷喘不过气来的错觉，以及连连的噩梦，都在强有力意念控制和作用下，完全消失了。与此同时，熊掌般的右手也完全恢复到了正常大小。

意念这个东西，从字面上解释，就是念头、想法，我的理解却是用坚强的意志、坚定的信念，将自己大脑中的想法强制灌输给身体的某个部位。

在日后艰难的康复训练中，我时常运用意念这个特殊武器，同在医学上被断定的"不可能"决斗，结果屡战屡胜。

8. 我站立起来了

全身瘫痪两周后的一个上午，康复师戴丽丽照例来给我做1

小时的康复训练。

她握住我左手腕，将我手肘搁在床上形成90度直角，要求我自己动动手指，看看拇指和食指能否相向而动。

我首先在大脑里用意念想象手指应该如何动，然后通过大脑将想象中的画面传递给手指，再用意志努力迫使手指移动。努力了几次，和前几天一样，手指还是纹丝不动。

接着，她又握住我相比于左手有些气力的右手腕，让我做同左手一样的动作。几次下来，我右手指同样纹丝不动。

我心有不甘地对康复师说："请再让我试一次。"

这次，我闭上眼睛，大脑中强烈地想象着拇指和食指正在相向而动，接着将此画面用意念传递给手指，用尽全身气力，迫使右手拇指和食指相向而动。

"动了！动了！我看见你的食指微微动了！"康复师激动地大声喊叫，并将我手举到我眼前，让我再动一下。

"我的手指真的动了？！"我睁开眼睛，难以置信地注视着康复师。

"是的，千真万确！"她再次肯定，并要我按照刚才步骤再做一次。

我看着右手，重复了刚才的步骤。

没错，我右手食指，的的确确微微在移动！

哈哈，我能动一点点了！这充分说明，我身体是听大脑指挥的。这就是希望！这就是开端！我欣喜若狂，突感前景更加光明，康复近在咫尺。

康复师奔到门外，一分钟不到，一大帮护士跟在她身后来了，围着我病床，一起要求我再试一次。我还是成功了！在场的人都为我高兴激动。康复师说，我右手食指活动范围比前一次还大一些。

我按照先前的训练方法不断练习，慢慢地，右手其他手指也开始在我大脑控制下，微微有所移动。又过了几天，我右手臂也可以移动，甚至可以微微抬起了，但左手还是不行。

为了能使我最大可能地康复，主治医生付兵建议我接受高压氧舱治疗，说有利于我的神经恢复。只要任何有利于我康复的治疗，太太都会毫不犹豫地立刻同意。就这样，我便被安排每天进入高压氧舱。在住院1个月又5天的时间里，我总计被推入高压氧舱21次。

第五次时，大女儿在高压氧舱外等候，一位身穿白大褂的人路过，问她是哪位病人的家属。在知道是我后，她边摇头边说道："没用的，就像桑兰一样，再怎么治疗都是高位截瘫。没必要浪费这些钱。"大女儿听了很难过，压力也很大，但没有告诉任何人，直到我回加拿大后才告诉我。

住院3周后，天坛普华医院康复中心告诉我，他们和日本有合作的康复训练项目，日本方面专门派了康复师大胂功来这里指导。医院安排我每天两次康复训练中的一次，可以离开病房到他们康复中心去，由日本康复师指导我的康复训练。

那天，我从床上被四个人平移到另外一个尺寸较小、可以进出房门的床上，然后连床一起被推到医院的康复中心，又被平移到较低、较硬、较宽的康复床上。自从瘫痪后，我都是这样被平移到较小床上，然后再被推走，包括去医院其他地方做各种检查。

接着，他们将我扶起来，让我坐在床边。只要他们一松手，我就会立刻倒下，因为我腰部没有任何力量，无法支撑上半身。

直到在康复中心的第三天，令人激动和欣喜的事情发生了：我竟然可以在康复师离我很近距离，并保护我的前提下，单独在床边坐了5分钟。第六天，我单独坐在床边足足有20分钟。在场所有人都为我高兴，热烈鼓掌。

又过了几天，日本康复师说测试一下我的腿力，接着面对面将我从床边抱着站起来，并试着让我自己站立。周围站着一大帮人，他们屏住呼吸，睁大眼睛，神情紧张。

"One，Two，Three……"日本康复师一边双手稳住我双肩，怕我倒下，一边数着数。

此时此刻，我双腿没有任何知觉，丝毫感受不到双脚是着地的，只感到我站在浓浓的厚雾上，踩在蓬松的棉花上，整个身体虚无缥缈。唯有眼睛看着着地的双脚，这才通过视觉告诉我，我是站立在地上的。

"……Nine，Ten！"日本康复师神色兴奋，刚数到十，就赶紧抱住我，将我安全地抱回到床上。

康复中心十几个人，包括我太太，康复师戴丽丽、李凤和李倩倩，还有准备替换太太，从上海赶到北京来煮饭烧菜给我吃的二嫂，齐声为我欢呼雀跃。太太更是激动无比，同时不忘用手机将我这一历史时刻拍了下来。

护士长张若冲大声说："等一等，我去喊付大夫。"她说完拔腿就跑。

不一会儿，护士长和付医生，以及其他好几位护士，气喘吁吁地跑到我跟前。

"柯先生，能不能再站立一次，给付大夫看一下。"中国康复师建议道。

将近二十个人围着我，各种眼神都有。对我来说，这是一次巨大考验。刚才这一次，只有10秒钟，也许只是偶然站立，这次是否可以站立，我心里没底。但我的个性就是喜欢冒险和挑战，何况我左右两边和前面都有康复师保护，万一往后倒下，大不了坐在床上，没有危险。

于是，我点了一下头，坚定地说道："可以！"

接着，我首先闭眼，用意念想象着如何站起来，如何保持站立姿势，随后，在日本康复师全力帮助下，再一次站立起来。

日本康复师在数着数："One，Two，Three，Four……"

这次，我没有那么紧张，还看了几眼围着我的人群。

近一个月来，我始终是躺在床上的，看人，总是由下往上看，感觉任何人都很高大。几天前，我虽然可以短暂地坐在低矮的康复床边，但看人还是得仰视。今天，我站起来了，看人，是平视的。

我原先一直感觉日本康复师比我高大魁梧很多，此时，站在我前面的他，竟然比我瘦小一点；那些和蔼可亲的护士姑娘们，其中大多数人竟然长得小巧玲珑。

这是我瘫痪后，第一次看清所有人和物体的真实面貌。

鼓掌声、赞美声和欢叫声，响彻了整个康复大厅。

我很开心，很得意，很自豪，也很激动。这种感觉，常人是无法体验和了解的，只有瘫痪后又重新能站立起来的人，才能真正体会到。

虽然我的站立只有仅仅10秒钟，但这却充分地证明了，我是有腿力的，我的腿力支撑我的整个身体是没有问题的。

在全身瘫痪不到一个月后，我就打破了所有医学专家对我的论断——我今后将终生躺在床上，无法站立，最好的结果只能是坐轮椅。

我坚信，只要我不断努力，腿力还会增加，只要有腿力就能迈步，所以，走路指日可待。我对几个月，最多一年后就能完全康复，更加充满信心！

自从我全身瘫痪后，每当我在康复过程中哪怕只有一点小小的进步，太太都会比我还高兴和激动。奇怪的是，这一次我能站立起来这么大的里程碑式的进步，她的高兴和激动却是转瞬即逝。

原来，她没有和我一起从康复中心回到病房，而是兴奋地赶紧将我能站立起来的喜讯，打电话告诉几位医学专家，希望获得他们的肯定和鼓励，但得到的反馈却是：能站立不等于能迈步，能迈步也不等于能走路，能走路最重要的条件就是身体的平衡感必须恢复，否则，即使能迈步也是东倒西歪会摔倒，那还敢迈腿走路吗？而全身瘫痪的病人，平衡感基本上不可能再恢复了。所以，我最好的结果就是坐轮椅，这个结论不会错。

第二天一早，为我做颈椎手术的韩小弟主任医师、主治医师付兵大夫、日本康复师、护士长，以及其他医生和相关人员，一起走进我的病房。

"听说你昨天下午站起来过？"韩主任从他那厚厚的眼镜片后面，流露出的眼神是极其疑惑的，向我提问的语气也是疑惑的。

我得意地重重点点头。

其他昨天在场的见证者，纷纷证实了这个惊人可喜的事实。

韩主任没答话，只是用一把小榔头，连续敲敲我腿的不同部位，但我却没有任何感觉和反应。接着，他又用手掌顶住我脚底使我腿弯曲，让我用力顶他手掌。最后，他没吭一声就带头走了，其余人也一言不发地跟着他离开了我的病房。

显然，韩主任还是认定我将终身瘫痪坐轮椅。不过，医学专家的这种强烈暗示，丝毫没有影响我很快就能全面康复的坚定信念。

9. 返回加拿大

考虑到中国和加拿大康复水平的差异，北京浑浊的空气，以及便于太太照顾，我决定返回加拿大。

2015年5月5日，我全身瘫痪后的1个月又5天，是我回加拿大的日子。

一大早，护工小余为我刷牙、洗脸，依依不舍向我告别。1个月来，她上的全部是夜班，从晚上7点，到第二天早上7点，尽心尽责。有一次，我傍晚发烧，她整夜每隔2小时为我擦一次身，不断用冷毛巾敷在我额头上，直到第二天早上，我高烧退去。她全家从四川来北京打工，她晚上在医院做护工，白天去超市上班，为的就是孩子能在北京受教育。所以，我在知道她的情况后，尽可能晚上不去麻烦她，让她多睡一会儿。我祝愿她全家幸福、平安和快乐。

上午11点多，从加拿大专程来北京的西人女护士苏珊（Susan）、西人男护士亚当（Adam），来医院接我，护送我回加拿大。

我的主治医生付兵、ICU病房护士长赵娟、VIP病房护士长张若冲、客服部经理李金星，以及众多护士和工作人员，都来到我病房，围着我病床，同我依依惜别，并要我再三保证，将来一定来北京看望他们。

我对所有人大声、坚定地说道："不但会来看望你们，而且，是走着来的，并且，这个日子不会太遥远！"

大女儿已将我的一些重要物件，包括西装和公文包，都放进了拉杆箱，交给了亚当。

救护车载着我、加拿大护士、中国医生和助手，直奔北京首都国际机场。

我对天坛普华医院的医务工作人员，在我住院期间的精心治疗和细心照顾，由衷感激。尤其是那些美丽可爱的护士姑娘们，她们用细心、爱心和热心，对我无微不至地关心和陪护。我相信，谁娶了她们，都一定会幸福美满。与此形成对比的是，新侨诺富特饭店没有人来看望过我，甚至连一个电话都没来过。如果不是看在那位救我命的服务员，以及陪我去医院的两位员工尽心尽责的分上，我一定会起诉新侨诺富特饭店。事实上，已有好几位律师主动找我，说我所受的伤残是医学上最严重的，让我委托他们起诉酒店，并保证能得到一大笔赔偿款，但都被我婉拒了。

到了出关口，一位边检女警官手持我的护照登上救护车，在确认我的身份后，在我护照上盖了一个出境章，并示意我们可以出关了。

这时，到了将我从中方医护人员手中，移交给加方医务人员的时候了。

自从前天晚上，我第一次见到加方人员，到今天第二次见面，他们只是一个旁观者，从不过问和插手中方人员对我的安排和处治。现在，他们开始接管我了。男护士第一个动作，就是将套在我脖子上的颈托取下来，连同一只备用颈托，喊了一声"Excuse me"，便一起扔给了已经下车的中方人员。

"颈托，他的颈托不能取下，还要戴几个月。快给他戴上……"车下的医务人员还没说完，男护士已请司机启动了车子。

"不戴颈托，我的脖子不会再受伤吗？"我紧张不安而急切地问道。

我的主治医生付兵刚才还告诉我，由于我颈椎受伤很严重，而且还做了手术，所以至少还要戴四个月到六个月颈托。凡是移动身体、坐车等，都要事先将颈托戴上，否则，颈椎很可能再次受伤，并导致更严重的恶果。

"你手术已经一个多月了，根本没有必要再戴了！"男护士自信而坚定地说道。

女护士微笑着朝我点点头，肯定了他的说法。

我猛然想起，那只备用颈托，上面有医院护士姑娘们特地为我精心绣成的爱心图案和祝福语，我必须保留它作为纪念。可是，车子已远离出关口了。

自此以后，我再也没有使用过颈托。尽管上下汽车很多次，每天还做康复训练，也摔倒过几次，但脖子没有受任何伤。

由于我投保的加拿大保险公司，只和香港国泰航空公司签有飞往温哥华的协议，所以，保险公司先安排将我从北京转送到香港，再从香港转送到温哥华。

港龙航空在我登机前，已在经济舱拆掉了靠窗的三排六个座位，并安装了一个离地一米多高的临时小床；床的前后和外侧安装了三个帘子，以确保私密性。

我被移动床推进机舱，再平移到临时小床上。男护士和女护士，就坐在走廊另一边的前后，可以方便照顾我。

经过3小时30分钟飞行，飞机在晚上7点抵达香港国际机场。等到所有乘客全部离机后，我又被平稳地转移到移动床上，准备再转乘国泰航空的航班飞往温哥华。

我们乘坐的国泰航空航班，要等到第二天，即6日凌晨0点30分才起飞。也就是说，我还得在机场等候五个多小时。

他们将我推入机场候机楼一个很大的卫生间。男护士告诉我，他已在卫生间外放置了一个"正在打扫"的牌子，免得他人打扰。显然，他们经常去世界各地接回受伤病人，已经很有经验了。

我躺在移动小床上，看着天花板，思绪万千。受伤一个多月来的悲惨遭遇，一幕幕在我脑中回放，真是惨不忍睹，不堪回首啊。

我的突然瘫痪，不仅给我本人带来毁灭性打击，更给我最亲爱的家人带来精神上的极大打击，也彻底打乱了她们的正常生活，给她们添了极大的麻烦。对此，我感到内疚和不安。

难道我真的要拖累，乃至拖垮她们？

"不！决不能这样做！"我对自己大声说道。

由于我说的是中文，两位护士听不懂，所以他们赶紧走到我床头。女护士急切地询问我有什么事，哪里不舒服。我说没什么事，只是自说自话。

女护士看见我的尿袋要满了，便把它倒干净。男护士给我喂了西人喜欢喝的凉水，我感觉更冷了。见我没有其他需要，两人便又坐到一边聊天去了。

在候机大楼，空调温度开得很低。我只穿着一套医院单薄的病号服，身上盖着飞机上给乘客使用的一条薄薄的毛毯，睡在床上感到特别寒冷，瑟瑟发抖，牙齿不断发出"咯咯"的声响。这种状况，加上又是在卫生间等候登机（我以前每次坐飞机，都是在头等舱或商务舱贵宾休息室里等候登机的），使我感觉很孤单，很可怜，很悲伤，很难受。这种现状，同天坛普华医院病房里的条件，以及护士护工细心周到的照顾，有着天壤之别啊。

护士也没有其他办法可想，他们只穿着短袖，也没有任何保暖的东西可以盖在我身上，只能对我说对不起。

我只好咬紧牙关，忍着，熬着。时间过得很慢，我的感觉也越来越不好。寒冷、难熬、孤独和悲观，混合在一起，紧紧包裹着我，使我自全身瘫痪后，第一次感受到很凄惨，很无能，很无奈，很悲凉，情绪极其低落。

此时，哪怕只有一条厚厚的毛毯盖在身上，让我摆脱寒冷，我都会感觉无比高兴和万分激动。

我忽然彻底领悟到了20多年前，在上海市杨浦区人民法院工作期间为一位老人平反时，他为何如此激动和高兴。

那时春节只放3天假，1992年大年初四一上班，由于希望将好消息早点告诉心急如焚的当事人，我决定年初五出差去冰天雪地的山东省巨野县，将平反决定书交给一位七十多岁的老人。

他原是一位大资本家，上海解放初期担任上海市工商联副主委，因其弟弟在1949年去了台湾，而在20世纪50年代末被打成"反革命"，没收所有资产，全家被押送回山东省极其贫穷的老家巨野县务农，接受劳动改造。

经复查，这是一桩冤假错案。当我宣读完对他给以正式平反的决定书后，老人已是热泪盈眶。我将一页纸的决定书递给他后，他那饱经风霜的双手竟然颤巍巍了起来。接着，他又仔细看了几遍决定书，一遍又一遍地说道："我平反了，我平反了，我终于平反了。"

他的老伴悄悄递给儿媳妇一只铝盆，低声说了几句话，被我看见。一问，原来他们是要去向邻居借面粉，准备烙饼给我们两位从上海远道而来给他带来喜讯的工作人员吃。我极力阻止。见他家一贫如洗，平反对他又是天大喜事，由于县城所有饭店都在正月十五后才开始营业，我建议晚上在县招待所食堂，由我请客，让他将亲朋好友喊上，一起欢庆他的"重生"。

晚上，担心我太破费，老人只是喊了他近二十位直系亲属。

他那四十多岁的大儿子告诉我，下午我们离开他家后，他爸爸还是一遍又一遍地在看平反决定书。自中共中央在1978年决定拨乱反正后，他爸爸就一直为他的冤假错案不断写信要求平反，尽管已有十几年了，但终于还是等来了公正的裁决。因此，他无比激动，非常快乐，这也是他晚年最大的夙愿。

是啊，当一个人最渴望的愿望得到满足后，比什么都来得实在，欣慰，幸福。

现在，要是太太在我身边多好啊。她一定会事先预备好了保暖御寒的衣服，还会用厚厚的毛毯把我盖得严严实实；她一定会带上一只保温杯，不时地让我喝温水；她一定会事先备好点心和水果，担心我随时会饿；她一定会紧挨在我床边，不时捏拿我的手，不让双手坏死，按摩我的双耳，说耳朵上面穴位最多，对我很有好处（在北京住院期间，她在的时候，每天都这样做）；她一定会同我聊天，安慰我，鼓励我……可是，她不在身边。

我突然感觉到，此时的我，比任何时候都需要太太，依赖太太，思念太太。

记得3月底我去北京时，西装革履，手提公文包，昂首阔步。5月初的今天，我离开北京时，除了一套病号服外，一无所有，是躺着被推出来的。此刻，我又孤苦伶仃地躺在了机场的卫生间内。

一个多月前的一跤，将我从天堂跌进了地狱：全身瘫痪，中止写作，关闭多家公司，取消旅游，放弃所有计划，连累家人……

我想不通，也接受不了，一向福星高照、顺风顺水的我，命运怎么会突然变得如此凄惨悲哀呢?

看来,无论在哪一方面,人的确时刻要有敬畏之心,要有约束的言行,否则,到头来害人害己害社会。

此时,我想到了我在法院工作期间,审理的一件申诉案件。

1993年4月,我驳回一位原正处长的申诉后,这位四十多岁的经济罪犯,双眼立刻流露出失望,甚至是绝望的神色,随即,流下了痛苦的泪水,嘴里轻轻说道:"我不放心我老婆,我更不放心我女儿。她们因为我受罪受苦了,我更是毁了我女儿的美好前程。早知道会有这样结果,当初我为何要收人家的钱呢?"

3年前,他在正全力以赴辅导即将考大学的优秀女儿功课之时,被抓了。最后,他因受贿,又恰逢严打经济犯罪,故被判刑。他女儿失魂落魄,他太太天天以泪洗面,一个幸福美满的家,瞬间变得惨不忍睹。现在,他不管如何悔不当初也没用了,历史车轮不可能倒着转。

他就是因为对庄严的法律没有敬畏,放纵自己,才由一位前途无量的好干部,变成了受到法律制裁的囚犯。

我之所以在黄刀市晕倒,在北京酒店内摔倒导致全身瘫痪,就是因为这么多年来,对自己的身体没有敬畏,对自己的精力没有约束,总以为我的身体是铁打的,永远不会垮,结果害己又害人,还浪费社会资源。

不知过了多久,男护士端着盒饭,走到我床头。他将床头摇高,用勺子一口一口喂我吃饭。

饭后,我同他们聊了起来。我问他们,保险公司为何这么小气,不安排你们坐头等舱,不安排我们在贵宾休息室等候登机?

他们向我解释，由于我无法坐起，而他们要时刻紧随我，照顾我，所以不能安排他们坐头等舱；由于不是头等舱乘客，也就无法进入贵宾休息室。

唉，别无它法，只能咬紧牙关再忍忍了。

尽管现在极其难熬，但这总比在酒店摔倒后趴在地上的感受和遭遇要好多了吧，至少没有生命危险。再过十几个小时，我又可以见到太太了，一切也就会好了。我无可奈何地自我安慰着，鼓励着。

总算熬到可以登机了，还是我们三个人最先登机。

在飞行期间，我无法入睡，不时俯瞰地面，或透过没拉严实的临时帘子中间的几条缝，看看耷拉着脑袋闭着双眼在打盹的护士和乘客。

十几年来，我无数次来回中国和加拿大，像个"空中飞人"。那时，每次去中国，都是斗志昂扬踏上商场；每次回加拿大，都是心情激动无比憧憬。而现在，我却成了一位"空中废人"，直挺挺地躺在飞机上狭窄难受的"床"上。

唉，世事难料啊。

原本以为我是最幸福的人，还能做到心想事成，现在，我却连最起码、最本能、与生俱来的吃喝都无法自理，拉撒都无法自控。我忽然醒悟到，人的健康就是数字"一"，而幸福、财富和成就无论多大，都是这个"一"后面的零，最前面的"一"没有了，后面的零再多又有何用？

一直睡不着，我感到有知觉的部位四处发痒，一会儿脖子，一会儿额头，一会儿耳朵，一会儿脸颊，极其难受。在天坛普华医院，每当晚上无法入眠时，也会出现这种情况，我立刻会喊醒护工帮我抓痒。而现在，望着已经耷拉着脑袋打着瞌睡的两位护士，同时担心吵醒其他乘客，我只能忍着，任凭奇痒在我脸上到处张牙舞爪。最终，我靠坚韧不拔的忍耐和毅力，战胜了奇痒。

飞机在万米高空向前飞行。机舱内已关闭了广播，灯光暗淡，一片静谧，就连空姐，也都休息了，大部分乘客，也都闭着眼睛进入了梦乡。我却睁着双眼，凝视着离我眼睛只有30厘米的机舱舱顶，凄凄地浮想联翩。

渐渐地，我想到，这个世界上，有矛就有盾，有阴就有阳，总有克敌制胜的办法。就拿47年前，我八岁那年的"丢卒保车"一事来看，正是因为找到了良策，结果将不可能做成的事，做成功了。

1968年8月的一个星期天下午，我带领弄堂里五六个都比我大的男孩，走了一小时，来到上海同济大学后面的毛豆地里抓蟋蟀。

正当我们每人抓到了不少蟋蟀，并继续兴致高昂地寻找更多蟋蟀时，突然，一群比我们高大的当地小孩，边说这毛豆地是他们家的，边开始抢夺我们口袋里的蟋蟀。我们四处逃窜。我一口气逃到了四周都是农地的一个建筑工地，他们紧追不舍。我气喘吁吁地对一位看上去四十岁左右，身材魁梧的门卫说，他们要打我，是否可以让我进去躲一下。门卫同意了。魁梧的门卫，两手叉腰眼珠一瞪，将那帮小孩拦在了门口。他们只好败兴地坐在马路对面的人行道上，等我出去。他们认定我身上一定有不少大的蟋蟀，还大声高叫今天是星期天，工地无人上班，门卫马上就要下班了，我会不得不走出建筑工地。今天，非把我身上所有蟋蟀全部缴获不可。

我赶紧走到离我十几米远的门卫处，询问这个建筑工地是否有后门。门卫大叔说没有，只有这一扇门进出，还告诉我，半小时后，我必须离开工地，他要下班锁门了。望着细竹子扎起来比我人还高的×字型篱笆，我感觉我是无法爬越的。见他们一副不达目的绝不离去的架势，我感到这次必定会被他们缴去所有蟋蟀。这三伏天，来回得在火辣辣太阳底下走上两个小时，抓蟋蟀又花了一个多小时，好不容易抓到了十几只蟋蟀，就这样悉数被缴，空手而归，我当然不甘心。于是，我坐在篱笆旁，寻思着，有什么办法，既能让他们感到达到了他们的目的，又可保住我口袋中我想要的那些蟋蟀呢？我想，应该是有办法的。

忽然，我想出了一个妙招，赶紧背对着马路，把抓获的所有蟋蟀，通过竹竿筒的细槽，一只一只查看，凡是个头大、品相好的，全部留在了竹竿筒内，放在了靠马路边的篱笆下面，其余我本来就会放生的小蟋蟀，放进了口袋，然后大摇大摆地走了出去。他们兴奋地朝我奔来，如获至宝地抢走了我口袋里的所有蟋蟀，一看，都是瘦小的，便将它们扔在地上，用脚碾死，还大声说，早知道都是小的蟋蟀，就不会傻乎乎地等了半个小时，然后悻悻然地走了。见他们走远了，我赶紧走到做过记号的篱笆处，捡起装有蟋蟀的竹竿筒，兴高采烈地回家了。

因此，对于这次的全身瘫痪，尽管医学专家都对我身体判了"死刑"——终身大小便失禁，余生最好的结果是坐轮椅，但我相信，我也一定能找到致胜法宝，打败这个"死刑"，并很快能康复如初。

飞机经过极其漫长的十几个小时飞行，终于在温哥华时间5日晚上10点15分，降落在了温哥华国际机场（Vancouver International Airport）。

折腾了一个小时后，我终于被几个专业的护送人员推到了出关口。然后，我被推出了机场大楼，转移到了一辆专业接送病人的车辆，直奔离机场11公里的温哥华总医院（Vancouver General Hospital）。

这次外出一个多月，经历了九死一生，遭受了极大苦难，落下了全身瘫痪，我终于回到了世界上最坚固、最安全、最踏实、最温馨的避风港湾——家。

5日深夜11点45分，我被安全送到了温哥华总医院的急诊部门。

从中国时间5日下午1点10分，离开北京的天坛普华医院，到加拿大西部时间5日深夜11点45分，到达温哥华总医院，我一个全身瘫痪不能动弹的病人，被折腾了将近26小时！

但此时，我却不觉得疲惫，没有任何睡意。终于回到温哥华了，想到马上就可以见到心爱的太太了，我内心充满快乐和兴奋。

我太太和朋友的儿子，已经在温哥华总医院等候着我。

"急死我了，航班信息说飞机晚上9点多就降落了，我们10点钟就等在了温哥华总医院，一直没有看见你来，也联系不上任何人。"太太快人快语，一脸急躁，"现在看见你安全回来了，总算放心了。"

　　我一看见太太，路上的压抑、悲伤和孤独就一扫而空，精神大振，心里也一下子放松了很多，开心了很多，踏实了很多。

　　"得等到所有乘客下机后，工作人员才能上飞机拆床，护送我下飞机和出关，所以晚了很多。"我向她解释道，"不好意思，让你们担心了，久等了。"

　　"这个我倒没有想到。看见你安全回来我就放下心了，我们多等一些时间倒无所谓。"太太轻轻撸撸我的头说道。

　　"哎，总算回来了。"我长长地出了一口气，百感交集地说道。

第 三 章 和病魔拼刺刀

10. 我居然能自己小便了

2015年5月6日，我入住温哥华总医院的第二天上午，一位年轻西人女护士将我身上的导尿管和尿袋去除了。

我想起在北京，天坛普华医院的医生及几位专家朋友，都认为导尿管和尿袋至少要陪伴我几年。当然，几年后，即使我膀胱神经恢复了，膀胱机能也早就废掉了。所以说，像我这种颈椎严重受伤导致全身瘫痪的病人，大小便会永远失禁，永远使用导尿管。虽然当时医院也采取了一个积极措施，即将我身上的的导尿管夹住，每隔两三个小时放松一次，但我的膀胱丝毫感受不到有任何压力，所以没有任何作用。

我不无担忧地向护士问道："我无法自己小便，没有导尿管，膀胱不是要胀破吗？"

"你可以试着自己小便。如果不行，我们会定时来给你导尿的。"她甜甜地一笑。

显然，她已经知道我双手无力，无法动弹，更无法自己导尿。

"你是说，我可以不用一直插着导尿管，也不需要尿袋了？"我精神一振。

"对。即使你自己不能小便，也没有必要使用尿袋，只需按时导尿就可以了。我会过几个小时再来的。"离开前，她将一只尿壶放进病房一角的橱柜里，"有任何需要随时招呼我。"

护士说我可以自己试着小便，这行吗？要知道，我已经整整一个多月没有自己小便，一个多月没有便意了。我怀疑自己是否还会有小便的感觉。也许是中国医生给我的"要自己小便也得等上几年"的心里暗示太强烈，我对自己有能力小便没有任何信心，甚至觉得根本不可能。

到了中午，专程从中国上海赶来看望并照顾我的挚友徐建强，在喂我吃完他一早在我家烹饪的午餐后，同我聊起天了。

突然，我感到有要小便的感觉了，只有一次，信号很弱，转瞬即逝。

这真的是要小便的信号吗？

我马上停止说话，想再感受一下，是真有要小便的感觉，还是错觉。不幸的是，我再也没有要小便的感觉了。

难道刚才真的是错觉？我很不确定。

不，应该不是错觉。从一早去除导尿管到现在，算下来已有四五个小时了，而且在这期间我还喝了不少水，到现在也没有被导过。刚才一闪即逝的信号，应该就是要小便的信号！

不管是否错觉，我都准备挑战一下，自己试着小便一次。

我想到，在北京的饭店昏倒苏醒后，额头再次流出鲜血，我就是用意念，想象着流血已被止住的画面，成功止血了。那么，现在，我是否可以同样用意念这个神秘武器，来指挥小便呢？

我决定尝试。

我请徐建祥将尿壶放在床上，然后开始闭目静思，用意念在脑中想象着膀胱里的尿液满了，需要排出来，然后深吸一口气并用内力挤压膀胱，同时想象着尿液经过尿道流出来的画面。

连续重复几次，没有效果。

我毫不气馁，继续用意念尝试着。

突然，徐建强兴奋地叫了起来："出来了，你的小便出来了！"

"真的吗？！"我不敢相信地问道，因为我的尿道没有任何感觉，也没有听到任何滴水声响。

"是出来了。"他再次肯定，"不过，只有一点点，二三十毫升最多了。"

"只要出来了，哪怕只有一滴，就说明我能自己小便！"我非常激动，顿感信心十足，"你让我再继续试。"

接着，我还是用刚才的方法，全神贯注，继续用意念努力自己小便。

病房里静得出奇。

突然，我听到了断断续续的声响。

那不正是我的小便流入塑料尿壶里发出的碰撞声吗？清脆！悦耳！此时此刻，在我听来，这种碰撞声远比世界上任何最美妙的交响乐还要动听，让人兴奋。

不知过了多久，终于，我感觉已经将小便排干净了。同时，我也精疲力竭了。

"小便的量多不多？"我急切地问道。

"大概有四五百毫升吧。"徐建强满脸笑容，把白色的塑料桶举在空中让我看了一下。

"成功了，我终于成功了！"看着白色半透明的塑料桶里那淡黄色的尿液，我兴奋地高喊着。

"你的这泡尿足足尿了40分钟！"他显然很细心，已为我计算了时间。

这是我全身瘫痪47天后的第一次自主小便！不要说用了40分钟，就是60分钟，80分钟，也是值得的！更是奇迹般的！

这次小便，虽然断断续续不流畅，而且耗时很长，人很累，但毕竟是由我大脑指挥膀胱神经完成的。这充分说明，我的泌尿系统神经正在恢复。

我这种用意念将大脑指令，发送给身体相关部位的办法，实际上是在他们之间重新连接一根导线，这样信息传递就畅通了。我把这种康复训练方法，称之为意念训练法。

我相信，有了第一次，就有以后的无数次。仅仅一个多月，我就能自己小便了，这使我更坚定地认为，我的身体我做主。同时，我更觉得我全面康复为期不远了。

我的保险额是500万加币，约3000万人民币。即使每天花费1万元人民币，我也可以不用支付一分钱，住在中美合资的北京天坛普华医院VIP病房至少8年时间，享受各种治疗、康复、饮食和优质服务及细心照顾，而且被当着上帝一样对待。不少买了保险的其他病房里的外国病人，一住就是很长时间，甚至几年，直到保险额度用完才回国。所以，在知道我想回加拿大后，院方曾多次极力劝说我继续留在医院。

我非常庆幸，当时做出返回加拿大的决定是及时的，明智的，坚定的。试想，如果我现在还在北京，还在继续使用导尿管和尿袋，能有今天的自主小便吗？恐怕我真的会终身离不开导尿管和尿袋了。想想简直太可怕了！

这次成功挑战权威，在身体康复中给了我一个关键和重要的启示，那就是不要迷信任何人，也不要迷信任何定论，要敢于挑战、勇于实践，结果往往会出乎意料，甚至创造奇迹。

下午4点，太太拎着一大包东西进来了，里面有中式晚餐（我不太喜欢吃医院免费提供的西餐）、水果等。我赶紧将我今天能自己小便的喜讯告诉她。她一副疑惑不定的神态，瞪大眼睛看着我，似乎不太相信我的话。当徐建强将整个过程叙说一遍后，她才喜出望外，比我还激动地连声说："这太好了！这太好了！"

11. 我像货物一样被吊来吊去

2015年5月12日，在温哥华总医院住了7天，做了全面身体检查后，我被安排住进加拿大西部最大、历史悠久的康复医院——思强康复中心（G.F.Strong Rehabilitation Center）。

"今天我是你的护士。"一天早上7点半左右，一位四十多岁的华裔女护士走到我的床前，用普通话和蔼地对我说道。

入住康复中心10天了，还是第一次见到全职的华人护士，还讲我们共同的母语——中文，我倍感亲切。我们很愉快地聊了几分钟。移民前，她曾是河南省石家庄市一家大医院的护士长。

"因为我们都是从中国移民来的，所以我想告诉你一些我们这里的习惯做法。"她微笑着对我说道。

我觉得这很好啊，到底是同胞，刚认识就这么热情，还担心我不懂这里规矩，便有些欣喜地看着她。

"有人对你很有意见。"她突然蹦出这句话。

"这怎么讲？"我很纳闷。无论是病友、室友、医生、护士和护工，还是治疗师和其助手，我们之间都相处得不错，客气有加。怎么会有人对我很有意见呢？"你能不能说得具体一点？"

"听说你不断要求护士把你吊起来？"刚说完这句话，她赶紧转头朝门口看了一下，确保无人在场后，才继续说道："一般来说，除了去康复训练，以及外出检查，一天最多再帮你吊起一次。而你却不止一次。所以，有人对你很有意见，说你很过分。"

周一到周五，康复中心每天安排我进行2小时的系统康复训练，每次康复训练，都被安排在健身房内，基本上都是在上午。此时，依旧全身瘫痪的我，除了右手臂能较大幅度移动以外，身体其他部位还是无法动弹，只能仰面平躺，无法坐起，更无法自己从病床上转移到轮椅上。

于是，护士就像我在温哥华总医院时一样，先将我整个身体转向左侧，用网兜垫在我身体右侧下面，再将我身体转向右侧，接着把网兜在我左侧拉平，让我平躺在网兜上，再将床上面的吊机放下，用钩子勾住网兜四个角，将我吊起，平移到轮椅上方，然后缓缓放下，抽走网兜，系好轮椅上的安全带（由于我腰部乏力，坐在轮椅上会往前倒下，所以职业治疗师在轮椅上特地为我安装了一条保险带），推着我去健身房。康复训练结束后，回到病房，反向再做一遍同样的操作。

晚饭前，我再被吊起一次放到轮椅上。太太喂我吃完晚餐后，推着轮椅带我到大楼外去散散心。回房后，我再被吊回到床上休息。

每周还有两次在我起床后，护工或者护士为我洗澡，以及隔天一早去卫生间大便，我也都需要被吊起。

这些都由我的当班护士做，他会同时请另外一个护士搭手，以确保安全。这也增加了他们工作量。他们原本一人就要同时负责几个病人，忙忙碌碌的。因此，他们更希望病人尽量睡在床上，不要多麻烦他们。

每当被吊来吊去时，我心里滋味都很不好受。瘫痪后，已经过去近两个月了，我竟然依旧无法自己移动。要想尽早摆脱这种惨状，首先需要多练坐，以增强腰力。由于每次坐轮椅时间一久，我就感觉很累，就得回到床上休息，所以我决定在每天下午，再增加至少一次起床坐轮椅的机会。

没想到，我昨天刚提出这一要求，就让人很有意见了。

我大脑快速运转，谁会对我有意见呢？我想不出是谁，便问她道："你能否告诉我，是谁对我这么有意见吗？"

"我不能告诉你。我这样提醒你，完全是为你好。"她一脸真诚。

我忽然明白是谁对我这么有意见了。应该就是那一位——一位很有经验、工龄很长、极其主观、医生时常采纳她建议的印度裔中年女护士。我清楚记得，昨天我自己要求起床两次，第二次时，她一听我要求后，脸色一下子变得不悦，但随即又微笑起来，可笑容是僵硬堆砌的。虽然她最终还是按我要求做了，但内心肯定是极不高兴的。今天一早，她很巧妙地通过他人来传递信息，就是希望我不要多麻烦他们，老老实实躺在床上。

"康复中心有没有规定我们病人一天起床的次数？"我反问华人护士。

"这倒没有。"

"安排我来这里的目的，就是希望我能康复。如果我整天躺在床上，能康复吗？"我继续反问她。

"我是好意，听不听由你决定。总之，不要让人家认为我们从中国移民来的人不懂规矩，乱提要求。"临走时，她对我说，"今天我是你的护士，你多起来一趟我没有意见。"随后，好像感觉我是狗咬吕洞宾不识好人心，她脸上阴沉，赶紧加快脚步走了。

"难道从中国移民来的人，就应该极其谦卑和作茧自缚？"我感到好笑和有些可悲。

加拿大推崇的是多元文化和各族裔平等相处，人的权利和自由高于一切。护士的工作，就是最大可能地为病人提供优质服务，而且要不厌其烦。

当然喽，我依旧我行我素，因为我来这里的目的，就是为了早日康复。

政府花了大量人力、物力和财力，为每位病人提供医生、治疗师、护士、护工的服务，提供病房、所有医疗及用品和一日三餐等，目的就是希望所有病人都能得到很好的照顾、专业的指导和良好的训练，尽早康复。我相信，康复中心所有员工，一定明白这个道理，也一定会尽力所为。

所以，在认为有气力起床时，我还是会用我右手手背去敲床边的按钮，召唤当班护士，包括那位对我很有意见的护士。事实上，不管是谁，都是很友好地来帮助我起床。那位印度裔护士，尽管表情还是有些不太自然，但也从来没有说过一个"不"字。

太太为了让我多坐坐轮椅，少麻烦护士，很快学会了如何将我安全地吊来吊去。她每次来到病房后，或者帮助护士一起将我吊起来，或者自己一人把我吊起来。

表面上看，我有些固执己见，好像给别人添了麻烦，然而正因为这分执着，我却得到了意外收获：按康复医院原本的计划，我至少要被吊来吊去2个月，甚至不确定多久，但由于我每天坚持增加坐轮椅的次数，并逐步延长每次坐轮椅的时间以锻炼腰力，加上治疗师对我的训练，以及我工作日自己每天额外增加2小时的训练，双休日和节假日自己训练4小时，一个月后，我就不需要再被吊来吊去了，而是由护士抱着我，我同时用力配合，从床上移到轮椅上，轮椅上的保险带也被拆去了。

又过了一个多月，我自己一个人可以坐起来，并依靠床边的铁杆，将自己移到轮椅上，不需要任何人帮助了。事实证明，我最终是减少了麻烦别人的次数。

12.　全身被刺入七十多根金针

太太在我决定返回加拿大后，早我10天从北京回到了温哥华。

有着一定医学知识的太太，进一步了解到，中医治疗是从人的整体经络来考虑，经络是气血循环及精气滋养的通道，经络的瘀阻滞塞将使得细胞组织及神经无法获得有效修复，所以，中医对神经损伤而导致高位截瘫的术后修复，能起到一定作用。

因此，太太回到温哥华的当天，便不顾劳累和倒时差，马不停蹄地寻找优秀的中医师，使我回加拿大后能尽快接受中医治疗。

加拿大有六千多位持有执照的中医师和针灸师，其中其他族裔人数比华人多，但要找到一位德医双馨的中医师还真不容易。通过众多朋友推荐，在短短二十多天之内，太太就在大温哥华地区先后同经过筛选的七十多位中医师联系，其中到他们诊所面谈的就有三十多位，一天面见四五位中医师，最远的来回车程得三个多小时。

通过筛选，最终选择了本拿比市济世中医诊所（Lee'Chinese Medicine and Acupuncture Clinic）的李永洲（John Lee）中医师。

从中国台湾移民温哥华的李医师，不久前刚卸任加拿大中医协会会长之职，有着40年的从业经验，是卑诗省注册高级中医师。他医术高超，治疗好了不计其数的各种病人，特别是方药，堪称温哥华第一块牌子。更重要的是，他品德优秀，尽心尽责，从不虚假宣传，夸大疗效，处处为病人着想，价格又极其公平合理。

我入住康复中心后的第二天晚上7点左右，李医师如约而至。在询问了我的受伤情况后，他把我太太请到门外，对她说道："如果十次针灸后，柯先生的身体还是没有任何反应，我就不再来了。"

太太问为什么。李医师解释道，由于我受伤特别严重，全身瘫痪已经一个半月了，身体还是几乎不能动，以他的经验，如果十次针灸后身体还是没有任何反应，应该就是终生全身瘫痪了，再治也是浪费时间和金钱，病人还要受很大痛苦。太太只好无奈地说，那就先做十次治疗再说吧。

李医师利用下班和休息日时间，不顾劳累，每周三次出诊为我针灸，每次从我头顶到脚底一共要扎入七十多根金针，半个多小时后再出针，然后开始刺血、拔罐和刮痧。一次共需一个多小时，而我身体没有任何反应和疼痛感觉。

"看来真的没有什么希望了。"李医师在第八次针灸结束后，对我太太说道。同时也暗示，他不准备再来了。他以前曾用针灸治疗过一些比我瘫痪程度轻得多的病人，效果都不理想。

"离十次还有两次呢，也许下一次我先生就有感觉了。还是请你坚持做完十次吧。实在不行，也就算了。"太太极力劝说他。

李医师点头同意了。

第十次，也就是最后一次针灸，在李医师对我右脚脚底的涌泉穴入针时，太太突然指着我右脚，兴奋大声地喊道："动了！动了！"

李医师疑惑地凝视着刚扎上针的我的右脚，感觉不太可能。

"我看见了，刚才右脚真的有一点点动。"太太很肯定地再次强调。

"好像是微微动了一下。"李医师皱了皱眉头，终于附和道。

"那你可就要继续来哦。我先生会越来越好的。"太太顺势要求道。

"好的好的，我答应继续来。"李医师爽快地承诺道。

事后，我问太太，我右脚真的动了一下？她如实地告诉我，她根本没看见动，但不这样说，好不容易找到的这位德医双馨的医师就不会再来了。现在，不管效果怎样，必须抢时间，尽全力，想尽各种办法，死马当活马医，反正没坏处。

随着时间推移，每天的康复训练，加上李医师的持续治疗，我身体的感觉也渐渐恢复了，两手臂、前胸有了疼痛感，且远比受伤前敏感很多，轻轻一碰就会很痛。

在康复中心期间，以及我离开康复中心回家后，李医师每次从我头顶到脚底全身扎几十根金针，出针后又对我全身进行大力刮痧，而且稳、准、狠。瘀阻部位越严重，针感反应越强，尤其刺血、拔罐及刮痧疗法，产生的痧痕、瘀痕随处可见，惨不忍睹，感觉恢复的部位，疼痛令我难熬。我总结出，李医师每刮一处，都在二十二下到二十五下。为了战胜剧烈的疼痛，我就在李医师刮痧时咬紧牙关，闭眼数数，心里想着，只要数到三十，这个部位就结束了。这样，我感觉每次都少刮了几下，心理压力少了很多。

太太不敢看，每次，只要李医师一拿起金针，就赶紧离开。就连当过兵、坚强无比的挚友徐建强，都不忍看下去，会在刮痧前的出针时，转身离去，事后，看着我全身都是深紫红色的刮痧印，告诉我，你每次身上都被扎了七十多根针，并连声说"兄弟受苦了，兄弟受苦了。"

从开始的每周三次，到以后的每周两次，每周一次，最后每两周一次，我整整坚持接受中医治疗四年多，受尽痛苦和煎熬。而且，随着我身体各部位的渐渐复苏，身体对疼痛越来越敏感，就连每次扎进去的几十根金针，每一针都让我感觉疼痛无比，而拔罐和刮痧更使我痛得几乎无法忍受。所以，对于李医师的治疗，我是既期望又害怕。不过，每次我都咬紧牙关，坚决挺住，并不断对自己说道：多挺过一次，就离康复多走近一步。

在思强康复中心时，一位兼职的华人男护士告诉我，巧得很，一年多前，我睡的病床上，睡着一位从中国海南投资移民来的四十多岁房地产开发商，他给汽车加油时滑到了，爬起来后又一次滑到，结果造成比我受伤程度轻了不少的全身瘫痪，也请李医师来康复中心给他针灸，因为太痛实在受不了，一个月后就辞退了李医师，请了其他让他舒服针灸的中医师一直为他针灸。上个月，男护士有事见了这位开发商，他还坐轮椅，说他一年多来虽然换了不少号称有名的中医师，但效果都不如李医师的，辞退李医师是他最后悔的事。

我曾问过李医师，你对所有病人下手都这么狠？他微笑着对我说，他会因每个人的怕痛程度而决定下手轻重，但效果就会有很大的不同，像你全身都瘫痪了，就要稳准狠，只有让我尽情发挥，才会有效果。

西方医疗判定我终生全身瘫痪，但中医理论认为，神经细胞尚未完全死亡，经过针灸方法的疏导调养，是可以恢复其应有功能的。

李医师中医针灸和方药的治疗，以及他那中西医基础扎实、年轻有为的儿子李宗颖（Johnson Lee）（他曾在我全身瘫痪后的三个多月，来康复中心为我做过检查，明确告诉他父亲，我这辈子不可能走路）后来一同加入对我的治疗，帮助我疏通全身经络，对我恢复身体功能的效果是明显的。

这也验证了中医疏通经络、祛瘀滋养，帮助自身修复受损神经细胞能力的理论，是正确的。

13. 妻子为我泡脚

最近几天，太太一直忧心忡忡，情绪烦躁，却一筹莫展。

我入住康复中心之时，正值2015年5月中旬，白天越来越长，晚上9点半以后才会天黑。那时，我还无法自己顺利移动轮椅，也无法驾驶自动轮椅。她总会在每天晚餐后，推着沉重的轮椅，带我去外面散心，和我聊天，减轻我的心理压力。

温哥华的许多马路，都有坡度，康复中心周边马路，尤为如此。而上下人行道，坡度就更大了。所以，每次上坡时，太太总是咬紧牙关奋力前推轮椅；下坡时，使劲拉住轮椅，避免朝前飞冲。遇上有风或气温略低的天气时，她便会用毛毯将我裹得严严实实，说我在康复期间千万不能感冒，然后再出去。随着我腰力增加，每次外出时间，也从开始的20分钟延长到1小时。

每当来到康复中心附近一个大运动场时，太太总会小憩一下，让我静静地看着场中景象。

我看见，运动场中，有和狗嬉戏的，有跑步的，有打棒球的……个个生龙活虎，让我很羡慕。"哪一天我能像他们一样多好啊。"我在内心说道。旋即，我告诉自己："这一天一定会来到的，而且不会很遥远。"

每天太太推着我回到康复中心，坐电梯到四楼后，我便要求自己用僵硬无力的双手（此时左手臂可略微移动了，但无法举起，只能下垂），推着轮椅的双轮前行，这样既可锻炼我双臂和手掌力量，又可减轻太太的辛劳。尽管离病房只有二十多米，但我却不得不中途休息几次，因为双臂实在无力。每次回到病房后，手掌发红，双臂酸痛，还会抽筋。经过几天努力，我在每天外出时，又增加了户外推轮锻炼。见我手掌被轮胎磨破出血，太太心疼得要命。侄子赶紧在网上，为我购买了一副专业自行车选手用的露指手套，以保护我的手掌。

回到病房后，太太再帮我洗脸擦身（尽管这是护士的工作，但她认为她擦得更仔细更干净）。

太太发现，我双腿越来越细，冰凉僵硬，这主要是血脉不通和长时间卧床所致。她很担心继续这样下去，我双腿会萎缩退化，失去功能。

怎么来解决这个棘手问题呢？

西医无良策，只是每天给我打一针防止血栓针，连续4个月（我在北京的医院躺了一个多月，一针都未给我打过），穿上特紧的长至近臀部的长筒袜（这同在北京时一样），只能慢慢等待自己恢复。

中医治疗效果也是缓慢的，而且最终结果无人知晓。

太太想，假如以后我双腿血脉流通了，加上每天站立时间增加，不就解决了这个双腿衰退的问题了吗？她要做的，就是在我能多站立前，想办法让我双腿血脉多流通。于是，她绞尽脑汁，最终，利用自己所掌握的一些医学知识，想出了一个她不确定十分有效，但肯定无害的办法：天天为我泡脚。

在我入住康复中心半个月后，她在家用生姜、花椒、尖椒和水煮好一锅浓汁，然后，用大的保温瓶装好，在我临睡前，为我泡脚。

第一次时，她先在病房里用电水壶烧了几壶开水，和浓汁一起倒入一只大的塑料盆中，将塑料盆放在床尾。由于我几乎不能动弹，双腿僵硬无法弯曲，只能直挺挺地躺在床上，她便一只手用力先将我一条腿往上抬，另一只手赶紧把几条事先叠加好的毛巾垫在我大腿下面，再使劲将我悬空的小腿往床头方向推进，使之弯曲，然后再将我的脚放入塑料盆中，不断为我揉搓小腿和脚，并小心翼翼地不时往盆里添加烫水，以保持适度水温，直到整个小腿以下发热、发红。

由于眼睛离水盆很近，浓烈的麻辣味熏得她直流眼泪。她赶紧用凉水洗一把脸，然后再换一只脚做同样工作。这次，她把头离水盆远一些，不怎么流泪了。

整个流程下来，至少半个小时，累得她气喘吁吁，不断用毛巾擦干额头上的汗珠。

等到将我全部安顿好后，已是过了晚上10点30分，她迈着"咚咚咚咚"铿锵有力的脚步，最后一位离开了早已静谧无声的康复中心。

第二天，我见她脸色憔悴，问她是否生病了。她告诉我，昨晚一晚没睡着，由于双手一直泡在泡脚液里，回家后辣得受不了，直到翌日早晨才感觉好些了，迷迷糊糊睡了一会儿。

第二次她学乖了，除了测试水温是否太高时会直接把手伸入麻辣水之外，始终戴着薄薄的医用橡胶手套为我揉搓，结果双手再也没有辣过。

尽管我两脚没有任何感觉，但她却认为，坚持这样做，对于我双脚恢复知觉、促进血液循环一定会大有益处。

我住在康复中心的三个多月，她每天为我泡脚，从不间断。

由于我腰力慢慢增加了，一个多月后，我可以坐在轮椅上将双脚放入水盆里，她就没那么累了。

有三五次，回温哥华探亲的大女儿和小女儿，见妈妈累得快要趴下了，走路都累，会轮流替换她来为我泡脚。其中一次，暑假回来的小女儿为我泡完脚后，帮我刷牙，再为我洗脸。当她那纤细手指顶着毛巾，在我耳朵里仔细轻轻转动擦洗时，我除了感动外，更多感受到无比欣慰和开心。一个95后、二十岁都不到的女孩，能这样细心为其瘫痪的父亲做这些，说明太太的言传身教让女儿们继承了她身上的美德。

我回家后，太太换了一只很高的、有加热功能的塑料桶，将水的高度注达我膝盖处，继续为我浸泡双脚。

就这样，她坚持每天为我煮泡脚水和泡脚，整整持续了两年，一共七百多天。

14. 我的手臂会死去吗？

入住康复中心的第三周，即全身瘫痪后的第二个月，我双臂及前胸的部分感觉恢复了，首先是有了触感，接着是痛感，而且对疼痛相当敏感，轻轻一碰就很疼。

就在这时，我感觉左手臂突然非常疼痛，而且越来越厉害，尤其到了晚上睡在床上，疼痛难熬。我会在太太每晚离开康复中心前，请她将毛巾垫在我左肩下面，这样疼痛会减轻不少。好不容易睡着了，过不多久又痛醒。由于全身不能动，无法变换左手臂的位置，只能用右手背敲床边为我特制的铃。护士来了之后，为我移动左手臂和垫在肩下的毛巾，直到我感觉略微舒服些。可过了一会儿，我又感觉疼痛无法入睡，只得再次把护士喊过来。

为了弄清原因，医生赶紧安排我去卑诗大学（The University of British Columbia）做X光检查。检查结果显示我左手臂没有异常。医生也没有良策，只能建议给我打封闭针，这样可以保证三四个月左手臂不再疼痛，也可保证顺利睡眠。我立刻婉言谢绝，因为封闭针不能彻底解决问题。

我想，西医没有办法，或许中医能帮我解决这个问题。

李医师为治疗我左手臂，动足脑筋。他先为我针灸，接着为我左手臂和左肩交界处放血。所谓放血，就是先用排针戳入需治疗的部位，连续几次，然后用火罐压在正在出血的针洞上，抽出火罐里面的空气。

尽管先前的针刺很刺痛，但我觉得还能忍受。可是当火罐一抽空，出血处立刻出现持续的绞痛，实在剧烈难熬。为了能治好左手臂，我咬紧牙关坚决忍住。约莫5分钟后，李医师拔掉火罐，放血处有不少褐色血块，是淤血，说明此处代谢功能很差。然后，他转动、扳直我的左手臂，再刮痧，疼得简直要我命。

如果我左手臂的肌肉粘连治疗不好，又不能动弹，那就不仅仅是疼痛这么简单的问题了。这样持续下去，会导致我左手臂肌肉萎缩、功能丧失，即使我打败了全身瘫痪，最终也会因为左手臂废掉，变成"独臂将军"。

这不行，绝对不行！我身上每一个部位都不能少，都不能废！

所以，除了李医师每周三次来康复中心为我全身及左手臂针灸刮痧外，我还让人每天360度旋转我左手臂至少几次，每次几十下。每次旋转，我的左手臂不断发出"咯咯"声响，肌肉像是被撕裂一样，疼痛难忍。此外，我还每天让人握住我左手臂，沿着墙往上举。

所有治疗和被动锻炼，效果都不明显。

三个多月后，离开康复中心时，我平放在床上的左手臂还是几乎无法抬起一点点。李医师和我太太都认为，我左手臂基本上保不住了。

但我不认命，回家后除了继续依靠中医治疗外，更多的是自己主动锻炼。我不时抬臂，左手沿着床边的铁杆使劲往上移动，每往上一次，尽管只有几厘米的高度，不但必须竭尽全力，而且都是撕心裂肺般疼痛，但我还是坚持，坚持，再坚持。

功夫不负有心人。经过一年多的中医针灸治疗和锻炼，尽管有反复，有波折，吃尽苦头，但我左手臂还是有了很大改善，不需要抬肩就能上举了，还能摸到头发。

我不会成为"独臂将军"了！

然而，天有不测风云。正当我信心满满、以为前面一片光明之时，2017年4月28日，我全身瘫痪2年后，当我在床上刚躺下一会儿，左手臂突然奇痛无比。无论我采用何种睡姿，无论我将左手臂如何放置，整个左手臂就是疼痛不已，从左肩开始一直到指尖，而且是分段的，间歇的，此起彼伏的。这种痛，既不是刺骨的，也不是钻心的，是在剧痛的同时，还夹杂着手臂像是被绑上100公斤重物般难以忍受的负重感，难受之极。我无法入睡，通宵疼痛煎熬。直到凌晨，才迷迷糊糊睡了一会儿。

第二天，发展到白天坐着的时候，我左手臂无论是搁在桌子上，还是自然下垂，都会不时出现和晚上一样无法忍受的疼痛。我恨不能将左手臂砍去，这样才会好受些。

第二天晚上开始，情况愈发严重，导致我整个人筋疲力尽，手指更是僵硬不堪，左手握不住任何东西，脖子只能前倾，像只鸭子，只要略微往后一点点，整个脖子、左手臂和手指就会同时奇痛无比。

虽然经过中医每天上午的紧急治疗，感觉疼痛症状明显减轻，但是，到了下午，尤其是晚上，难熬的疼痛感又回来了。连续一周的折腾，尤其是晚上无法入睡，导致我疲惫不堪，体力急剧下降，活动能力大大减退，平时常做的一些康复训练，无力再去做了，特别是走路，退步很大，平衡感更差了。

与身体变差影响康复训练相比，精神和意志上的打击更严重。

这几天，我再次极度怀疑我无法康复了。由于悲观和失望，尽管每天我还在咬紧牙关努力训练，但收效甚微。

经过中医的7天治疗，状况明显好转，但伤痛还在反复。12天后，剧烈的疼痛感又回来了。我也看了家庭医生，吃了西药，收效甚微。看来，中西医都无法解决我左手臂的问题，只能依靠自己了。

于是，我决定加强左手臂的自我主动锻炼。每天，我沿着墙，将左手臂慢慢往上爬，每次努力争取达到最大高度。这时，左手臂里的肌肉像是被撕裂，疼痛难熬，但我依旧坚持锻炼。同时，我趴在沙发边，请人将一只10磅重的哑铃绑在我左手腕上，让手臂负重下垂，以达到拉伸的目的。接着，我右手握住沙发边，站稳后使劲转动左手臂，每次我都会听到肩关节处发出"咯咯"的声响。

通过锻炼，一个月不到，我左后脖子，一直到左手臂，乃至左手，已基本痊愈，手劲也恢复了，走路稳定性也大有改善，和前些天相比，判若两人。

尽管此后的两年时间里，左手臂的伤痛还出现过好多次，但一次比一次轻，发作的时间间隔也一次比一次长。通过四年半同左手臂斗智斗勇斗坚韧，我左手臂的病痛痊愈了，力量也在日益增加，完全救活了。

在这其间，我始终坚持中医针灸的治疗，这对我左手臂的恢复也起到了不小作用。

我曾咨询过好几位医学专家，我左手臂从未受过伤，为何会忽然疼得这么厉害，持续时间这么长，还不断出现反复？答案或是不知何因，或是由于人体神经是交叉影响的，身体右边神经受损，会影响到左边功能，反之亦然。我想，这一定是四年半前，我在饭店卫生间趴在地上，身体压住右手臂数小时，导致右手臂神经受损，交叉影响下，使得左手臂出现严重问题。此外，至今我身体左边明显弱于右边。由此可见，当时右手臂受伤程度是极其严重的。

左手臂被救活、变强壮的事例，使我深深感觉到，尽管主动训练是痛苦的，艰难的，但其效果却是被动训练无法达到的，是事半功倍的，这也是身体康复和生活自理的必经之路。

15. 小便功能突然丧失

5月12日住进康复中心后，我还是继续实施自己创造的意念小便法：首先在大脑中想象着小便的画面，然后将此意念强烈传递给膀胱、尿道，放松全身，再深吸一口气努力加压腹腔，开始小便。每次需要花费很长时间，而且环境也要极其安静，结果是有时能自己小便，有时却一滴未出，仍然需要导尿，但小便功能总体是趋向好转的。

但是，我的这种小便法，受到了几位医生的严重警告。

"20年前，人们都用这种使劲用力的方法来努力小便。但这样做，会使得尿液倒流进肾脏，导致尿毒症，会死去。近20年来，都用导尿管来排尿。所以，你绝对不可以屏气挤压膀胱，用力小便。"医生严肃、认真地一再警告我，并要求我每次小便都通过导尿完成。

我还是一意孤行，因为我绝不希望被终身导尿。不过，为慎重起见，几天后，我还是请教了中医师李永洲。他不同意这种说法，认为没有依据。首先，尿液从肾脏流入膀胱后就不可能倒流，不管你是否拼命用力挤压下腹；其次，如果一直导尿，膀胱压力就不会增加，对恢复小便功能很不利；最后，只有坚持依靠自身潜力和努力，主动小便，才能逐渐恢复自我小便功能。

温哥华布鲁深脊髓中心（Blusson Spinal Cord Centre）给我做了膀胱压力测试，我膀胱压力几乎为零。那时，我已经不是每天都需要导尿了。一位很有经验的泌尿专科西人老医生对我说，由于你膀胱压力几乎为零，哪怕你每次都能自己小便，也不可能将尿液排干净，所以，还是要每天导尿一次，将膀胱中残余尿液抽干净，否则会引发尿结石，或小便有异味。可我依旧没有按专科医生的意见来做，因为我担心，我的泌尿系统会习惯于只有通过导尿才能将膀胱内尿液排干净的做法。

我小便功能恢复情况继续在改善，导尿次数在递减，完全自控指日可待，前景一片光明。

然而，就在洋洋得意的时候，我突然遇到了巨大麻烦，一个意想不到的打击，而且几乎是毁灭性的，几乎将我的信心彻底摧毁——虽然我有要小便的感觉，也采用了自创的意念小便法，但无论怎样努力，都无法自行小便了。每一次，都不得不由护士帮我导尿才能将尿液排出。

康复中心的医生闻讯，赶紧安排护士为我做尿液检测。半个多月前，我也曾遇到过一次同样突然再也无法自主小便的问题，并通过化验尿液，确认是因为尿路感染了。在吃了抗生素的第二天，小便就恢复了。我想，这次也一定会是如此。

果然，第二天一早，护士告诉我检测结果：尿路又感染了（导尿时一不小心就会引起尿路感染），并立刻按照医嘱给我吃抗生素。然而，我连续吃了4天抗生素，还是每次小便都需要导尿，没有任何改善。就在我焦急和困惑之时，护士跑来向我致歉，说对不起，之前搞错了，其实这次我的尿路没感染。我的天哪，这种玩笑可开不得，这会毁灭我自主小便的信心！

既然我的尿路没感染，为什么不管我如何努力，如何运用意念小便法，如何使劲用力挤压膀胱，小便就是无法出来呢？难道我小便功能又完全丧失了？

我惶惶不安，赶紧咨询医生，医生也说不出原因。我又询问几位极有经验的护士，以前是否遇到有病人同我类似的情况？护士的回答更让我失望：以前就没有碰到过像我受伤这么严重的全身瘫痪病人自己能小便的，还反过来问我，为什么我会突然小不出便呢？令我又好气又好笑。他们本以为我创造了一个奇迹，现在不能自主小便，需要导尿，纯属正常情况。但对我而言，这个打击太大了，让我跌入了深渊。

难道我这辈子还是逃脱不了终身需要导尿的结局？

能自己走路和控制大小便，是我对自己康复的最低要求。目前，我无法自己独立走路，大便又必须依靠药物，尽管我依旧信心满满，但结果到底如何，心里实在没底。好不容易对自己小便功能的恢复有了希望，现在这希望之光却突然熄灭了。

难道医学上对我的定论，是千真万确无法改变的？难道我以前的自主小便，只是偶然碰巧出现的？

整整1个星期，我都感觉迷茫和无望，压力重重，对身体其他部位的康复训练也心灰意冷，没有任何动力。

我甚至想到，如果在能自主小便和可以坐轮椅之间，只能选择其一，我宁愿选择前者，因为我双手几乎废掉，无法自己导尿，也不可能让太太日复一日年复一年为我导尿，余生只能让他人为我导尿，既不方便，也限制了自由，更没有了尊严。

我再一次站在了康复的十字路口。下一步怎么办？是继续按照自己的方法，不屈不挠地坚持训练小便，还是认命，放弃极可能无效的痛苦艰难训练呢？

放弃很容易，也符合医学规律。但是，今后也就再也没有可能恢复自主小便功能了。

我看到比我早入住康复中心半个多月的同房病人——一位腰椎手术导致下半身瘫痪的老挝裔移民，手术后几个月了都无法自己小便，每次都需要导尿，好在他只是半身不遂，上半身健如常人，每天都能自己导尿。而我，严重的全身瘫痪，手指无法动弹，必须依靠他人来为我导尿，一天就得好多次，一年就得几千次，余生就得无数次。我愿意吗？我甘心吗？我认命吗？

不！哪怕是在做无用功，我也得全力而为，死马当活马医！同时，我坚信，付出必有回报，量变到一定程度，就会发生质变。任何事物的发展，都是螺旋式上升、波浪式前进的。所以，出现反复，甚至暂时倒退，都是正常的。

于是，每次要小便时，我首先依旧按照我的方式继续努力，实在不行再请护士来为我导尿。

就在这时，在康复中心社会工作者安排的一次关于神经知识的普及讲座上，专家讲到，人的大脑发出指令，通过椎管里的神经传达到身体相关部位，身体才能完成任务。一旦椎管里的神经受损受阻，指令就无法传达，也就残废了。神经在哪个部位受损受阻，以下部位就失去功能。但神经这个东西生命力又很强，如果原有的线路通不过，会在椎管里寻找出其他通道，将大脑的指令传达到身体的相关部位，一旦成功了，神经功能也就恢复了。

这也证实了，我用"意念训练法"来训练自主小便的方法不但是正确的，而且是在强制性地将大脑和身体相关部位之间的神经尽可能地快速接通，是个相当行之有效的方法。普及课给了我理论上的支持，也进一步增强了我的信心。

经过不懈努力，1周后，我又可以自己小便了，比以前还有进步。又过了几天，我可以站着小便了，而且，导尿次数越来越少，每次小便时间也在缩短。我对康复的信心又回来了。

这充分证明了，任何事物的进步都不是一帆风顺的，最黑暗的时候，往往恰恰是黎明前的黑暗，挺过去了，曙光就出现了。

在我训练小便功能期间，中医针灸也起了一定作用。每次针灸结束后，我的小便会排得相对顺畅。记得有一次，李医师在为我做完针灸治疗刚离开康复中心不久，我感觉尿急了，结果，第一次没有间断地将一泡尿干净利落地撒完了。太太异常兴奋，立刻打电话向正在回家路上的李医师报喜，并一再感谢他的高超医术。

离开康复中心前夕，我还会每隔一两天就需导尿一次。因此，护士教太太如何帮我导尿。太太还在康复中心买了一百多根导尿管，准备回家给我使用。

幸运的是，我回家后，竟然没有导过一次尿。自从我4月1日全身瘫痪大小便失禁后，仅仅过了近5个月，我就颠覆了医学上对我的其中一个论断——终身无法自己小便！

我笑着对太太说："不好意思，没让你买的导尿管有用武之地。"

太太呵呵一笑："我宁愿扔掉也比你使用好得多。"

尽管每次很费时、费力，但终究能自我感觉把尿排干净了。也许膀胱里还有少量残余尿液，可我坚持不导尿。

1年后，布鲁深脊髓中心通知太太让我去一下，我以为是检测我颈椎，便如约而至，结果一看还是检测我的膀胱压力，因为检测时很不舒服又费时间，而且对改善小便功能没有任何帮助，所以我拒绝了。

当听说我回家后，竟然没有一次使用过导尿管，也没有出现过尿异味等不良现象后，还是那位很有经验的泌尿科老医生，以带着怀疑的目光注视着我，并重复提了几个问题。最后，他问我明年能否来检测一次，他们需要做些统计。我说，我的小便功能越来越好，就不再来了。

到了全身瘫痪后的第二年，我的小便功能基本恢复了，也从未出现过尿结石、小便失禁或小便有异味的现象，更没有造成肾脏出问题或患上尿毒症。而且，随着时间推移，我的小便功能越来越正常。

16. 严重失眠怎么办?

全身瘫痪后，原本睡眠就很易惊醒的我，会常常失眠。有时躺下后，需要一两个小时才能入睡，还时常醒来，之后又是较长时间无法再次入睡，导致第二天无精打采，哈欠连天。

康复中心医生立刻找我，说医学证明，像我这种神经失去功能的病人，必须和时间赛跑，两年内，尤其是第一年，是身体最佳和最快的康复时期，以后基本不可能再有所改善。因此我必须有充足且高质量的睡眠，才能保证第二天有充沛精力进行康复训练，所以，他们要求我每天睡前吃安眠药，这样就能保证第二天康复训练的质量和效果。

晚上临睡前，护士拿了两片安眠药，一定要我吃下去，这是医嘱。我吃了，晚上也确实睡得很好。大概是我从来不吃安眠药的缘故，这一次的效果特好。翌日一上午，我的精神的确不错。

第二天下午，我躺在床上，思考着是否要继续吃安眠药。

安眠药属于西药，见效快，也方便。但是，任何西药长期服用，不但会有依赖性，一旦停止服用，症状还会变得更加厉害，而且都会对人体肝脏有所损害。所以，除非万不得已，否则不能多吃。

人尽量要用人体自己的意识和潜能，来纠正和控制刚出现的一些不健康症状。

我相信，我能依靠我的意志和正确方法，战胜严重失眠这个问题的。

于是，我决定不再吃安眠药。

晚上，护士照例又给我送来安眠药。我对她说我不需要了。护士还想对我说什么，我先于她说，明天一早我会告诉医生，是我自己坚持不吃安眠药的，与你无关。

第二天，医生没有来找我。显然，通过前不久睡眠呼吸机一事，医生已经很了解我的个性：一旦决定了，旁人就很难再改变我的想法。

那是我入住康复中心没几天，一位西人专业女士来检测我的睡眠情况，结果是我在睡眠中出现过几次窒息现象，所以她要求我睡觉时必须戴上睡眠呼吸机，否则第二天会精神萎靡不振，还说康复中心二楼所有高位截瘫的病人（原本我也是被安排住在二楼的，只是由于病房全部住满了瘫痪病人，才安排我住在患者病情相对轻很多的四楼的），几乎都戴睡眠呼吸机睡觉的。

我试了1个晚上，既不舒服又极其麻烦，而且以后会一直依赖他人在我睡觉时帮助我戴上这种仪器，于是我决定不再戴。

中医师李永洲说，随着时间推移，全身瘫痪导致我全身肌肉松弛的现象会慢慢改善。在针灸时，他还增加了对我喉部肌肉的针灸治疗。

康复中心医生，为此找过我几次，对我讲道理，强调睡眠呼吸机对我的重要性。可我还是坚决不戴。无奈之下，医生只得放弃了。〔全身瘫痪2年多后，即2017年8月24日，我因为严重缺铁导致摔倒，被救护车送入北温哥华市的狮门医院（Lions Gate Hospital）。医生对我做了全面检查，其中包括要求我戴着一台同上次一样的检测仪，24小时记录我的身体状况。几天后，医生告诉我，我没有睡着呼吸短暂窒息的问题〕。

我依旧还是很难入睡，或者睡了一会儿就会醒来并失眠。听着室友轻轻的鼾声，我是多么羡慕和妒忌他啊。

能顺利入睡，对于失眠的人来说，可真是人生一大追求和无比幸福的事啊。

我一直无法入眠。直到感觉要小便了，按习惯，那应该是凌晨两三点，我依旧精神抖擞，毫无睡意，躺在床上受着煎熬。

看来，医生的决定没有错，再不吃安眠药，白天如何有精力进行康复训练？我按响了床边按钮，打算等护士来帮助我小完便后，就要求她给我吃安眠药。我想，为了保证第二天能精神饱满地训练并和全身瘫痪抢时间，我或许应该在康复期间按医嘱吃安眠药，等到身体全部康复了再终止。

在等待护士到来的这段时间，忽然，我好几位朋友的身影在我脑海里闪过。他们都是靠吃安眠药才能入睡的人，有的已经吃了几十年，也曾经努力尝试戒掉，但终究不能如愿，因为西药的依赖性太强了。我又犹豫了，万一我康复后也戒不掉安眠药呢？我不但终身要吃，还会严重伤害肝脏。权衡利弊后，最终，护士来到后，我还是放弃了服用安眠药的念头。

望着天花板，我开始寻找失眠原因。

我瘫痪后睡眠就一直不好，这大概主要和神经系统严重受损有关，此外就是我自身的原因。我发现，凡是临睡前我说话太多，或者构思写小说及用脑太多，基本上都会严重失眠。所以，我在临睡前尽量放松心情，不动脑筋，少说话。此外，不管多久才能入睡，我尽量泰然处之，听之任之，同失眠比耐心。

与此同时，中医在针灸时，为我增加了睡眠治疗。每次针灸治疗这一天，晚上我都睡得不错。

果然，我的睡眠情况开始有了一些改善，而且不断在变好。

同失眠抗争，是痛苦的，难熬的，需要更多的耐心，更强的毅力。不过，随着时间推移，我睡眠质量有了明显改善。全身瘫痪一年半后，我基本上已经不存在失眠问题了。两年半后，我睡眠质量比瘫痪前还好。

至今，我再也没有吃过一次安眠药。

我庆幸，我的坚持，使我又少了一个必须天天晚上吃药的任务，同时，肝脏也不会受到任何伤害，还省了钱。真可谓是一举三得啊。

17. 我能自己吃饭了

全身瘫痪两个月来，我的一日三餐依旧需要别人喂我。尽管此时我所有手指还是僵硬无力，但右手臂能抬起来了。

"康复的首要目的，就是学会自理。你可以试着自己吃饭。"我的西人职业治疗师娜奥米·史坦纳（Naomi Steiner）站在我病床边，将一只助餐器套在我右手上对我说道。接着，她将一把不锈钢调羹插入助餐器，教我如何使用。

我赶紧高兴地说OK，这正是我向往的呀！

这天傍晚，"咚咚咚咚"，长长的走廊里，又响起了一种与众不同和令人开心的脚步声，我立刻断定太太来了。

说来很神奇，哪怕我在讲话，哪怕在走廊里同时响起多个脚步声，我也立刻能分辨出太太的脚步声，铿锵有力，快速高频，使我立刻精神大振，心情愉悦。这也是我每天最期盼的脚步声。

每次，她都会左右两手各拎着一大包东西，里面有可口的晚餐、第二天晚餐之前的点心、水果、泡脚用的浓汁，以及我的换洗衣服。我每日的午餐，她已安排我表姐一早煮好后，由我表姐夫上午送过来。

尽管康复中心每天免费提供一日三餐，但太太知道我特别喜欢吃她煮的菜，就天天亲自下厨，而且一个礼拜的菜色从不重复。我已经吃了二十多年她煮的菜，不仅色香味和营养俱佳，更主要是习惯了。习惯是一样很神奇的东西，它会使人上瘾。

如同平日一样，太太待我从床上被吊起，移动到轮椅并坐定后，动手安置好病房里的升降小桌子，摆上盛着饭菜的碗盆，准备喂我吃饭。每一天晚餐，她都是先将我喂饱，然后再自己吃饭。

此时，我忽然对她说道："今天的晚餐我决定自己吃。"

"你说什么？"她坐在小桌子对面，惊讶地看着我。

"我是说，今天你不用喂我了，让我自己吃饭。"

"你自己？你手指都没法动，根本无法拿起调羹，自己怎么吃饭？"她以为我在开玩笑，或者异想天开。

"今天治疗师教了我如何吃饭。你把那只放在窗前桌子上的助餐器给我。"

待太太好奇地按我要求为我安放好助餐器、调羹后，我开始瘫痪后的第一次自己吃饭。太太睁大眼睛，惊奇地注视着我。

我很费力地抬起右手臂，抬高右手肘，将调羹插入盛着米饭的盘里，再往前推进，然后竭尽全力，将微微发抖的右手臂往上举，再往嘴边送。还未到嘴边，发抖的右手一歪，调羹里的饭全部掉了下来，撒落在了垫在我前胸的毛巾和裤子上。

"不行不行，你现在还不可能自己吃饭，还是我来喂你吧。"太太一边清理我身上的米饭，一边半命令似地说道。

接着，她用筷子夹起一块红烧肉，就要往我嘴里送。

"不！"我赶紧一侧脸，"你让我继续试。"

我又开始重复刚才的动作。这次，就在右手举到离我嘴边还有10厘米时，我一低头张开嘴赶紧迎了上去，迅速将调羹里的饭吞入嘴里。这一次，竟然成功了！

这是我瘫痪两个半月后，自己吃的第一口饭，对我而言，绝对意义非凡。接着，我又重复吃了几口。但总不可能为了将饭吃进嘴里，每次都是头与手快速相向运动吧？我决定头不动，只是手移动，像正常人一样吃饭。

这次，我请太太稳住碗，将调羹伸进装有红烧肉的不锈钢碗里，艰难地舀起了一块红烧肉，完全依靠手臂移动，将调羹送到嘴边。但是，由于没有距离感和方向感，调羹被我送到了嘴巴左边，碰到左侧脸颊，调羹里的红烧肉掉到毛巾上，又滚落到了裤子上和地上。

我不甘心，继续试。太太一边不断用餐巾纸，为我擦去嘴巴周边的饭菜痕迹，一边心疼地劝我说，这次已经很不错了，下次再练吧，一口吃不成胖子。我没有听她的，还是坚持自己练习吃饭，但吃了几口后，手臂很酸很累，抬不起来了。

此刻，我打算就听太太的话放弃吧，反正每天都得吃饭，有的是训练机会。正当我准备请太太喂我吃饭时，忽然感觉自己怎么这么没用，竟连一顿饭都无法自己吃下。之前是无法自己吃，现在有了办法，为何还要半途而废呢？于是，我将右手臂搁在小桌子上，休息了一两分钟后，一边对太太说，你不用管我，你可以自己吃，否则，饭菜都会冷掉，一边继续自己吃饭。太太没有听我的，还是看着我吃饭，并不时擦去我嘴边的菜汁。

经过一个多小时不懈努力，期间每隔五六分钟休息一下，我终于完全吃饱喝足了。不过，我脚旁、身上和桌上，都被我弄得一塌糊涂，到处散落着饭粒、菜和汤汁，脸也变成大花脸了。

太太很心疼我，赶紧为我擦脸，打扫干净被我弄脏的地方。

她认为我太心急，说康复不能太着急，我们有的是时间。不过，她还是在我吃饭时，用手机将我这具有历史意义的时刻记录了下来，最后情不自禁地说道："没想到，你居然能自己吃饭了。我太高兴了。"

太太将我完全清理干净后，将早已凉透了的饭菜经过微波炉加热后，这才坐下来开始吃饭。我想，此时，她一定早已饥肠辘辘了。

这是我有生以来一个人吃饭，所花时间最长的一顿饭，还吃得很累，手臂和脖子都很酸，像是做完一次艰难的重体力活。不过我很兴奋，很自豪，也很得意，因为这是我自全身瘫痪后，只能依靠他人来帮助我做任何事的状况改变了，这是我走向自理的第一步，具有里程碑意义。这更是给我一个信号：只要方法正确，不懈努力，我在身体康复、生活自理方面，还大有潜力可挖，而且，康复进步会越来越快，越来越大。

自此以后，无论吃什么，喝什么，我都不要求任何人帮助。随着手掌握力和手指力量的慢慢增强，我不再借助任何辅助物，像正常人一样，逐渐学会了使用调羹、叉、刀和筷子，吃饭时间也渐渐正常了。

> **独立进食**
>
> 　最初我只能借助工具用调羹吃饭。经过长期锻炼，到现在，我已经完全可以自己用筷子独立吃饭了。
>
>
>
> （扫码观看视频）

18. 我为妻子写贺卡

在和太太相识的二十多年里，我始终保持着一个习惯：每年在她生日这天，送上一张由我亲自书写祝福语和发自肺腑之言的贺卡给她。

尤其是今年，自我瘫痪后，她已为我付出太多艰辛和努力，所以，我更得将我内心的感激之情表达给她。

可是，自4月1日全身瘫痪后，虽然已过去两个多月，但我双手除了极其麻木以外，还是没有任何感觉，十指依旧弯曲并僵硬，没有任何握力，虽然能勉强拿起笔，但不可能握笔写字。

那么，今年我又将如何做到在贺卡上写字呢？

我坐在轮椅上，望着委托大女儿买来的一张生日贺卡，思考着。

我决定进行尝试。我请人拿来纸和笔，先尝试一下看看能否写字。可无论我怎么试，右手虎口就是无法合拢，根本无法握住笔，更无从写字了。我只得很无奈地放弃。

按我现状，不可能自己在贺卡上写字了，但我又不肯请别人代劳，也不愿让他人握住我的手来写，因为送给太太的贺卡只让她一个人看。同时，只有我自己亲自书写的贺卡，才最有诚意，最有意义，最能完整地表达我对太太的祝福、敬意、谢意和感激。我想不出有什么办法来完成我的这个心愿，但又不甘心，延续几十年的习惯，不能因我全身瘫痪而中止。

我陷入了有心无力又无奈的痛苦中。

第二天，我将不能写字的困惑和无奈，告诉了职业治疗师。她说有办法可以让我写字。我眼睛一亮，但又心存疑惑，问她有何办法。治疗师拿来一个很轻的，中间有孔的，直径约3厘米的红色长圆柱形橡皮柱，然后将一支圆珠笔的后半截插入了橡皮柱里，让我试试。

我费劲全力，将这支粗大的笔放在了右手的虎口上，试着写字。尽管右手很难控制，也落笔无力，但居然可以在纸上划出歪歪扭扭、断断续续的线条来。我大喜过望。

治疗师一走，我立刻开始用这支特殊的笔练习写字。

首先碰到的问题是，我无法将一个字完整地写出来。明明是一横的笔画，我会写成圆弧，一竖的笔画，会写成一撇或一捺，而且粗细不一，弯弯曲曲，比甲骨文还难懂。

接着，是每个字的大小相差甚远，还会重叠。

还有一个问题就是，我右手掌无法抬起，整张纸会随着右手掌的移动而动，而左手根本无法移动，也就无法将纸张固定住，所以，每个字会在变形中再变形。最后，我只得让人将一只放满水的大口杯，放在纸的左上角空白处压住，才勉强不让纸张移动太多。

练了几分钟，写了几十个字，几乎没有一个字是像样可辨的。手不听指挥，也感觉很酸，不得不停下来。

此时，我深深体会到，什么才是真正的无能为力，真正的无可奈何，真正的苦不堪言。

我想，我努力了，我的心意已到了，今年的贺卡就送现成的吧。于是，我决定放弃。

躺在床上休息时，我心里无法平静。随着时间"滴答滴答"在流逝，我越发感到心情烦躁。如果再不努力和抓紧时间，太太生日就到了，就会留下一大遗憾。

一定要亲自祝福太太生日的动力，强烈地激励着我。于是，我赶紧请护士将我再次吊起，转移到轮椅上，然后咬咬牙继续练。我必须抓紧时间勤学苦练，因为2天后就是太太的生日。

功夫不负有心人。经过我连续2天，每天半小时的练习，慢慢地，写出的字能辨识了。

于是，我开始在贺卡上书写起来。费了九牛二虎之力，终于大功告成。但说实在的，这张贺卡上的字，除了开头太太的名字以外，比任何一位不识字，也从未写过字的人，第一次所写的字都难看难辨。

太太生日这天下午，她一走进病房，刚放下东西，我便立刻对她说生日快乐，接着请她拉开床边柜子的抽屉。她拿起一只信封。我又请她打开。一看是张生日贺卡，她很意外，也很高兴，对我说，难得我在瘫痪的情况下，还记得她的生日，并送了贺卡，谢谢我了。见她准备将贺卡放进包里，我赶紧让她打开看一下。

"哇，这是你写的？"她原本以为只是一张现成买来的贺卡，现在看见贺卡上居然有水笔写的字，疑惑地问道。

"对，是我写的。"我不无得意地说道。

"你可以写字了？！你怎么可以写字呢？！"她睁大眼睛看着我，无法想象我是如何写的。

"你再看一下抽屉里的一支笔，我就是用它写的。"

太太再次拉开抽屉，拿起那支特殊的笔左右看了几下，然后再次打开贺卡，认真读起了贺卡上的内容。

她看了好久。慢慢地，我看见她的眼睛有些湿润。

我想，她读懂了。我又想，在这个世界上，恐怕也只有她一个人，能读懂这张贺卡上的内容。我还在想，她的激动，其中一大部分原因，是因为看见我在康复之路上，又跨出了一大步，由衷地为我高兴。

这是我全身瘫痪后，第一次拿起笔写字，而且成功了。望着太太开心的神态，我很欣慰。

这次成功，还有一个更重要和非凡的意义：我有能力余生在太太每年生日之时，依旧给她送上由我亲自书写祝福语和肺腑之言的贺卡了。

19. 我迈开了里程碑式的第一步

"今天我们开始练习走路。"

我瘫痪后的第三个月，西人物理治疗师（Physiotherapist，简称PT，在加拿大必须具有硕士研究生或以上学历，并通过国家认证考试，其工作内容是评估患者并计划和执行个性化设计的治疗计划，以维持、改善或恢复身体机能，减轻疼痛并预防患者的身体机能障碍）玛丽安·凯尔（Marian Cayer）推着一辆与众不同、专给手掌和手指无力的人使用的助步车，走到了我轮椅旁。

"我可以练习走路了？！"我坐在轮椅上，仰头看着她，以为我听错了。

"是的，你不是一直希望有这一天吗？"她微笑着对我说道。

啊，梦寐以求的这一天，终于真的到来了！

我除了兴奋之外，竟然突然觉得这一天来得有些快了，我似乎还没有准备好。

入住康复中心后，我渐渐摆脱了需要靠吊机起床、上床过程。在他人帮助下，我可以从床上坐到床边。不过，我整个人还是软弱无力，每次从床上转移到轮椅上，或从轮椅上回到床上，都需要有人抱住我的腰，帮助我转移。当时，我就曾向治疗师提出，能否让我练习走路。

能再次走路，是我全身瘫痪后朝思暮想的最大追求之一，也是最渴望的头等大事之一。之后，我又提过好几次。玛丽安总是微笑着婉拒我，说还没到时候。我怀疑她认定我此生不能再走路了，又不愿毁灭我的愿望，就找理由搪塞我。

玛丽安每天让我练习腰力、腿力和臂力，还让我多练站立。每当我站立时，踩在地上的双脚始终没有任何触感。如果不是有视觉为证，我是无法感觉到我的双脚是着地的。训练从开始的只能站立5分钟，逐渐增加到20分钟。

我回到病房后，双手握住特地为我安装在床边的铁杆，继续练习站立，以增加腿力和腰力。一段时间后，我可以连续站立30分钟以上了。我想，治疗师玛丽安此时安排我开始练习走路，一定是认为我的腿力可以支撑我身体，不会在跨步时因无法控制而一屁股坐地上。

玛丽安在我腰间系上一根保险带。我将双肘搁在助步车上面，由于双手无力，所以只是象征性地握着助步车的垂直握把。玛丽安喊着"一、二、三"，在我从轮椅上站起来同时，她用力将保险带往上提，这样，就可帮我稳稳地站起来。

我感觉自己在左摇右晃，很紧张，怕随时摔倒。玛丽安让我完全放松，不必担心会倒下，她在保护我，并让我迈腿。

我先是看了一下健身房正在走路的人，他们是如何走路的，然后闭眼用意念在脑中想象着如何迈腿，怎样走路。最后，我睁开眼睛开始迈步。我看着双脚，使劲抬起犹如绑上30斤负重的腿。虽然无法将腿抬高，脚底几乎是蹭着地面拖行的，但居然真的迈开了第一步。

啊，我能迈步了！我能用腿带着身体前进了！

第一步，对我而言，有着里程碑般的重要意义，直接打破了医学界对我终身不可能走路、最好结果只能坐轮椅的论断。

接着，我奋力迈开第二步，第三步……

每一步都极其艰难，移动距离大概只有10厘米左右，尤其是特别孱弱的左腿，左脚掌根本抬不起来，仅是脚尖触地而已，伸出去的脚不是朝向前方，而是借助大腿力量，往左拖出一个小圆弧，就像中风病人走路一样。我双臂搁在特殊助步车上，人往前严重倾斜，整个重心一半以上压在了助步车上。

尽管很艰难，但我还是顽强地咬紧牙关，屏足全身气力，一步一步极慢地奋力前行。

走了大约10米距离，花了足有七八分钟，还左晃右摇，有几次差点摔倒，幸亏玛丽安都及时拉住了保险带。

接着，玛丽安请他人将我的轮椅推到了我身后，让我坐下，结束了我全身瘫痪后的第一次走路训练。

10米，对一个正常人来讲，只需二十步左右，几秒钟，但对于在医学上被判定不可能再次走路的我而言，确是极其漫长和艰难的旅程，远比攀登珠穆朗玛峰困难得多。不过，这是创造奇迹的开端。

这充分证明，我的大脑是可以指挥腿的，也就是说，大脑连接腿的神经已经开始恢复了。有今天的第一次，就有以后的无数次。

对正常人来说，恐怕几乎没有人会特意去考虑如何走路。但对于我们这些瘫痪的病人来说，能重新走路，哪怕是借助助步车或拐杖等辅助器械，也还是非常艰难的，甚至是不太可能的，是梦寐以求的，是最大的奢望，是改变人生的转折点。

整整一天，我都沉浸在兴奋、愉悦和充满希望的激动之中。

20. 进入游泳池训练

对于瘫痪病人而言，在游泳池里练习平衡和走路是很重要的，也是很有效的。

入住思强康复中心两个多月后，物理治疗师玛丽安对我说，准备安排我每周2次下游泳池训练。但是，她最担心的就是，万一我在游泳池里突然控制不住大便，那不但要清洗、消毒整个游泳池，还要影响其他病人至少1星期不能到游泳池里锻炼，她也会因此很难堪。

像我这种全身瘫痪的病人，大便失禁，无法自己大便，但有时会无法控制突然大便，因此，没有治疗师会安排我们进游泳池的。即使只是下半身瘫痪的室友，在住院的四个多月里，他的治疗师也没有安排他下过游泳池一次。但是，我的治疗师还是冒着极大压力和风险，安排我去游泳池训练，目的就是希望我尽可能最大限度地康复。

我想，不让我下游泳池训练名正言顺，玛利安之所以肯冒着这么大的风险，帮助我，其中一个主要原因，可能是我的行为感动了她。

自从第一次几乎是趴在助步车上迈步后，每天下午四点半到五点半，我便在空无一人的长长走廊里，或者手握沿墙而装的长木板横着练习走路，或者一边一人架着我双臂，朝前练习走路。没练几次，玛利安就来找我，严肃地警告我，除了由她安排和陪着我练习走路外，其余时间我不可以自己练习走路，因为实在太危险了，随时都有可能摔倒再次受伤，甚至会造成不堪设想的后果。

我嘴上答应，却依旧我行我素，因为康复医生和治疗师都告诉我，受伤后，半年之内身体康复速度最快，以后会越来越慢，两年后就不会有什么进步了，中国医生更为保守，认为半年后就不会有什么进步了，我必须分秒必争。而且，能尽早走路，是我康复最重要、最迫切需要达到的的目标之一。

此时，由于我已不需要病床上方的吊机来帮助我移动了，所以我被转移到另一间双人病房，只有我一个人住。我让人将房门关上，在病房内被人架着偷偷练习走路。几天后，被一位进来的护士撞见了。

玛利安立刻知道了，但对我这位屡教不改的病人实在没有办法，除了不断告诫我千万不能摔倒外，只能顺着我。不过，为了让我更有效和安全地训练，她允许我每天在工作人员下班后，借用康复中心的特殊助步车练习走路，还专门指导了表姐夫如何保护我。

此外，整个康复中心的人，都知道我平时训练不但自觉，还大大超量，可以毫不夸张地说，是最刻苦的一位病人，这也深深感动了她。她决定全力帮助我，安排我在他们下班后和双休、节假日，去一个较小的健身房训练。这样，我每天又增加了1小时腿和手臂的力量训练。

不过，下游泳池前，她再三叮嘱我并要我保证，一旦感觉肚子不舒服就立刻停止去游泳池，并确保几天之内没有出现拉肚子情况才能下游泳池。她还悄悄地每天几次，向我的当班护士打听我大便情况。

那天，是我第一次被安排进游泳池。

我开着康复中心临时提供的电动轮椅，来到了一楼的游泳池更衣室，在他人帮助下，被转移到改造过的手推轮椅里，系上保险带，再被推到池边，等待治疗师助理把我推入游泳池。

康复中心每次会安排一位治疗师助理，下游泳池照看和帮助病人训练。这天，玛利安特地安排了一位来康复中心跟她实习的卑诗大学康复专业硕士研究生西人小伙子，陪我一起下游泳池，专门负责我一个人的安全和训练，因为下游泳池的病人中，只有我一个人属于高位截瘫。

小伙子推着我，沿着下坡通道一路向游泳池里推去，直到池水齐腰处才停下。他随后解开我的保险带，拉住我站起来，扶着我双肩，他倒退着走路，几乎是拉我往下走了几个台阶，踩到了游泳池底上。游泳池的水深约在1.4米左右，温度在摄氏35度左右，很舒服。到了水中，他便放开了我。我两腿根本站不稳，也没有任何感觉，不是东倒就是西歪，头部都沉入了水中，就像河面上一块浮木，四处飘移。小伙子赶紧又扶住我，否则我至少会喝上几口水。接着，他继续倒着走，拉着我双臂，朝靠近游泳池另一端放在水中的双杠走去。

我终于可以拉住双杠握杆了。有双杠作为依靠，尽管还是站不稳，但不会倒下，安全了很多。见我没有危险了，小伙子和我打了声招呼，说离开我一会儿，去帮助一下其他人。

我站在双杠中间，双手轻微搭住握把，努力使自己站稳。由于今天的病人相对比较多，他们或在水中大步行走，或在游泳，或在和岸上的助理互扔皮球，所以水波不断，摇晃着游泳池里本来就没有平衡感的我，使我更加站不稳。

经过数分钟十几次的站立练习，我终于可以将身体靠在双杠一侧上，在水中从开始的仅仅能站稳几秒钟，进步到能站稳1分钟以上了。

接着，我将右手臂半举在握把上方，左臂因无法举起，只能水平地离开握把，以便万一倒下时双手可以及时握住双杠，然后整个身体不依靠任何东西，尝试着站稳。开始时，我心里有些害怕会倒下，但再一想，游泳池里有那么多人，不会有危险的。于是，我大胆地尝试起来。刚开始几次，只要我双手一离开握把，整个身体就会立刻倾斜，几秒钟后便会倒，于是我只好赶紧拉住握把。再试，还是老样子。看来，我今天无法自己站稳了。

我靠在双杠的其中一条横杠上，双手握住另一条横杠，看着池内其他人。只见他们个个兴高采烈，在水中几乎都能行动自如，我顿感无比羡慕。假如我能像他们一样多好啊。

看了一会儿，我忽然感觉到，就是连续看他们几个小时，我还是不会取得一丁点进步。与其静态羡慕，不如动态行动，只有行动才会有进步。于是，我重新站在双杠中间，继续放开双手练习站稳。我还是每次一放手就会立刻倒下，幸好及时拉住了双杠握把才没有倒在水中。但我并不气馁，继续练习。

经过十余次练习，我终于可以坚持10秒不倒了。尽管只有区区10秒钟，但对我来说，这是我全身瘫痪三个多月后，第一次在没有人或其他器械帮助下，完全靠自己独立站立，而且站了整整10秒钟！这就告诉我，我的平衡感在慢慢恢复。我相信，只要坚持不懈地训练，我平衡感会越来越好。

这时，小伙子不知何时回来了。"Good job（做得好）！"他站在我身旁大声表扬我。其实，他是故意离开我的，就是让我独立锻炼，增强信心，但时刻都在悄悄关注着我。只要我一有危险，他就会立刻赶过来救我。

在游泳池里训练，还有一个好处就是水中的浮力使得我重如铁柱的双腿变轻了许多，可以比较容易迈腿走路。

紧接着，我乘胜追击，开始在双杠中间，尝试不借助任何东西走路。开始时，只要迈出一步就会倒下，到后来可以走上两三步才倒下；而每一次倒下之时，治疗师助理立刻将我扶正。

正当我欣喜地发现，游泳池对我帮助很大，通过四次训练，我在游泳池里走路的效果一次比一次好之时，意外突然出现了。

一天早晨，护工帮我洗完澡回到病房，然后帮我穿好衣裤、鞋袜后，我起床，双手握住床边铁杆练习站立和下蹲。突然，大便倾泻而出。护工闻讯赶来，见不可能擦洗干净，便又推着我重回淋浴间，还一路让我不要觉得压力重重和不好意思，这种状况对病人来说很正常，接着又给我洗了一次澡。随后，将我奇臭无比的衣裤拿去洗衣房清洗（住在康复中心的病人，只要将需洗涤的衣服放在洗衣房，护工就会洗好烘干）。没想到，11点我去健身房康复训练时，治疗师玛利安就通知我，暂停去游泳池训练，只有3天之内没有出现拉肚子的现象才可以再去。

无奈之下，我被"剥夺"了后面几次进入游泳池训练的机会。等到我离开康复中心时，只被允许再进入游泳池一次。不过，幸运和争气的是，尽管之后又出现了一次拉肚子的现象，但还是发生在病房里，这让玛利安长长地松了口气。

游泳池里的训练，不但大大增强了我对以后独立走路的信心，同时对身体平衡的训练效果也是相当明显的。

| 第 | 四 | 章 |　康复初见曙光

21. 回家3小时后救护车又来了

2015年8月24日，在我离家近5个月后，太太、大女儿及表姐夫，将我从康复中心接回了家。

两周前，职业治疗师娜奥米就安排了一辆可以将轮椅开上开下的专业车，接我一起来到我家。她要亲自检测一下，我回家后饮食起居及日常活动的地方，尤其是洗澡间，对我来说是否很安全。提出整改意见后，如果达不到要求，我就不能回家。一周前，她又安排我周末回家住一天，提前适应一下家里的环境。在看到相关位置整改后照片，确认符合安全标准后，她才准许我正式回家。

回到别墅，回到自己的家，我是悲喜交加啊。

几个月前，我还是健壮如牛，健步如飞，而现在却是全身瘫痪，坐着轮椅。念及此处，进门时刚有的一点兴奋感，立刻消失地无影无踪。

太太看出我脸上流露出的凄凉，赶紧推着我坐

磨难，对于弱者是走向死亡的坟墓，而对于强者则是生发壮志的泥土。
——［法国］卢梭

电梯，从一楼到地下室，再到二楼，每个地方转了转，还滔滔不绝地回忆以前在这栋别墅里发生的温馨、有趣的事情。看到既亲切又熟悉的一切，我刚进门时的悲伤和陌生感，霎时消去了一大半。

第二次从上海赶来，计划无偿照顾我3个月、刚从央企正处级岗位退休的挚友徐建强，一早就在厨房忙开了（两年后，他又来温哥华，见我身体和康复效果都越来越好，便如实告诉我，他之所以在我刚从中国回到温哥华，以及从康复中心回到家，两次来温哥华照顾我，缘于他认为我凶多吉少。他的一位中学同学，其妻在一次车祸中伤至高位截瘫，终日躺在床上，妻母及三个姐妹每周轮流照顾她，还请了一位全职护工，精心周到，但两年后，她还是因为体内器官衰竭而死了。所以，他担心我活不长，想尽其所能照顾我一段时期，也算是送我最后一程吧，毕竟我俩二十年的情谊胜似亲兄弟）。

到了中午，一桌美味可口的佳肴摆在了桌上。为了庆祝我回家，我们几个还一起喝起中国名酒茅台酒。

记得入住康复中心不久，医生和治疗师给我制定的康复目标是：我出院时自己能在床上不借助任何东西，从平躺到坐在床边；能借助滑板，从床边坐到轮椅上；能借助椅子等物，从地上爬起来；能自己喝水吃饭、刷牙洗脸、穿简单的衣服（没有纽扣和皮带的）和上卫生间。总之，要我做到在没有任何人帮助下，不会渴死、饿死、脏死、冻死和憋死。

三个多月过去了，我的康复效果和他们当初制定的计划，有着天壤之别。除了能自己勉强喝水、吃饭外，其余要求均无法做到。医生评估我在相当长一段时期内，康复不太可能有明显进步，或者根本不可能再有明显进步后，决定不再延长我的住院时间。我想，这不是因为康复中心四楼的医疗康复团队，随意制定我的康复计划和目标，而是由于他们不是专职负责瘫痪病人的康复训练，主要负责各种伤病不是很严重病人的康复训练（这些病人短期内康复效果相当明显），所以对瘫痪，尤其是全身瘫痪的病人（都住在二楼），难免存在误判。

所有这些，都说明我的伤残程度，远比他们判断的要严重得多，同时，我的康复速度，也远比他们预计的要缓慢得多。思强康复中心已有近70年历史，有一支强大的康复团队，对各种病人的康复训练经验丰富。现在，他们不但误判了我的康复结果，还对我的康复前景不抱有任何希望了。

尽管这样，但我还是坚持认为，我依旧会完全康复的。原定3个月到6个月完全康复不行，那就1年，最多1年半，应该绝对没有任何问题。现在，最重要的就是抓紧时间，刻苦训练。

刚吃完午餐，我马上就开始练习走路。我始终告诫自己：每多走一步，就离独立走路少一步；每多训练一分钟，就离完全康复少一分钟。

我和表姐夫来到宽大的地下室。我推着特殊助步车，他紧跟在我身后，以便万一我失去平衡摔倒，可以在第一时间抱住我。

此时，电视正在实况转播美国男子职业高尔夫球比赛。我边走路边看着电视。我请他将我接下去要走的路径上的一把椅子移开。也许是他见我前几圈走得比较顺利，便放心地离开了我。他离开的时候，我正好在左转弯。就在这个瞬间，我一下子失去平衡。意识告诉我，我要向左边倒下了，但我就是无法移动脚步，无法控制身体。我一面大声喊叫"要倒了要倒了"，一面直挺挺地朝左前方倒下去，双手根本无法做出任何反应。

表姐夫此时离我有四五步远，闻声赶来也无济于事了。我的左脸，重重地砸在一只四方形的茶几玻璃角上，茶几也被撞坏。紧接着，我整个身体又重重地摔倒在地上。

表姐夫见状，吓得六神无主，因为他深深地知道，几乎每个人，尤其是康复中心的专业人员，都一再叮咛我，绝对不能再摔倒，尤其是头部绝对不能再受到撞击，不然极可能会再次造成我全身无法动弹，我也就彻底完蛋。他一面想将我抱起来，一面声嘶力竭地高喊："来人呐——！来人呐——！"

此时，我的头脑是清醒的，感觉几股暖流从我脸上流下。一定是鲜血！这让我立刻想到四个多月前，在北京新侨诺富特饭店倒下时那可怕而悲惨的情景。今天，是我自全身瘫痪后的第一次摔倒，同样是头部被撞，同样摔得那么重。我感到很害怕。这次，会否又是毁灭性打击？如果再像上次一样使我椎体里的神经受到损伤，那么不但此前的康复训练前功尽弃，而且我的身体将彻底报废，不可能再有机会康复了！

我本能且冷静地告诉自己，赶快检查我的状况。我不顾流淌着的鲜血和剧烈刺痛，立刻验证手脚还能动吗？我将手举起来，没问题！又将脚移动一下，也没问题！啊哈，万幸，我没有再次全身无法动弹。我悬在喉咙口的心，终于放下了。

此刻，我听见好多又重又快的脚步声飞奔过来。

冲在第一位的是太太，紧接着的是徐建强和大女儿，接着是保姆。

太太见我满脸鲜血地倒在地上，赶紧伸出双臂要将我抱起来，并声嘶力竭地喊叫道："你怎么啦？你怎么啦？你怎么会这样呢？你怎么会这样呢？"她又转身质问表姐夫，为什么我会摔倒。

脸色苍白的表姐夫嗫嚅着嘴唇，不知如何回答。其他人也七嘴八舌地一边询问，一边帮助太太一起将我抱起来，让我坐在椅子上。

"不用担心不用担心。"我赶紧安慰太太。接着，我对大家说道："我手脚都能动，不会有大问题。"然后，我又对太太说："我摔倒和他一点关系都没有，是我自己造成的。"

就在大家稍稍安定一些的时候，救护人员赶到了。原来，10分钟前，大女儿看见我满脸是血倒在地上的惨状后，第一时间给911打了急救电话。很快，我被救护人员用担架抬上了急救车。

从我进入家门到再次躺上救护车，只有仅仅3个小时。

22. 我的平衡感还能恢复吗？

10分钟后，我被急救车送到了狮门医院急救中心。这已是四个多月来，我第三次被急救车紧急送医院了。

我很快被安排验血，做脑袋CT扫描等一系列检查。

一个多小时后，一位较年轻的西人男医生来见我，告诉我无大碍，脑袋里也没有出血；接着，为我清理缝合脸上的伤口。

我脸上一共有三个伤口。第一个伤口，在左眉毛中间，一共缝了五针。医生说我真幸运，如果再往下走1厘米，我左眼就瞎掉了。第二个伤口，在左眉毛上面2厘米靠发际处，缝了五针。第三个伤口在第二个伤口上面2厘米，刚进入左前额头发，缝了三针。缝完针后，医生让我再在医院里待上几个小时，需要观察一下。

当知道我今天刚从思强康复中心回家，他马上给康复中心打了电话，找了我住在康复中心期间，负责我的印度裔女医生斯泰西·波拉·里比（Stacy Bhola-Reebye）。本来，我今天已办理了出院手续，康复中心完全可以婉拒我，但她却热情地说道，如果我不需要住院，我可以选择再回康复中心住几天，由他们对我作进一步观察。

医生走后，我想小便了。大女儿便把负责我的当班中年西人男护士找来。他给了我一只尿壶让我在床上自己小便。我说不行，我无法自己小便，需要导尿。他说没必要，等到我小便的确很急了，自然会尿出来。言语之外明显暗示，活人还能被尿憋死？说完，又加了一句他现在很忙，必须照顾其他病人。我想再说什么，他已消失得无影无踪。

我试着朝尿壶小便，由于环境不好，我有些紧张，几经努力全部失败。

大约又过了一个多小时，我感觉膀胱很胀，因为自上午从康复中心回家后，12点不到在家里自己解过一次小便，到此时晚上7点多，我已有7个多小时没有小便了，但我就是无法自己小便。

大女儿赶紧又去喊那位护士。

护士也许的确忙得焦头烂额，很不耐烦地来到我病床前（这种态度，我在加拿大还是第一次碰到）。我严肃地告诉他，我无法自己小便，再不导尿，膀胱就要爆裂了，并严厉警告他，他再不为我导尿，我就要投诉他了，并且我的一切不良后果都得由他和他们医院负责！他见状，赶紧为我导尿。结果，导出整整1000毫升尿液，我顿感舒服。这个护士吓得脸色发白，赶紧对我连声说对不起，他不了解我的情况。我原谅了他，但告诉他要从这件事中吸取教训，免得闯下大祸。

我静静地躺在床上，等待着医生的决定。这时，我开始思考，今天为什么会发生这样的惨剧。

我是眼睁睁地看着自己直挺挺倒下的。我的整个身体刚开始向左倾斜时，根本没有任何感觉。倾斜到大约30度时，我这才感觉到要倒了。这时，我的意识告诉身体必须尽快移动脚步，这样身体就可重新取得平衡，就不可能摔倒；或者摔倒时用手去撑，起到缓冲和保护头部作用，头部就不可能撞上茶几，但手脚都像被绑住了一样无法移动。这说明我不但身体依旧很虚弱，很僵硬，两腿沉重无力，而且平衡感还是很差。

在康复中心的三个多月里，我曾不止一次问过治疗师和医生，我的平衡感还能恢复吗？他们的回答都是不知道。其实，他们是知道的，那就是我的平衡感不太可能恢复了，只是怕打击我的自尊心和积极性才对我这样说。

我又想起了太太在北京天坛普华医院告诉我的，所有医学专家都认定，我这辈子最好的结果是能坐轮椅。

　　我还想到了同样高位截瘫的桑兰和汤森，难道身为运动员的他们意志会不够坚强吗？难道他们的康复训练会不刻苦吗？难道他们没有专业的康复师帮助指导康复训练吗？为什么已经过去了一二十年，他们还是无法走路，只能坐轮椅呢？

　　现在，虽然我可以迈步，可以走路，但如果平衡感永远回不来，那么即使我把腿和腰练得很强壮，即便使用最安全的有四个轮子的助步车，走路时照样会随时摔倒，永远不可能自己独立走路了。

　　平衡感这个东西，看不见摸不着，不像肌肉和经络，主动权掌握在自己手里，只要多练就会看得见效果。

　　我突然领悟到，医学上对我的判定，一定是有科学依据的，是无法改变的。顿时，我感觉康复前景黯淡无望，情绪一下子跌落谷底，也忘却了伤口的疼痛。

　　看来，我的平衡感真的不可能再回来了，我这辈子真的不可能再次独立走路了。

　　我开始绝望。

　　然而就在这时，我忽然想起以前看过的杂技演员走钢丝表演。在一个细长、悬在半空的钢丝上走路、翻跟头是何其之难啊，但那些演员却如履平地，随心所欲。这是他们长年累月苦练造就的。我相信，一开始他们在钢丝上也没有任何平衡可言，但是他们百折不挠地练习，终究成功了。这说明，平衡感也是可以自己主动训练并能恢复的。我现在的情况不就和他们刚开始练习走钢丝一样吗？

　　现在，我唯一要做的就是调整心态，不要再强制设定一两年就能完全康复的目标，而是做好三年五载，甚至八年十年的长期康复训练准备。同全身瘫痪比耐心，比勇气，比坚强，比智慧，比毅力。

我坚信，只要能坚持不懈地训练，我的平衡感就一定会恢复，我也就一定能重新独立走路！

23. 调整心态很重要

当晚9点多，我被送回思强康复中心，这时离我上午11点多出院，仅仅过去10个小时。幸好，我睡的病床还没有安排给他人，床边铁杆还未拆除。于是，我又睡在了同一张病床上。

按规定，我既然已办理了出院手续，再住进来，所有程序还得重新来过。晚上10点多，一位年轻的西人实习女医生，在里比女医生安排下，赶到康复中心，就像我第一次住进来一样，为我做了简单的身体全面检查，并询问了很多问题。在康复中心，我又住了4天。

在这期间，护士按照医嘱，每天在我一早醒来及临睡前，都会问我叫什么名字，今年几岁，何时出生等简单问题，怕我脑袋被撞后出现后遗症，变傻了。

第四天一早，我被问得不耐烦了，故意将名字和出生年月说错，吓得那位菲律宾裔男护士脸色发白，以为我真的傻掉了，说必须马上报告医生，一定要送我去医院仔细检查。我随即哈哈大笑，说我这是在开玩笑。他还是不放心，连续问了我加倍的问题，见我对答如流才放心，并再三要求我以后不能再开这样的玩笑。

医生和治疗师多次严肃地告诫我，这次我摔得这么严重，尽管很幸运没有出现不可挽救的结果，但不等于以后再摔倒都这么幸运，所以要小心加小心，宁可不锻炼也不能再摔了，并一再暗示，医学上对我的论断，不是我想改变就能心想事成的，违反科学规律，往往适得其反。

4天后，即2015年8月28日，我第二次正式回家了。

这一次回家，我心情特别好。

我可以天天和太太及女儿朝夕相处，这就是天伦之乐。她们，尤其是太太，不用每天"长途跋涉"赶到康复中心。我的卧室、饭厅和书房，是那么让我舒适和安心。我可以做一些喜欢的事，随时吃喜欢的食物，可以自己主动安排每天的康复训练计划，可以在任何时候进入家里的室内游泳池练习走路和游泳。

我记得前不久，康复中心社会工作者，把即将出院的病人召集在一起，针对如何对待和安排好出院回家后的事宜，以及有何困难，召开了一个会议。面对几乎所有其他无不担忧回家很不适应或有困难的病人，我自信地说道："对于回家，我很期待，也没有丝毫压力。我相信，我太太会将我安排得相当好，我也会很快完全适应家里生活的。"工作人员早已知道我太太几个月来的表现，连声说："那是一定的，一定的。对你回家后的安排，我们所有人都最放心了。"

然而，回家后的现实生活，完全出乎我预想。事实上，没过几天，我就开始感到很不适应，很不开心，烦躁不安，压力重重。

在康复中心，1天24小时可以招呼护士，因为病人的需要就是他们的工作内容。在家里，尽管人人对我的要求来者不拒，但她们每个人都有自己事要忙，我还是觉得尽可能不要麻烦她们，而我又心有余而力不足，所以时常感觉不便和压力重重。

就拿半夜小便来说，由于我在康复中心养成了半夜需小便的习惯，所以回家后每天半夜，我就会被小便信号弄醒。我清楚地知道，小便应该不急的，因为从晚上7点以后我基本上就不怎么喝水，而在晚上11点睡觉前，已排净小便，于是我便不理它，继续睡觉。可是，无论如何努力就是再也睡不着了，始终感觉膀胱很胀，小便就要出来了，越来越不舒服。开始几天，我会挣扎着爬起来，借着微弱墙灯，紧握床边铁杆，站在床边临时放置的便桶前小便。有几次能解出来，有几次站了20分钟也毫无结果。每次我都格外小心，也很紧张，生怕摔倒。其中一两次，我还真差点摔倒。如果继续这样下去，总有一天会摔倒，后果很可能不堪设想。于是，我只得在半夜呼喊睡在隔壁、24小时照顾我的好朋友徐建强帮助我。这种无奈之举，让我总感觉很亏欠他人，也给我增加了很多心理压力。

在康复中心，不管我是否正确，每个工作人员都会对我笑脸相迎；不管我的要求是否合理，他们都会尽量满足。而在家里，哪怕家人有时仅仅显示出一点点不耐烦，我就会特别敏感，会立刻感觉受到了冷落，会不开心，甚至发火。有时，由于我要求过高，太太会忍不住抱怨一下，我竟然拍桌子发火。记得有一次，我坐在书桌前写小说，嘴巴很干。我喊人，却没有回音。过了10分钟，又喊，还是没人理我。要是在康复中心，几分钟之内必有人到来。大约20分钟后，太太从外面回来，赶紧为我倒水，但我还是在对她大发雷霆之后，才觉得心里舒服些。

在康复中心时，我的生活极有规律，情绪放松。但在家里，不时会冒出一些杂事，我会心烦意乱。家人为了顾及我的身体和心情，尽量控制着她们的情绪，尽可能地满足我的各种要求，这反而给我更大压力。可我没有想到，虽然我全身瘫痪很悲惨，但最亲的人遭受的压力、痛苦、委屈、忍耐和劳累也是巨大的，他们难过的程度不会比我低。

在康复中心，病人之间同病相怜，互相帮助，互相鼓励，有说有笑，像一个大家庭，充满友情和温暖。在家里，每天面对的就这么几个人，他们还有自己的事要做，还需经常外出，让我时常感觉很孤独，很失落。

我难道就让这样的心情和状况，延续下去吗？

毫无疑问，这当然不行！

我首先不断告诫自己，我的瘫痪已使心理产生一些畸形，对我的判断力产生了一些影响，尤其使我变得特别敏感，只要认为对方讲话口气重一些，动作慢一些，就会感觉被人忽视，被人怠慢，被人讨厌，甚至被人瞧不起，于是，就会立刻大力反击，就会发火，就会伤人感情。只有这样，我才觉得心里好受些，好像捍卫了我的尊严。其实，我这是神经过敏，是病态。过度敏感和极度自尊，往往是自卑的一种表现。我不应该这样，也不可以这样。否则，对我康复无益，且伤了亲人的心，久而久之也会使亲人和我疏远，甚至离我而去。

其次，我应该对任何帮助我的人心存感激之情，哪怕是小小的帮助，哪怕是太太、女儿和亲朋好友的帮助，因为他们没有任何义务和责任必须帮助我。

最后，我必须努力调整生活习惯，调整已变得有些畸形的心态，积极进行康复训练，争取早日自理，尽可能减少对他人的依赖和给他人带来的麻烦。

就拿半夜小便来说，我用意念不断告诫自己，小便信号是假信号，自己小便根本不急，全身瘫痪以前也从未需要半夜起床小便。人的任何习惯，都是自己养成的，所以，人也一定能改变习惯，只是形成得越久的习惯，越坏的习惯，改起来越难，越需要勇气、毅力、时间和恒心。我重复告诉自己，临睡前，我已排净尿液，现在绝不可能真的需要小便。于是，哪怕整夜睡不着，哪怕小便憋不住尿在床上，我也坚决不起床。面对很难受也无法继续入睡的情况，我索性想其他问题。就这样，日复一日，半夜需小便的信号越来越弱。经过半个月不懈努力和训练，我终于克服了这种假小便信号，整夜不用起床了。以后，即使我适量地在晚餐喝汤，睡前喝水，半夜也不需上卫生间了。

大约过了半个多月，由于家人无微不至的关怀，以及彻底调整了自己心态，我不但完全适应了家庭生活，而且心情也越来越愉悦，感觉家里越来越温暖，康复训练的动力也越来越大，康复的效果也越来越好。

24. 第一次走到外面世界

"今天，我们走到外面去。"2015年11月初，西人物理治疗师悉尼·莫里森（SydneyMorrison）将助步车推到我轮椅前，边刹车边说道。

从思强康复中心回家的第四天，即2015年8月31日，我作为院外病人，周一到周五，每天2个小时，被安排在离我家只有10分钟车程的狮门医院进行康复训练，计划到2016年2月底结束。我自己在家还会每天再增加4小时以上的锻炼。这样，每天保持至少总计6小时以上锻炼，而且体力充沛，不睡午觉也不感觉累。

我突然发觉，康复训练的进步开始明显了。

比如，我可以在康复训练用的小型楼梯上，紧握扶手，抬腿一步一步上下楼梯。尽管只有四个台阶，尽管每一步都很吃力，有时需要奋力抬腿几次，才能跨上高一级台阶，有几次下楼梯时，腿一软，还差点一屁股坐在台阶上，但我咬牙坚持，最终还是都成功了。这说明我腿力开始增加，能控制双腿了。一个多月后，我竟然可以双手扶住扶手，横着身，上下医院大楼里正规的半层楼梯了。

又比如，在扣上保险带、双手握住把手的前提下，我双腿居然可以跟上自动跑步机上的速度，尽管很慢，只有每小时1英里（正常人走路的速度是每小时2英里），但两腿是听大脑指挥的。开始时，每走1分钟我就需要休息1分钟，总共只能坚持5分钟。经过1个多月训练，进步明显，最多一次不停地连续走了6分钟，总时间延长至15分钟，速度也加快了一些，可以达到每小时1.3英里。

我自4月1日全身瘫痪后，半年多了，在屋外都是坐轮椅，从未用脚走到过外面去一次。尽管我认为康复是迟早的事，但却未曾想过，何时能用我自己的双脚走到外面世界去。

"从这里走到外面？"我问治疗师。

我在医院大楼四楼康复训练，从这里到大楼外面，至少有150米距离。

"对。不用担心，我会保护好你的。"治疗师很自信，连腰间保险带也不用我佩带。

于是，我手握助步车，从轮椅上站起来，从四楼康复室出发。她紧随其后，以防我摔倒。

我艰难地迈着沉重、不稳且极小的脚步，极慢地走到走廊转弯处。那里，有一段约6米长的薄薄地毯。对于我而言，要在地毯上走过去更艰难。我在平整地板和地面上练习走路时，左前脚掌都会时常抬不起来，蹭着地面而被左腿硬是拖着走。现在，由于地毯摩擦力很大，左腿无法拖着左脚走，极容易绊倒。这时，我必须更加用尽全力，努力略高地抬起依旧比铅还重的腿，奋力前行。每一步都很艰难。短短6米长的地毯，我花了几分钟才走完。这对正常走路的人来说，根本无法理解和体会其中是何等艰难的。

接着，来到电梯口。电梯门打开后，站在我身旁的人，坚持要让比龟走得还慢的我先走入电梯。电梯里面的人，有的按住开门键，有的对我和蔼地说"不要急慢慢来"。走出电梯，还得走近100米穿过长廊和大厅，近门处有一家星巴克，人流穿梭不息，这段路对我来说是很大挑战。我坚持着，同时不让自己失去平衡。

经过半个多小时努力，我终于来到了通向外面世界的大门处。

就在我双脚跨出自动门的一刹那，一股清新、甜甜、凉凉的微风，迎面飘来，沁人心脾。我狠狠地深深吸了一口气，精神立刻大振。

此时，外面正下着蒙蒙细雨（每年10月底至翌年3月，是温哥华的雨季。天气一日多变，晴天、多云、阴天和下雨随时交替）。往年，每当阴雨绵绵的雨季到来时，我总感觉不太舒服，因为无法下场去打高尔夫球了。而今天，阴霾的天空是那么地宁静，和风细雨是那么地温柔，我感觉特别舒畅。我甚至觉得，老天一定是被我不屈不挠的举动感动了，此时的雨水，恰恰是他情不自禁地在为我流下激动的泪水。

连接停车场的长廊，指引着我勇往直前。川流不息、匆匆忙忙进出医院的人群从我身旁走过，不少人还对我微笑或竖起拇指口喊"Good Job"，使我感觉很温馨，很得意。

在室外和室内走路，对健康人来说，没有什么区别，但对我而言，室外走路要比室内更艰难，一是无形干扰很多，二是我身体很不适应外面世界，三是路面比室内变化多端，但我还是顽强地走了20米左右的距离。

治疗师让我坐在助步车上稍微休息了5分钟。接着，又原路返回。

　　这次来回，一共走了300多米距离，花了大约一个半小时。我坚持了下来，身体没有一次失去平衡，没有出现过一次腿发软的现象，也没有感觉累，这说明我的腿力大增。这又给我对康复前景注射了一支强心针，使我非常兴奋，信心大增。

　　我又开始乐观并自信地认为，照这样的速度康复，不用两年，我一定能完全康复。

腿力训练

　　为了能够独立行走、上下楼梯，我对身体各个部位都进行了大量的力量训练，还时常在跑步机上练习走路，效果显著。

（扫码观看视频）

第一次走到外面世界

　　在室内或室外走路，对健康的人来说，没有什么区别，但对我来说，室外走路要比室内更艰难。

（扫码观看视频）

第五章 天哪，我居然得了癌症？

25. 我提出"荒唐"的要求

2016年1月3日，早晨起床大便后，我发现粪便颜色发黑，但身体的感觉如往常，便认为没什么大问题，准备早餐后继续康复训练，下午才去医院检查。

然而就在我刚吃完早餐后，人突然感觉特别疲惫无力，头昏目眩，看出去的东西都是飘移模糊的，只能伏在餐桌上闭眼休息。

太太见状，又听我说粪便发黑，便不顾我说先让我休息一下等训练完后再去医院，而是立刻喊上从多伦多来和我们一起欢度圣诞和新年的侄子，赶紧将我送到狮门医院急救中心。

1周前，即2015年12月27日，吃完午饭后，我坐在椅子上，一边看着电视，一边让他人转动我手臂。突然，眼前的彩色电视画面变成了黑白，而且变形了；紧接着，我看所有东西都变得模糊了，人也一下子感觉头晕和极其虚弱无力。我马上闭上眼睛，静静地坐着。大约过了5分钟，眼睛不花了，看东西也比较正常了，但头还是晕晕的，全身变得更加虚弱无力。于是，我赶紧在护工帮助下，转移到饭桌前，趴在桌子上。

这是我自近8个月前全身瘫痪后，第一次出现这种状况。太太见状，立刻送我去了狮门医院。

在急诊室，登记完以后，工作人员开始给我量血压、测体温和验血。大约过了一个小时，一位西人医生来到候诊室找我，问了我一些问题，其中一个问题就是你的粪便是否发黑。我回答不黑。另一个问题是你直系亲属中有人得胃癌吗？我回答没有。问完后，他走了。又过了大约半小时，护士引导我去了里面的大厅。我被安排在一张病床上休息。不久，被护士推着去做胃镜检查。结束后，按照医生安排，给我输了两袋血。

第二天临近中午，护士告诉我，检查结果全部出来了，我身体没有什么问题，现在可以回家了，但如果发现粪便发黑的症状，就要马上回到医院来。

所以，今天一早粪便发黑，太太就逼我立刻赶去医院。

也许是每个人都在忙着欢庆新年，没时间生病，所以这天急症室人不多，验完血后没多久，我便被安排在病床上躺下。

大约半小时后，一位名叫金基·何（Jin Kee Ho）的华人男医生来到我病床旁，很和善地询问了我一些情况后，告诉我：第一，需要给我输一袋血；第二，由于消化系统出血，而几天前的胃镜检查又没有发现异常，所以决定明天上午给我做一次肠镜检查，看看出血点是否在肠子里。

没有任何原因，也没有任何理由和任何预感，好像鬼使神差似地，我竟然突然问他："既然明天做肠镜检查需要麻醉，能否同时再给我做一次胃镜检查？"说完后，我自己都感觉我的这一要求，非常荒唐可笑，甚至有些无理取闹，有些后悔，根本就不该提这个要求。

前几天刚刚做完胃镜检查，证明我的胃没有问题，仅仅过了几天我的胃不可能有什么病变。同时，无论是因为对我身体没有什么益处，还是因为很多人等候着做胃镜，又或是从浪费医院人力、物力和财力角度来看，这个要求都是极其不合适的，也是不可行的，医生不可能同意我这个很过分要求。

正当我准备听到他理所当然的拒绝时，没想到，他竟然微笑着对我说，明天可以同时给我做胃镜和肠镜检查。

更令我没有想到的是，恰恰是这第二天的第二次胃镜检查，使我第三次从如果没做这次胃镜检查就必死无疑的残酷现状中，最终侥幸逃生。

26. 我的胃里发现了癌细胞

再过1个月，就是2016年2月8日，中国农历新年——春节。对于我们这些炎黄子孙来说，无论身在何处，不管住在哪国，春节依旧是我们一年中最大最隆重节日之一。

由于我依旧全身瘫痪，今年不能像往年一样和亲朋好友在餐厅里聚餐，只能在家过年。太太早早安排了大年三十和年初一的日程，定好了请哪些朋友来，准备什么菜。

1月11日，我接到何医生诊所打来的电话，说何医生要见我，我们约定3天后见面。

1月14日，我和大女儿一起坐在了狮门医院附近，何医生诊所的办公桌对面。

"怎么样，不再出血了吧。"医生自信地微笑着对我说道。

"第二天就不出血了。谢谢你。"我答道。

"你的肠道里很干净。"他接着说道。

我和大女儿都高兴地笑了，这也是我们所希望的。

"不过，"他话锋一转，"你是胃里出血。你胃里有一块3cm×4cm的溃疡。"

我和大女儿在静静地听他说下去。

"我在溃疡区域采了几个样品去做化验，结果发现里面有癌细胞。"

"癌细胞？！"我和大女儿几乎异口同声地高声反问。

"不用紧张。"医生依旧微笑着，语气平静，"只要在溃疡部位刮掉薄薄一层，就没事了。"

听医生如此说，我揪紧的心不由松弛了许多。

"这次安排给你做刮胃手术的，是一位很有经验的医生，他会和你联系的。根据你的情况，按我的经验，你刮好后，就不会有任何问题了。"医生继续和蔼地说道。

"假如，我只是说假如，"我问医生说道，"刮完后还有癌细胞，怎么办？"

他没有立刻回答我，而是拿出一张用透明薄塑料封着的胃部彩色图片，放在桌面上，拿起一支红色记号笔，在胃上部接近贲门处画了一个小圆圈，"这就是你胃里溃疡所在位置。"

我一看，这个部位和我去年3月在黄刀市医院被诊断出的出血点一致。那时，溃疡只有直径0.2厘米左右大小，仅仅过了七个多月，就长到了这么大。不过，在这期间，我胃没有任何不适，也未曾出过血。

"如果刮完后还有癌细胞，就会在这里给你切掉一部分胃。"他边耐心地说道，边在溃疡附近画了一个扁长的椭圆形，位置在贲门下面和胃中部上面，"这也没有什么大的问题。"

我很大程度上松了一口气。

"放心吧，我相信刮好后应该就不会有事了。"他站了起来，"待会儿你们离开前，让我秘书给你约个做CT扫描的时间，在一周内做完CT扫描。"

他热情地送我俩到他的办公室门外。

秘书告诉我，现在温哥华及附近几个城市，预约做CT扫描都需要至少6个礼拜，只有离我家有110多公里的世界著名滑雪胜地威斯勒镇最快，两三个星期就可以了。

我问是否有更快的医院。要知道，癌细胞每天都在成长，在扩展。既然已被查出胃里有癌细胞，应该越早处理越好。她说没有。我又问，我是否可以自己出钱加快做CT扫描呢？她说不可以。我再问，有没有私人诊所可以做CT扫描的？她提高了声音说没有。她怕我还有问题要问，立刻问我要不要去威斯勒保健中心（Whistler Health Care Centre）做CT扫描。

"那就去威斯勒吧。不过，我还是希望你能帮我催一下。"我无可奈何地说道。

令人欣喜的是，一周不到，威斯勒保健中心就为我做了CT扫描。刚结束CT扫描，我就迫不及待地问扫描员，情况如何？她微笑着回答我说，她没有权利告诉我任何有关CT扫描结果，医生会告诉我的。

27．医生秘书终于来电话了

做完CT扫描后，却迟迟没有收到医生何时给我做刮胃手术的通知。

我们全家都很焦急，始终感觉癌细胞天天在发展，甚至在扩散，在吞噬我的生命。如果不立刻手术，胃溃疡就会变大变厚，手术时很可能会刮不干净癌细胞，我就不得不被切除一部分胃，甚至可能会发展到无法挽回的地步。但我们又不知道是哪位医生要为我做手术。太太和大女儿就轮番去找何医生，希望他能催一下做刮胃手术的医生，尽早安排手术；或者告诉我们，刮胃手术医生的名字及联系方式。何医生的秘书被我们催得不耐烦了，只是告诉我们已转告何医生我们的要求了，但没有得到他的回复（她不敢去问），她也无能为力了。

此时，我们突然非常怀念中国的医院。在中国，只要肯付钱，随时可以手术，哪会整天这样提心吊胆地生活。更为严重和可怕的是，我的病不是一般的病，而是癌症！属于绝症！是要人性命的！

看来，不少人抱怨加拿大全民医疗保险制度，虽然看病住院全部免费，但看病太慢，手术等候时间太长，一些人等候到能做手术时已经死了，一点都没错。在加拿大，你就是再有钱也没用，也一样得等候。我们甚至考虑去中国立刻做手术，但最终考虑到路途太遥远，我又全身瘫痪，加上这里对我病情了解，而且只需刮一下胃即可安然无恙，还是放弃了这个念头，继续坐立不安地等待。

现在，我们唯一能做的，就是祈祷我胃里癌细胞停止生长，不要扩散，最好自行消失。

尽管如此，但在这段等候时间里，我的康复训练也没有停止过，周一到周五，依旧每天去狮门医院。因为我明白，干着急无用，停止或减少康复训练也无济于事，反而是对自己不负责。我没有把被查出癌细胞的不幸，告诉医院康复中心任何人，脸上每天依旧挂着口是心非的笑容，依旧训练刻苦。

尽管何医生说我无大碍，但毕竟是可怕的癌症，所以，每天，每次，无论在家里，还是在康复中心，我都是带着沉重的心情，以坚强的意志来进行康复训练的。

2016年1月22日，极慢、难熬的8天后，时刻翘首企盼的电话终于来了！

刮胃医生秘书打来电话，要求我2月4日上午10点，去温哥华总医院做刮胃手术。

还要等13天？！

我说太晚了，能否提前。她说她没有这个权利，她只有通知我的权利，最后给了我邮箱地址，说有任何要求可通过邮件发过来。我们马上发了邮件，2天没有等到回复。

太太和大女儿不甘心，既然知道医生在哪里办公，岂可被动等待？于是，第三天一早，就赶到温哥华总医院，要求见医生。秘书说医生不在，但答应一定将我们的诉求转告医生。之后，大女儿又打了好多电话，还是没有任何回复。

加拿大的医生简直不把人的生命放在眼里！

这样一拖，也就快到1月底了，再过几天就是2月4日，再催也没有必要，只能听天由命。但每一天，我们全家都是在恐惧和焦虑中度过的，一起不断祈祷癌细胞停止生长，并一直抱怨加拿大这该死的医疗制度，看病效率太低了，我们在火里，医生却在水里。

终于等到了2月4日这一天！

我到医院报到后，马上被安排进一间很大的房间，通道两边都放着床，有护士照看。在护工帮助下，我艰难地从轮椅上移到病床上，太太为我换好医院病员衣服。不久，护士过来给我量血压和体温，又在我手臂上放置针头准备静脉注射。约莫过了半小时，我被推到手术室外面等候，里面有其他人在做同样的刮胃手术。又过了大约半小时，我看见一位脸色苍白的老人被推出来，接下来就轮到我了。我一点都没有感到害怕，反而感觉曙光就在眼前，觉得只要我从手术室出来，一切就都好了。

被推入手术室后，我看见四五个人在忙碌着。我东张西望，寻找那位主刀医生，想问问他，我被耽搁了这么多天，是否已经很危险了。就在这时，一位医务人员要求我向左侧睡，牙齿咬上一只圆形塑料圈，然后给我打了麻药针。我还想寻找主刀医生，可还未容我细细观察，便什么都不知道了。

不知何时，我有知觉了，睁开眼睛一看，吓了一大跳，只见几条细细的黑色塑料管子从我嘴巴里延伸出来，眼前空无一人。我因为满嘴都是东西，不能说话，只能快速连续从喉咙里发出"嗷嗷"声。

"不要动，不要动。"一个声音大声喊着。

立刻有几个人从病床尾部右侧奔过来。

我一边用右手指着黑管子，一边在问这是什么，但传出来的声音还是"嗷嗷"声。不到一分钟，我又没有知觉了。

事后了解到，由于我胃内溃疡不但比较大，而且比较厚，医生遇到这么大且厚的溃疡，一般都不会再做刮胃手术。但是，西人主刀医生佛格·唐纳兰（Fergal Donnellan）技高人胆大，还是决定给我做手术。他们站在屏幕前，研究讨论如何既能达到目的，又确保手术万无一失，所以花了很长时间，忘记了我，导致麻醉时间过了，我醒了。麻醉师立刻又给我补了一针快速麻醉剂。一般情况下，这种刮胃手术一小时不到就能完成，那天我的手术从管子插入我胃里，到取出管子，却花了近一个半小时。

我在手术室外休息处，静静地躺着，等待医生到来。此时，人也完全清醒了，没有任何不适。而门外，已有其他病人坐在长椅上，准备做手术。

过了一会儿，一位从台湾来的实习医生前来告诉我：他是手术医生唐纳兰助理，唐纳兰让他告诉我，因为我的溃疡面积太大，也较深，没有一次刮干净，怕对我身体伤害大，取了一些样，可能要做第二次刮胃手术才能将溃疡刮干净。总体来说，应该不会有什么问题，不用担心，并会尽快通知我下一次刮胃手术时间。

我赶紧问了一句："是否由于拖了这么长时间才做手术，才导致我胃内溃疡又大又厚？"

他脱口而出："嘿，你手术时间还算快的了，其他人等候时间还要长啦。"

呜呼，我手术等待时间还算快？这就是加拿大医院治疗现状？

太太和大女儿坐在医院走廊里，一直等候着我。见我坐在轮椅上被推出来，神色不错，也没有麻醉后的不良反应，尤其是知道医生论断后，便大大放心了。

还是由太太开车，我们回家准备欢度4天后的中国新年——农历春节。

一路上，我们感觉温哥华冬天从来没有这么美过，尤其是汽车朝北行驶，穿过著名史丹利公园（Stanley Park），准备进入狮门大桥（Lions Gate Bridge），两边郁郁葱葱，一座大桥横跨海湾，连接着温哥华市和背山面海的西温哥华市，虽然天气由多云转为乌云密布，天空开始下起小雨，但是，北面山林被阵阵薄雾围绕着，微风推着层层山岚，沿着茂密树林外围在慢慢移动，不时变换着各种形态，碧蓝海面上，停泊着许多油轮（每次看见油轮，我心里都会涌现出亲切和成就感），一些船舶正在缓缓移动，许多白色海鸥在海湾上方展翅飞翔，真是美极了！

怪不得温哥华连续多年被评为世界最佳居住地之一，我想，除了生活、食品、制度、自由、教育、医疗、福利、空气和水质极其优越外，到处是油画般的美景，气候四季如春，也是重要原因吧。

虽然我被诊断出胃里有癌细胞，但只要再刮一下胃就万事大吉，可谓有惊无险啊。何况，任何人身上都有癌细胞，只是没被发现而已，所以发现癌细胞不是什么大问题。老天让我全身瘫痪已对我极其残忍，不可能再让我患上绝症——胃癌。我还没听说过，世界上有人既全身瘫痪，又患癌症，而且在一年不到时间里。所以，我肯定不可能得癌症！现在，我只要全神贯注，集中火力，打败全身瘫痪即可，不必兵分两路，同时开辟与全身瘫痪和癌症决战的两个战场。

我心里阵阵轻松，眼前一片光明。我们三人在车里有说有笑，太太还破天荒地哼起小调。

一眨眼功夫，就到家了。

28. 我的胃要全部切除？

刮胃手术两天后，太太接到温哥华总医院电话，要求我2月8日上午十点半去医院见刮胃医生唐纳兰。太太问，我先生的胃有什么问题吗？秘书说，医生会回答这个问题的。太太可能是太紧张缘故，听成我没有问题了。大家经过分析，一致认为，唐纳兰医生一定是想当面告诉我这个天大喜讯，才约见我的。于是，全家一阵兴奋，认为我的胃已经不需要再刮第二次了，癌细胞早已逃之夭夭不见踪影，拍手欢呼庆幸我躲过最可怕的一劫。

我对她们说，老天不可能对我如此绝情，一而再再而三地将我置于死地，这次只是虚惊一场啦，否则，这么有经验和行事认真的何医生及唐纳兰医生，不可能观点一致，并且很自信地判断我的胃已经没有任何问题了。从此，我可以专心只同全身瘫痪决战了。

我自我解释道，我的康复之路，处处呈现螺旋式上升、波浪式前进的态势，虽有惊但无险，最后结果一定是我大获全胜，这才更有回味、更有意义。何况，我体质这么强壮，胃口始终很好，也从未感觉胃有任何不适，身体胖胖的，没有任何不佳反应，没有任何不良嗜好，生活有规律，即使全身瘫痪了，每天康复训练还在6小时以上，一点都不感觉累，怎么可能得癌症？！怎么可以得癌症？！

2016年2月8日，我和太太及大女儿，如期来到温哥华总医院。秘书说医生还未到，让我们稍等一下。我们在大厅等候区等待医生到来。我们三人的表情是开心的，心情是轻松的，还不时说着笑话。

由于此时加拿大已过了夏时制，所以，比温哥华时间早16小时的中国，此刻已进入大年初二凌晨。昨晚至今早，我已和中国一些关系密切的朋友，互祝春节快乐。他们中的大部分人，至今还不知我已全身瘫痪，都很诧异地问我怎么一年没来中国了。我只是推说加拿大这边生意太忙，实在没时间回来。最近几年，我每一年都会去中国两三次，每次两三个星期。

接着，我们三人开始讨论，今晚中国农历大年初一的晚餐，谁会来，该准备哪些美味佳肴。

正在这时，唐纳兰医生和台湾实习医生从电梯里走了出来。大女儿推着我的轮椅，我们一起跟着他们进入医生办公室。坐定后，唐纳德医生打开电脑，找出我的档案资料，然后同我们正式交流起来。

"我从你胃溃疡里取了12个切片，发现3个里面有癌细胞。"唐纳兰医生边看着电脑屏幕，边平淡地说道。

我们三个没吭声，也没有任何反应。我胃里有癌细胞，我们早已知道。

"按照现在的情况，你需要做全胃切除手术。"唐纳兰医生依旧平淡地说道。

全胃切除？我们一下子没有反应过来。

"你是说我要做胃的部分切除手术？"很快，我以为我明白了他的意思。不就是做一个胃的部分切除手术吗，这也没有大不了的事。我朋友中也有因为胃癌做了大部分胃的切除手术，术后残余的胃会慢慢自己长大，照样和正常人一样吃喝任何食物。于是，我很平静地重复问了一句。

"不，你需要做全胃切除手术。"唐纳兰医生马上纠正了我的说法。

"你是说要把我的整个胃全部拿掉？！"我立刻提高了声音。

"对。"他回答地简明干脆。

太太和大女儿，脸一下子变得苍白，被吓住了。我还看见太太搁在办公桌上的双手，在情不自禁地颤抖。

一段时期后，太太告诉我，当时，她双腿发软，全身无力，满脑子感觉我这个人怎么这么倒霉和可怜呢？已经全身瘫痪了，现在还要全胃切除。不要说我承受不了，就是换了健健康康的她，也无法承受，准会趴下。如果可以的话，她愿意替我去做全胃切除手术，不能让我这个已经全身瘫痪的人，再没有了胃。从医生办公室到停车场，她大脑一片空白，依旧两腿发软，全身无力，是硬撑着机械木然地走过去的。

此时的我，一点都不紧张，更没有觉得惊慌，认为医生一定搞错了，我又不是整个胃里全部是癌细胞，需要将整个胃全部拿掉，癌细胞也只是在溃疡部位发现，怎么可能需要将整个胃拿掉呢？显然，一定是他搞错了，或者小题大做，医生往往都会过度保守治疗。

"你不是说再刮一下胃，就可以解决问题了吗，为什么还要做胃的切除手术？"我甚至觉得，连胃的部分切除手术都没必要做，所以想找他的碴，逼问了一句。同时，真希望他说，那我们就再刮一次胃，然后再决定是否可以不做全胃切除手术了。

"由于你的癌细胞品种很恶劣，很凶猛，介于低分化和未分化之间，发展速度也很快，所以要做全胃切除手术，没必要再做第二次刮胃手术了。"唐纳兰医生很果断。

事后我了解到，癌细胞根据分化程度，被分为4个时期：高分化（低度恶性）、中度分化（中度恶性）、低分化（高度恶性）和未分化（高度恶性）。

癌症细胞分化程度，是指肿瘤细胞接近于正常细胞的程度。分化得越好（高分化），就意味着肿瘤细胞越接近相应的正常发源组织，成熟度高，恶性度低；而分化较低的细胞（低分化或未分化），同相应的正常发源组织区别就越大，成熟度差，恶性度高。高分化癌通常转移少，发展慢，预后良好。低分化癌往往转移多，发展快，预后差。未分化癌更差。低分化癌与未分化癌对放疗、化疗较敏感，治疗时肿块较快地缩小或消失，但总体预后并不佳。

癌症对患者危害非常大，可以根据具体情况选择不同治疗方法。但是如果癌症患者到了低分化时期，即便通过手术方法进行治疗，也可能会导致严重的身体不适，甚至会引起肿瘤危险扩散，所以低分化癌症治愈的可能性不是非常大。

"那为什么非要做全胃切除手术，而不是部分切除胃呢？我又不是整个胃里都充满了癌细胞。"我想起了何医生对我说过的话，即使万一要做手术也只是部分切除胃而已，所以我还是不甘心，继续问道。

"是啊，有什么依据吗？"大女儿此时已缓过神了，也紧跟着追问了一句。

唐纳兰医生在一本空白的纸上写下一串英文字，然后指着所写的字，对大女儿说道："根据日本2015年出版的有关胃癌的书，按照你父亲的情况，必须做全胃切除。"他停顿了一下继续说道："日本已将胃癌手术做成规范了，每年出版一次胃癌手术指南。"

"非要做手术吗？"太太终于也缓过来了。

"对，我爸爸不做手术不行吗？"大女儿紧接着问他。

"如果你爸爸今年已经七老八十了，我倒建议不要做了。但他现在只有五十多岁，太年轻了，不做就会死去。尽管你爸爸全身瘫痪已经很不幸了，现在还要全胃切除更不幸，但总比死去要好得多。"唐纳兰医生很肯定地说道。

是啊，从医生角度来考虑，赖活远比好死来得强，世上没有什么比生命更金贵的。

"做完全胃切除后术后，会有什么严重后果？"看来，唐纳兰医生认定我不但要做手术，而且必须是全胃切除，再在要不要做手术及是否做全胃切除手术这些问题上纠缠，已经没有意义了。于是，我很想了解，一个人在没有胃的情况下会是怎样的状况。

"也没有什么严重后果，"此时，台湾医生开始说话了，"只是终身要吃维生素B_{12}。"

"为什么？"我不理解。

"维生素B_{12}是由胃产生的。因为没有胃了，所以需要补充。"他解释道。

"其他呢？"我感觉没有这么简单。

"其他也没有什么特别不好的结果。"唐纳兰医生开始看看手表，也许他还有下一个预约病人。

唐纳兰医生已经把我的情况说得很清楚了。我的癌细胞很凶猛，不做手术就会死，这是没有商量和选择余地的事。我们三个人沉默了。

房内出现了短暂的死一般的沉寂。

"不过，你还是很幸运的。给你做全胃切除手术的医生，是加拿大数一数二的手术医生。"唐纳兰医生安慰我们，"当然，最终的手术方案由给你做手术的医生决定。"

"即然这样，是否可以尽早安排手术？"我问了一下。

"不用着急。你的情况，就是两三个月以后也是同现在一样的。"唐纳兰医生很自信。

见我怀疑的神情，他补充道："你胃里的癌细胞已经潜伏至少七八年了，不是最近才有的。"

我已经不记得我是如何从医生办公室出来的，是如何上车的，更不记得太太和大女儿离开医院时的表情。我只记得我的整个大脑里，始终盘旋着几个问题：我不但千真万确得了癌症，而且还要做全胃切除手术，这对已经全身瘫痪的我，会产生怎么样的严重后果？我该如何面对这个残酷无比的现实？我今后的人生之路该如何走下去？

三年多以后，为了很正确很全面地书写这本书，我向斯坦顿领土医院、温哥华总医院和狮门医院，索取了所有我住院期间的记录及各种检查的资料。没多久，这些医院分别免费寄来总数多达几百页的资料，包括护士写的每天24小时日记。

我从寄来的资料里了解到：尽管在做刮胃手术时，医生在我胃溃疡上面涂了蓝色的药水，癌细胞都浮在了溃疡表面，也应该刮干净了，但由于我的癌细胞已进入胃的第二层，再发展下去就会进入血液里，就会扩散，就会转移，那就没救了。而且，胃里的癌细胞不像其他脏器里的癌细胞会形成肿瘤，而是会在胃里到处乱窜，况且我胃里的癌细胞品种又很凶猛很恶劣，只要有一只癌细胞漏网，就会在胃里到处生长，后果不堪设想。为了确保万无一失，医生团队经过研究讨论，一致认为没必要再给我做第二次刮胃手术了，而是必须全胃切除。

仅仅4天前，我还自信地认为，世界上不可能有人在一年之内既伤至全身瘫痪又患上癌症，既做了颈椎大手术，又要做全胃切除大手术，现在，这个人出现了，从全身瘫痪，到确定必须做全胃切除手术，仅仅相隔10个月，他不是别人，竟然就是我！

往常，从温哥华总医院开车回家，正常情况下最多半小时就够了，今天路况不错，但我却感觉太太好像开了很长时间的车，回家的路途很遥远。

尽管温哥华雨季阴雨天居多，但天空此时却露出了灿烂太阳。往常，我会心情愉悦，尽情享受灿然的阳光，欣赏冬季美丽的景色，甚至还会抓紧时机打一场高尔夫球，但此刻的我却觉得，阳光是如此刺眼，如此地令人心烦意乱，车外的世界是多么凄凉萧条啊。

一路上，我们都沉默不语，整个车内死一般沉寂。

在汽车驶过史丹利公园和狮门大桥时，好几次，太太开的车越过了马路中间的黄线，幸好没有车子迎面驶来，否则必闯大祸。

我突然想起，去年3月11日，在黄刀市看北极光的情景。当时，所有看见北极光的人，都欢呼从今往后福星高照，幸福将始终陪伴余生。可我，十个多月前，因胃里大出血差点死去；十个月前，因摔倒同样差点死去，还留下全身瘫痪的后遗症；一个多月前，确诊得了癌症；现在，又要全胃切除。这就是福星高照？这就是大难不死必有后福？我欲哭无泪，只能凄惨地苦笑。

我又想起，去年4月1日，如果我不去中国，而是去肠胃专科医生那里细查我的胃，我就不可能在北京摔倒导致全身瘫痪，也不会让癌细胞发展，也就不需要做全胃切除手术。

我真后悔，当初没有听从太太的建议，不去中国，在家静心调养。现在，一切都改变不了了。世间没有后悔药，人生无法再重来，所有后悔都无济于事，只能老老实实地接受这个残酷的现实。

此时此刻，我感到困惑和担忧的是，即使做了全胃切除后手术，癌细胞就不会再回来了吗？很多做癌症手术的人，一两年后还是死去了。何况，我的癌症属于最危险的一种。难道我这次真的在劫难逃了？难道我的生命最多只剩一两年时间了？难道我将彻底和这个世界，和最亲爱的家人永别了？

29. 患上癌症怎么办

在接下来的一周时间，家里气氛是沉重的、凝固的、凄凉的和压抑的。往常的聊天、幽默和欢笑声，不见了踪影。

夜已经很深了，我躺在床上，却一直无法入眠，两眼盯着天花板，感觉整个房顶在慢慢下沉，不久就会压在我身上，将我压扁。

我努力使自己冷静下来，整理思路，想着现在，考虑未来。

我不禁想到：

胃一旦被全部切除，就会永远造成维生素B_{12}的缺乏。虽然可以吞服片状的维生素B_{12}来补充，但如果不能够被身体吸收呢？要知道，维生素B$_{12}$的缺乏，可能引起人的精神忧郁，引起有核巨红细胞性贫血（恶性贫血），引起脊髓变性、神经和周围神经退化，引起舌、口腔、消化道的粘膜发炎，其结果是不但我的神经很可能不能恢复，而且刚恢复一点的神经也会退化；刚有些恢复的大小便功能也会丧失殆尽，一辈子大小便失禁。

胃一旦被全部切除，分泌胃酸和磨碎食物的功能没有了，我就无法享受各种美食，只能终身吃糊状和流质的食物了，身体对食物营养的吸收将大打折扣，体能会迅速下降。正常人都会因此变得体弱无力，何况全身瘫痪的我。况且，我的康复训练，需要充沛的体力。到那时，没有了体能，身体变得弱不禁风，何谈继续康复训练？最好的结果，真如中外医生所断言的，那就是终身坐轮椅。

此外，尽管全胃切除手术能将癌细胞去除，但谁能保证癌细胞不再回来？也许还会扩散，还要再次手术，还需化疗，经过一段时期生不如死的痛苦、难受、挣扎和折磨，我最终还是会死去。即使侥幸存活，全身瘫痪加上癌症，不但会使我本人余生痛苦不堪，生不如死，还会使我家人，尤其是心爱的太太，伴随我苟延残喘的生命，长期遭受灾难、痛苦和折磨。

这一切的一切，实在太可怕了。

我怎么这么倒霉呢？难道前世我做尽了伤天害理的事，今世老天爷变本加厉来惩罚我了？还是天将降大任于我，必先苦我心志，劳我筋骨，伤我体肤呢？

连续两天，我都深陷于痛苦、焦灼和冥思苦想之中。

怎么办呢？是对生命和康复前途彻底放弃，听从命运的安排，还是依旧绝不认命，绝不屈服，同厄运作坚定、顽强和不懈的抗争呢？

放弃很容易，也很顺其自然。但是，如果依旧不服输，不向命运屈服，不被全身瘫痪击倒，同癌症作坚决抗争，那可是一条比登天还难的路啊。我有决心走到底吗？我有能力走到底吗？即使我吃尽苦头，日复一日、年复一年，始终不放弃康复训练，可最终结果会是如我所愿吗？我还有必要这样受尽折磨、不屈不挠却没有康复希望地同瘫痪和癌症抗争吗？

任何人都无法断定没有先例之事的结果，谁也不可能预测不曾发生过的未来。聪明人的做法就是勇敢地去尝试，坚定地去努力，即使结果不理想，但也争取过了，也就不会有任何遗憾和懊恼。

渐渐地，我想明白了，如果我现在放弃康复训练，万一我在胃癌手术后康复得不错，维生素B_{12}也能被很好地吸收，到时后悔也来不及，因为时光不会倒流，神经、经络和肌肉的恢复最佳时机错过了，也许就再也不会回来了，或者需要几倍几十倍的时间和努力才能达到同样效果。退一万步讲，即使到时我的癌症无可救药，这段时期的康复训练也不会产生负面作用，而且可以激励我的女儿们，使她们学会坚强、坚韧和永不放弃。何况，一旦我自暴自弃，不再努力锻炼，对家人将是再一次打击，会让她们跟着我一起崩溃。不行，决不能让这种事发生！因此，必须忘掉癌症，重新投入同全身瘫痪的决斗。

我终于战胜了自己。

第三天，我又精神饱满，而且很乐观地重新投入到了积极的康复训练之中，就像完全没有患上胃癌这件事发生一样。

太太也没有闲着，一直鼓励我，不断将这些天了解到的许多案例讲给我听，张三癌症康复了，李四胃癌手术后一切照旧……

我知道，表面上，她强作放松和坦然；但实际上，她焦急万分、心急火燎地到处找专家咨询，从加拿大到美国，再到中国，不断寻找有哪些灵丹妙药可以治疗癌症或抑制癌细胞发展的。生活上，更加关心我，每顿饭吃什么，都要由她亲自把关。我的癌症，将已经因为我全身瘫痪而变得筋疲力竭和焦头烂额的她，更没有了起码的日常生活，更没有了一丝快乐。

大女儿天天打电话给为我做刮胃手术的医生秘书，希望唐纳兰医生把要给我做胃癌手术的医生联系方式给她，或者请他帮我们去催开刀医生，强烈要求早日见到开刀医生。

我真后悔，为何重犯了第一次相同的错误——就像当初没有向为我做胃肠镜检查的何医生，索取为我做刮胃手术的医生名字和联系方式，害得我们全家每天都像热锅上的蚂蚁一样，现在依旧没有向为我做刮胃手术的唐纳兰医生，索取即将为我做胃癌手术医生的名字和联系方式，又是干着急却束手无策。

大女儿的所有朋友，都异口同声地告诉她，癌症治疗一天都不能耽搁。其中一位朋友，还专门咨询了上海市第六人民医院的血液医生。该医生说，由于我已做过刮胃手术，很可能已将癌细胞刮破了，癌细胞已进入血液，到处扩散了，没有救了，当初根本就不应该刮胃，而是直接手术。每天，全家都把心提到了喉咙口，极其担心再拖一天，我就无法救治了，或者我的癌细胞已经在体内到处乱窜，即使成功地做了全胃切除手术，说不定又在体内其他部位冒出来，防不胜防啊，接着就是死去。

小女儿从大女儿那里得到我罹患癌症消息后，立刻从美国打电话给母亲，质问道，家里出了这么大的事，为何这么晚才告诉她？去年我全身瘫痪后，为了不影响正在美国读大学的小女儿紧张的学习生活，太太和大女儿决定瞒着她。后来她发现很长时间没有我的信息，给我打电话也无法接通，在她再三追问下，她们才告诉她我的实情，那时我已经瘫痪一个多月了。

这次，她立刻同妈妈和姐姐约法三章：一、她是家里一份子，有权利知道家里发生的一切；二、她已过了十八岁，可以为家里做很多事；三、今后无论家里发生什么事，她需要第一时间知道。随后，她也全身心投入到了为我癌症查找资料、寻找良方的队伍里。

我后来才知道，小女儿那时已经完全没有心思读书了，精神压力极大，白天没有了笑容，晚上也开始失眠了，还吃起了安眠药。她和姐姐，每天都花很多时间讨论和商量有关我癌症的问题，寻找有何更好的解决方案。

虽然我内心压力巨大，感觉前途黯淡，生命在迅速倒计时，但在家人面前还是装着无所谓，照样吃得下，还时常和她们聊天说笑话。我只有更加坚强，才能减轻她们的悲伤和压力。我对她们说，老天觉得我的毅力还不足，痛苦还不够，折磨还不多，所以再一次给我人类最大的、最严峻的、最危险的考验。放心吧，没事，我扛得住。

30. 焦灼等待中的插曲

手术医生迟迟没有联系我，从其他渠道也得不到医生信息，我们只能再次按捺住心急如焚的焦虑，无奈地等待。

但是，外围的联系，我们一刻没有停止。

太太她们将我的胃镜照片及病理报告，发给许多可能有能力帮助我的朋友们。

听说日本医院不接受病人的直接联系，需要通过中介机构安排，经中国朋友推荐，大女儿联系了一家专门为中国人去日本体检、就医或者做手术的中国中介机构（中国中产及以上的阶级，对现行医疗体制有焦虑，赴海外体检、治疗、打疫苗的情况越来越普遍，也因此催生了不少这方面的中介机构）。对方很热情，也能为我去日本就医提供中日翻译。大女儿提出，是否可先将我的相关资料给我们指定的医生看，有了初步意见后，再决定是否去日本。中间机构接待员说，得先签约，在支付完3万元人民币定金后，才可开始前期工作，包括给医生看资料。如果决定去日本，还需支付其他的费用。但是，如果决定不去日本，定金将不退还。

由于他们的工作效率没有我们预期的高，很可能他们又找了日本中介，这样来来回回既麻烦又耽搁时间，所以，大女儿决定直接联系日本最权威胃癌专家之一的佐野武（Takeshi Sano）医生所在的医院。尽管她只有二十多岁，但办事还是很有思路和办法的。我曾问她，那个著名的日本医生是谁推荐给你的？她告诉我，首先在网上寻找治疗胃癌最好、最先进的地方是哪里，有哪些专家，然后直接同他们联系。不要认为他们高不可攀，结果往往是他们很平易近人，而且会很热心、很有爱心。日本是世界上治疗胃癌最先进、最有经验的国家之一，那位医生又是日本胃癌领域最顶尖的专家之一，所以就直接联系了他所在的医院。

果不其然，很短时间内，对方很热情地给了回复，不但给出了去日本做手术的初步报价，而且，还可以先将我的资料给我们指定的佐野医生看，并给出初步治疗意见，不收任何费用。如果我们决定去日本，再签约付钱，不需支付定金。于是，大女儿马上将我的资料电邮给了他们，并提了几个问题：一、是否确诊胃癌？二、如果非要手术，如何做？三、佐野医生能否亲自为我爸爸做手术？四、最快何时能做手术？五、在日本至少需要待几天？

3天后，日本医院电邮回复：一、确认胃癌；二、基本上确定为全胃切除，但需到日本后最终确定；三、佐野医生亲自为我做手术；四、现在能确定的最早手术日期为1周后的2月23日；五、在日本最少待1周即可。对方还在电邮中告知我们，我手术后，日本这家医院还会联系温哥华当地医院，对我身体做后续检查和跟踪。回复之快、效率之高、考虑之全，令我们全家感到无比温暖和心存感激。

我没有想到，大女儿，一个90后，只有二十多岁的女孩，办事这么沉着有序有效。这给心情悲哀沉重的我，带来了几分安慰和高兴。

由于加拿大这边迟迟没有进一步消息，同时担心我的胃癌会很快扩散，我们初步决定立刻去日本。紧接着，全家开始全面行动。太太给家里和正在建造的别墅的相关人员安排好了2周至3周的工作；大女儿负责和日本医院对接，包括确定赴日日期、机票、接机、酒店、签约等工作；小女儿决定向学校请假，从美国芝加哥直飞日本和我们会合。

就在这个时候，每日翘首盼望的电话突然来了。

温哥华总医院西人外科手术医生特雷弗·汉密尔顿（Trevor Hamilton）的秘书来电，问我2月25日有没有时间，汉密尔顿医生想见我，和我谈有关我胃癌手术情况。

在答应了秘书指定见面的时间后，我马上考虑到，去日本做手术当然是极好的，但是，去那里要做的手术是全胃切除，不会给我留一丁点胃。如果加拿大医生可以给我做部分胃切除手术，那我当然会留在加拿大，不但近在咫尺，而且生活上，家人照顾我也方便，术后的静养也安心。

于是，我决定推迟去日本做手术的计划，见了汉密尔顿医生后再定夺。

31．两国医生的一致结论

2016年2月25日，我、太太及大女儿，如约来到位于温哥华的卑诗省癌症机构（British Columbia Cancer Agency）。

"你很幸运。"这是中年汉密尔顿医生见到我，做了自我介绍后，和蔼可亲地微笑着对我说的第一句话。

我得了癌症还很幸运？！医生的玩笑是否开得太过头了！即

使想幽默一下，或者缓冲一下病人紧张情绪，也不应该这样肆无忌惮的说话吧。

见我们一脸疑惑、不解，甚至有些不悦的神色，医生依旧微笑地说道："一般来说，很多得胃癌的人都没有什么不适感觉，等到被查出胃癌时，大多已是中晚期了。而你，比较早期就发觉了，所以你很幸运。"

噢，原来如此！

我突然感到撞上了大运。到底是一种无形的神力，始终在暗中帮助我不断死里逃生，还是我的第六感在关键时刻一再救了自己，我不得而知。我只知道，在黄刀市的酒店里，如果不是我突然听从了太太的一句话，我就死去了；在北京的酒店里，如果那晚我坚持寻找"请勿打扰"的挂牌或指示灯，第二天服务员就不会敲门，我也就死去了；在北温哥华市的医院急救中心里，如果我不向何医生提出再做一次胃镜检查，那么，我的胃癌就不可能被检查出，等到被发现时，极可能已是中晚期了，那也就没命了。

"你的全胃切除手术日期定在3月18日。手术之前，你还得做一个CT扫描。具体事项我的秘书会安排的。"医生接着说，"你有什么问题要提问吗？"

"我的确有不少问题需要问你。"我打开手中的一张A4纸，上面写满了问题。

"好的，你说吧。"汉密尔顿医生将他的活动圆凳，朝我轮椅这边移动了一下。

"我的胃一向很健康，从来没有胃酸、胃痛、胃胀、反胃和恶心的感觉，家人也没有遗传史，为什么会得胃癌？"

"很多得胃癌的人，事先都没有感觉。你的胃癌是幽门螺旋杆菌造成的。亚洲人，尤其是中国人，携带幽门螺旋杆菌的比例占30%到40%，而有幽门螺旋杆菌的人，得胃癌的比例是没有幽门螺旋杆菌的人两倍。"

呜呼，幽门螺旋杆菌居然能使人患癌症！

每一年，我都会请家庭医生至少安排我体检一次，但由于在加拿大有幽门螺旋杆菌的人很少，因此，医生不会主动提出检测这一项目，我也根本不知这一检测内容。而我时常在中国经商，应酬又多，不用公筷和公勺，患幽门螺旋杆菌的几率就更高了，我竟然从未检测过体内是否存在此菌。现在后悔也来不及了，只能往前看了。

"既然是早期胃癌，又没有扩散到溃疡以外的部位，那为什么还要做全胃切除手术呢？"我感觉医生是否小题大做，或者过分保守，宁左勿右，不太从病人角度去考虑问题。

"如果癌症发生在胃的下部位，只需切除75%的胃，可以保留25%的胃和贲门。但因为你的癌症发生在贲门附近，所以必须将整个胃、贲门和幽门全部切除。"

原来是这个道理。难怪日本的一流医生，也是准备对我做全胃切除手术。

"需要全胃切除的比例占整个胃癌手术的10%。"他进一步说道。

天哪，我居然中了大奖！早年，我曾在中国买过几年福利彩券，从未中过奖。现在，比例如此低，我居然"有幸"中大奖。

"非要做手术吗？"我还是不甘心。

"你现在做手术，5年存活率可达85%到90%。一般来说，2年不复发就基本上没有问题了。但如果癌症中晚期了，5年存活率只有30%都不到。所以，我建议你尽快手术。"

"既然你觉得我必须尽快手术，为何不是几天以后，而是要再等20多天呢？"我感到他的话自相矛盾。

"3月18日给你做手术已是最快的安排了，之前我都排满了手术。不用担心，你的胃癌在这段时期内不会有什么变化的。我将采用腹腔镜全胃切除术（微创手术）。"他自信满满地说道。

看来，必须而且只能做全胃切除手术了。我突然感觉眼前一片黑暗，因为前几天看过的一篇有关中国著名军医华益慰的文章，让我胆战心惊。

2005年7月被确诊晚期胃癌住院并做了全胃切除手术后，华益慰的症状并不见好转，胃反流严重，食道总是烧得疼，嗓子也经常发炎，根本无法平躺，只能半卧着。化疗期间，华益慰因呕吐无法进食，只能靠鼻饲管点营养液。化疗结束后，华益慰仍旧恶心、呕吐、不能进食。"我不想再撑下去了，真的受不了了！"在生命的最后几天，华益慰一直跟老伴讲着这句话。他自从自己得了胃癌做了手术后，发现手术给患者带来的痛苦实在太大了！尤其是全胃切除，不止让患者无法进食，还会造成术后返流问题。所以他对自己的同事说："以后给病人做胃部切除手术时，能不全切就尽量不要全切。哪怕只留一点点胃，都比全切要强。"从术后到他2006年8月去世，前后仅13个月。

"我希望只做胃的部分切除手术。"我强烈要求道。

"为什么？"医生抬了一下双眉，觉得不可思议。

"因为我担心全胃切除后，人会生不如死。"我不无担忧，甚至相当害怕。

"按照你癌症的部位，如果我给你哪怕只保留很小一部分胃，你都会很痛苦的。"医生很肯定地说道。

"为什么？"轮到我问他为什么了。

"每次吃东西你都会感觉很难受。"

天哪，他的结论怎么和华益慰医生生前的感受截然相反呢？

"而且，假如你坚持要保留一部分胃，这个手术我是不会给你做的。"他进一步彻底将我的诉求全部堵死。

现在两件事彻底明确了：一、我的确患了癌症；二、必须全胃切除。

那么，究竟是去日本做手术，还是留在加拿大做呢？去日本的好处是手术水平世界顶尖，但不足是路途艰难遥远、无亲无戚、手术前后照顾调养极其不便，尤其我还是一位全身瘫痪、只能坐轮椅的病人。留在加拿大的好处是一切都很容易和方便，为我做手术的医生在加拿大是数一数二的，但不知其手术水平是否属于世界一流。

新的严酷问题，又开始让我们全家陷入纠结，举棋不定。

突然，一种强烈的感觉跃入我大脑：我的癌症是否被误诊？

日本、加拿大和中国所有医生给出的手术方案，都是依据狮门医院和温哥华总医院对我活检的结果而做出的。而狮门医院第一次活检结果显示我根本没有胃癌；几天后的第二次活检，虽然查出了癌细胞，但认为我无大碍；温哥华总医院的活检却认为我的癌症很危险。它们之间本身就有矛盾。况且，我人不瘦，胃部没有任何不适感觉，精神佳，体力好，食欲强，家里没有遗传史，没理由会得癌症。再说，假如这两家医院检测结果真的有误，我的胃却被切除了，不可能再回来了，这岂不酿成不可挽回的损失和终身遗憾吗？我为什么不另去找一家大医院，再做一次彻底的检查呢？

说实话，我内心有着强烈的被误诊的感觉，最希望再一次的检查结果是我没患癌症。

加拿大由于全民健保，不可能近期再给我做一次癌症检查了。如果去美国和日本，人生地不熟，也不方便。最好的选择是中国，是我生活过几十年的上海。万一必须做手术，上海也是一个很好的选择。那里，有身经百战和经验极其丰富的一流医生，很可能会给我只做胃的部分切除手术且没有后遗症，还有很多我的亲朋好友，一切都很方便。假如最终选择去日本做手术，从上海飞过去也就只需两个多小时。经过我们全家讨论，太太决定立刻陪我去一次上海。

按照我当时坐着轮椅、全身还是不太能动的情况，不要说去万里之外的中国了，就是短途旅行也是不太可能的。但说来奇怪，人一旦有了强烈的求生欲望后，身体的潜能竟然会被无限扩大，任何艰难险阻都会不屑一顾地踩在脚下。去上海，我一点都不感觉害怕，甚至没有任何担忧，因为我心中怀着一种到了上海就可证明我没患癌症、更不需要做手术的憧憬。

2016年3月5日凌晨，我们乘坐了中国东方航空公司的航班去上海。在飞行的12个小时里，每次来回洗手间，我都是在腰间系上保险带，护工双手紧握保险带，紧贴在我身后，同我极小步、极小步艰难地一起向前移动的。

中国时间3月6日早上5点左右，飞机终于降落在了上海浦东国际机场。由于飞机没有停靠在廊桥处，等到所有乘客下机后，机场再派了升降机，将坐在轮椅上的我，从高高的半空中，运送到地面。尽管我刚被推到舱门边，太太立刻用围巾、手套和帽子，将我裹得严严实实，但凛冽的寒风，还是让我不停地打着喷嚏，全身发抖。

上海，这座美丽、发达、繁荣、亲切和拥挤的国际大都市，是我出生、成长、结婚和生女的地方，我终于又回到你的怀抱了。但愿这座让我有着美好记忆的风水宝地，能给我带来惊喜，带来好运——我的胃癌属于误诊！

3月7日上午9点，我到达了上海中山医院，交完押金后，便住进了病房。

下午开始，医院便安排我做相关检查。首先，先做胃镜。在支付了加急费后，第二天上午，我就取到了胃镜报告。报告上写明：胃体上部小弯见2cm×2cm溃疡；活检部位：胃体：六块；诊断：胃体溃疡（性质待查）。又过了1天，医生告诉我，活检结果出来了，我患了胃癌，属于早中期，必须马上手术。

奇迹没有出现！幸运没有降临！

我千辛万苦拖着瘫痪的身躯，从万里之遥的温哥华来到这里，原以为可以得到惊喜，但残酷的现实不但没有如我所愿，癌症也从早期变成了早中期。尽管我也有思想准备，但一听到这个结果，还是很失望很郁闷，顿感人生前途渺茫，凶多吉少。

现在，我已没有其他奢望，只希望我来上海的第二个目的，也是最低要求——部分切除胃，能如愿以偿。

3月11日，中山医院的普外科主任明确告诉我，我的胃癌手术必须是全胃切除，而且他已安排在3月14日星期一上午，亲自为我做当天的第一台手术。

经过慎重考虑、综合比较、全面分析后，我最终决定，立刻返回加拿大做手术。

就像一位登山运动员，在离最高峰还有仅仅10米高度就可征服世界最高峰珠穆朗玛峰，以实现他夙愿之时，他的腿突然断了，身边没有任何人可以求助，为了活命，只得原路爬回。试想，当时他的心情、处境，是何等艰难和煎熬啊。此时，从上海返回加拿大，一路上，我的处境和感受，同他没有任何区别。我强烈地预感到，面对即将完全没有胃的状况，我的康复训练将会变得更加艰难，康复效果多半难有效果。

微信扫码 ◀◀◀

您立即获得的权益主要有

本书配套资源

社群服务、阅读工具

第 六 章 完胜癌症历险记

32. 我遭到亲友"围攻"

2016年3月12日，从上海回到加拿大后，连续几天，我夜不能寐，思想在激烈斗争。

尽管加拿大和中国的医院，都确认我的的确确患了癌症，但在骨子里，我依旧感觉我不可能得癌症。即使得了癌症，也一定在好转，因为1月份我胃里的溃疡面积是3cm×4cm大小，现在已缩小到2cm×2cm，也没有再出血了，说明我的病情正在好转。也许，再过三个月或半年，我的胃溃疡就会痊愈，我的癌症就会自动消失。

再说，每个人身上都有癌细胞。日本的双胞胎姐妹，金婆婆活到了一百零七岁，最后是因感冒或哮喘而死，银婆婆活到了一百零八岁，结果是因衰老而亡。尸体解剖时，发现她俩全身都是癌细胞，但她们却不是因癌症而死。这说明，虽然我胃里发现了癌细胞，但不一定就会扩散，更不能说明我就

171

会因癌症死去。

全胃切除后，没有胃的我，对食物营养的吸收能力必将大打折扣，身体会变得极其虚弱，根本无力进行康复训练，最好结果真的是终身坐轮椅了。而且，每一次进食，都极可能会出现烧心和食物反流的状况，而一天就需要进食几次，这会导致我恐惧进食，余生将极其难受和痛苦。从此，吃喝拉撒睡将永远需要他人照顾，永远只能待在家……我实在不敢再往下想了。

如果我余生真是这样活着，还有生活质量可言吗？还有任何快乐存在吗？苟延残喘还有意义吗？

要么像一个健全人一样生活，完全自理，不求别人！要么就干干脆脆与世永别，不连累他人，尤其是我最亲近的家人！

回首往事，我这辈子也算没有白活。无论是婚姻经营、女儿成长，还是文学创作、下海经商，我几乎都能做到心想事成。所以，即使现在死去，我依旧会微笑着坦然面对，没有任何遗憾，也绝不后悔。

于是，我做了一个不同寻常的决定：取消胃癌手术，采取保守疗法，积极努力康复，结果听天由命。

癌细胞不扩散了，是我运气好，我将康复得健如常人。癌细胞扩散了，我绝不后悔，好死总比赖活好。但感觉告诉我，这一次生与死的对赌，我赢面很大。

3月14日，是我在温哥华总医院胃癌手术前的CT扫描日。

上午8点30分，我打电话给医院CT扫描处，告诉他们，我决定取消上午10点钟的CT扫描。接线员问我为何要取消？我撒了个谎，说我感冒了。接线员说，是否现在就再给我安排另外一个时间来做CT扫描。我说不用了，我不会再来做CT扫描了。

上午10点，我又打电话给手术医生汉密尔顿的秘书，取消了4天后即3月18日的手术。秘书再次确认我是否真的决定取消手术。在得到了我明白无误的再次确认后，她说好的，她会马上告诉医生。

接着，我一如往常，继续刻苦康复训练。

是的，从现在起，我只要一门心思继续康复锻炼就可以了，不必再为癌症分心、烦恼、担忧了。很奇怪，取消癌症手术后，我反而感觉无忧无虑，一身轻松，精神抖擞。

太太始终不同意我取消癌症手术的决定，但她无力阻止我。她知道我的脾气，也知道无法改变我的决定。最后，她无奈地对我说：我也阻止不了你。不过，她迅速将我的决定告诉了两个女儿。

此时，身在中国的大女儿，以及在美国的小女儿，赶紧同我联系，问我为何放弃手术。我做了一些解释，并认定我就是不开刀，癌症也会消失。她们在向我解释癌症知识，同时强烈希望我花些时间去了解癌细胞、癌症知识，再做决定就会更理智、更科学。尤其是我的癌细胞，属于最凶猛的一种，发展速度快，死亡率高。由于她们已在我被确认患癌之后，查阅了大量癌症方面的资料，并背着我做了很多交流，所以，很明白我放弃早期癌症手术，等于是在做一件世界上最愚蠢、最可笑和最荒唐的事情——盲目自杀。多少中晚期的癌症患者，多么希望被发现癌症时是早期啊！她俩心急如焚但又无能为力，便整日心情压抑，悲伤无比，无心做事。

在温哥华的好朋友、著名媒体人丁果，打电话给我太太，了解我从中国回来后的情况及安排，一听到我取消了癌症手术，立刻带着他的医生太太赶到我家。他说不能眼看着又一位好朋友很快去世。如果我还是不答应去做手术，他就天天坐在我家不走。他的另一位好朋友，被查出患早期乳腺癌，为了保持体型美不肯动手术，采用自然保守疗法，一年多后变成晚期乳腺癌了，前不久刚死去，只有四十多岁。临死前，她后悔不已，痛恨自己为何不相信现代医学，拿自己生命开无知而又无法挽回的玩笑，但一切不可能让她再有重新选择余地了。

北京的一位好朋友，3月18日傍晚，从中国打电话给我太太，询问我手术结果。我在上海中山医院期间，他夫妇俩从外地赶到医院来看望我。她太太流着眼泪说道，这么友善和幸福的一家，怎么会接二连三地遭遇这么大的不幸呢。尽管我不断地微笑着对她讲，我已经把我全家的危病险病都包办了，这样她们就会健健康康一辈子，所以我没有任何怨言和遗憾，某种程度上还是很高兴的，以此来安慰她，但她还是泪流不止。这位朋友记得18日这天是我的癌症手术日，感觉此时我应该做完了手术。当他听到我放弃手术后，立刻发起了火，典型的东北人性格。他太太随后给我太太发了一条信息，说我放弃癌症手术的做法太自私，没有考虑家人感受和感情，我可以一走了之，我太太和两个女儿怎么办？

大女儿一位在美国洛杉矶的朋友的母亲，是上海瑞金医院的医生。她们已就我的癌症沟通过好几次。那天，已赶回温哥华的大女儿当着我面，用我书桌上的座机和她通电话，而且用的是免提。大女儿问她，我是否不需要开刀？她立刻扯高嗓门说，这怎么可以！大女儿又问，如果不开刀后果怎样？她更是提高了声音说，如果不开刀，半年左右我胃里的溃疡就会充满整个胃，再也无法进食，就会死去！最后，她还用像军官下达作战命令时的口吻说道，立刻手术，没有任何商量余地！

其他一些知道我放弃手术的亲朋好友，也都一起指责我，劝导我，说服我，给我压力，替我着急，为我担心。

一个人只要踏入社会，组建家庭，就不可能成为一个完全我行我素的人了，他的言谈举止必须考虑社会准则、道德伦理、他人感受和肩负责任。所以说，人在江湖身不由己啊。

现在，所有信息汇聚后，只有一个结论：我必须尽快手术，否则必死无疑，还要伤害身边最亲近的人。

唉，我连和癌症赌一把的机会，都被无情地剥夺了。

经过反复思考，激烈斗争，考虑到周边压力，以及进一步了解有关癌症的知识后，我终于想明白了，两权相害取其轻。癌症可至死亡，没胃还能活着，现在我只能选择后者。不过，我也做好了最坏打算：即使癌症被治愈，但若没有了胃导致我无力继续做康复训练，我真的终身全身瘫痪、大小便失禁，我就选择自己结束生命。

家人得知我同意手术后，都很高兴。小女儿要我承诺她，我肯定去做手术。我答应了。

取消癌症手术后的第八天，我又赶紧给手术医生秘书打电话，说我还是希望汉密尔顿医生给我做手术，而且越快越好。她说，正准备给我打电话，汉密尔顿医生想见我一面，约在3月29

日，问我是否有空。有关我做手术的日期，她需得到医生的安排才能告诉我。

不到半小时，她来电告诉我，手术日期定在4月22日。我说现在是3月21日，还要等一个多月啊，这对我来说岂不是太晚了，太危险了吗？她说等你见到医生时，可以直接向他要求提前做手术。

33. 我同开刀医生再次见面

2016年3月29日上午10点，我同汉密尔顿医生又见面了。

我坦诚地告诉他，我前段时间去了趟上海，一是想进一步确认我是否真的得了癌症，二是如果非要手术的话，有没有可能保留一部分胃。但我很失望，两个问题的答案没有一个如我所愿。

"我想知道，你为什么要取消上次手术？"医生微笑地问我。

"因为我的溃疡在缩小，我认为没多久我胃溃疡就会痊愈，到那时，我的癌症也就消失了，所以我取消了手术。"我实话实说。

此时，我已服用李永洲中医师为我配制专治胃溃疡的中药1个月了。每晚临睡前，服用已制成胶囊的中药（平时喝的中药，都是粉末状，只要用水冲调一下即可饮，很方便），效果很明显，溃疡在明显缩小，预计再过一两个月就会痊愈。

我真希望他会说那很好啊，我们再等一等吧，过两个月再做一次胃镜检查和活检，到那时再决定是否需要做手术。

"哦，原来是这样啊。不过，我明确告诉你，即使你的溃疡完全消失了，癌细胞也依旧存在，依旧会发展。"医生依旧微笑地对我说道，但语气却不容置疑。

我最后的希望彻底破灭了。

"我还是那句话，你现在做手术，5年存活率可达90%。很多人就没有这么幸运了，即使手术，5年存活率也连30%都不到。"医生还是很耐心地在劝导我。

"所以，我现在决定做手术。只是手术时间被安排在4月22日，还有1个月左右，太晚了，你能否尽早为我做手术？"我顺势表示了强烈要求。

"在这以前，我所有手术都排满了。这是我给你做手术的最早时间，除非在这期间有人放弃手术。"

"会有人放弃吗？"我眼睛一亮，也许还有第二个人像我一样突然放弃了手术。

"应该不会吧。"他笑着答道。

是啊，肯定不会有人像我一样，临近手术日期而主动放弃手术。

"我担心在这段时期内，癌症由早期变成了中晚期，那就完了。"既然决定做手术，我还是想争取早日手术。何况，上海中山医院已确认我的癌症已属于早中期了。

在中山医院期间，一位医生告诉我一件令人胆战心惊的事：熟人介绍过来的一位富豪病人，今年1月初被诊断出患早期肝癌，但他不听医生让他立刻做手术的建议，而是执意回浙江省老家过中国新年，说反正是早期，过完正月十五再来做手术也不晚。春节后再去医院检查，仅仅过了两个月，却已发展到中晚期了，就是立刻手术，基本上也是没救的了。得到结果后，一家人哭着跪在医生面前表示，无论花多少钱都没问题，只求能救救他。

"不可能。几个月之内，你的癌症都属于早期的。"医生很确定地告诉我。

在加拿大，如果不是危险疾病，患者都会依次排队等候手术。但如果遇到需尽快处理的疾病，医院和医生就会在最短时间内安排手术。很多人不知此缘由，所以认为加拿大看病就是慢，就需长久等候。当然，也确有个别人因为等候时间过长，期间病情恶化，导致还没有手术就死去。

这时，我稍微放心了。接着，我问道："手术前，我还需要做一个CT扫描吗？我取消了上次的CT扫描。"

"不用。4月22日你直接来医院做手术就可以了。具体注意事项和安排，我的秘书会发信给你的。"

手术前，连最起码的CT扫描都不需要做了？！

就在二十多天前，我住在上海中山医院的几天时间里，癌症手术前的检查就用去四五天时间，共有十几个项目，甚至包括肛检。如果不是决定回加拿大，那我还需要再做一个颈椎核磁共振，才能安排做手术。

"我离上次做CT扫描已经两个多月了，到手术时已经三个多月了，连CT扫描都不做，是否有些不妥？"我还是想争取一下，担心我的内脏因癌症有所变化。

"不用担心，我很有把握做你的手术。"医生信心满满地说道。

"我取消了你的手术，你为什么还再次同意给我做手术？"我有些担忧，万一他的自尊心受到了伤害，不开心，会不会在为我做手术时，不完全尽心尽责呢？要知道，癌症手术，最重要的就是切干净，否则一定会再次复发，也就没命了。因此，在结束谈话前，我赶紧问了这个很重要的问题。

"第一，我不会因为你取消了我的手术而不开心；第二，我给你做手术是我的工作，我会对我的工作极端负责的。"显然，他看出了我的担忧。

这下，我就彻底放心了。于是，我爽快地在他递给我的手术同意书上签了字。

"不过，"他起身离开前，边同我握手告别，边微笑中带有不容置疑的口吻说道："如果你再次取消我为你做手术，那我就永远不会给你做手术了。"

34. 我的胃没有了

2016年4月22日早晨5点，我和太太以及向学校请假从美国赶回来的小女儿，如期来到温哥华总医院，登记后便坐在等候室。

45分钟前，天空依旧黑暗、乌云重重压城，当我艰难地跨上汽车副驾驶座位时，突然有一种赴刑场英勇就义的感觉。如果说去年4月1日，我的突然晕倒撞墙导致我全身瘫痪，是在没有任何思想准备，没有压力，更没有担忧的情况下突然发生的，只是事后的后悔和遗憾，那么现在，就是明知山有虎却只能向虎山行，是带着担忧、不安、煎熬，甚至是恐惧的心情和压力前行的。全身瘫痪，加上几个小时后的全胃切除手术，以及随后出现的严重后遗症，交杂在一起，在我心中搅拌。这种滋味，在我全身弥漫，用任何语言来形容，都是苍白的，单薄的，不达意的。

昨晚，太太亲自烧了一桌我特别喜欢的、相当可口的菜，还开了一瓶红酒，让我放开吃，尽情喝。

这是我在有胃情况下的最后一顿晚餐。"别了，我的胃。明天这个时候，我就没有胃了。"我一边喝着酒，一边凄凉地对自己说道。

从今年1月初我被查出癌症后，太太就不敢给我吃得太多太好，怕癌细胞乘机也跟着长肥变强并迅速扩展地盘。但从我决定做手术后，她就让我每天尽量多吃，希望我尽快增加体重，手术前越胖越好，多储存一些能量，就像冬眠前的熊一样，因为术后我的体重会快速急剧下降，甚至变得皮包骨头。小女儿也在几周前，强烈建议我多吃冰淇淋和巧克力等高热量的食品，要我手术前快速增肥。

临睡前，太太还坚持让我吃了一碗我喜欢吃的芝麻糯米汤圆，并说以后没胃了就不能再吃不易消化的糯米食品了，使得我连睡觉都在打饱嗝。

等候了大约15分钟后，有人过来引导我进去换衣服，手臂上也被插上了针头，然后躺在床上等候着被推进手术室。

我请身边妻女放心，手术一定会很成功的。太太神情紧张，嗫嚅着。是啊，这是癌症手术，是要割去我身体内一个最重要脏器之一的大手术，谁都会紧张害怕。

我握着太太有些发抖的手，微笑着对她说道："你看，在黄刀市只差5分钟我就没命了，在北京我趴在地上六七个小时还不断流血，接着还做了颈椎手术，也活过来了，这次也一定会没事的，因为我命大、命旺和命硬，老天现在不会要我去报到的。我还等着用上我们结婚前一起去买的、八十岁以后用的大红丝绸被子这一天呢。"

太太终于露出了笑容，连声说："是的，是的，一定会没事的。我把大红丝绸被子一直放在樟木橱里，前几天我还看了一下，都快30年了，颜色还是很鲜艳的，像新的一样。我会在外面一直为你祈祷的。"

"有你祈祷保佑，我更会没事的。"

小女儿在一旁拍拍我的肩膀，"爸爸您放心吧，我会一直陪着妈妈的。您可答应过我和姐姐的哦，我们全家要一起去旅游，您可一定要做到啊。"

大约7点30分，我被推入了手术室。手术室里，已有四五个戴着口罩的医务人员正在忙碌着。见我被护士推进来，他们都朝我点点头，继续忙碌着。

不一会儿，汉密尔顿医生进来了，跟我打了声招呼后，开始仔细检查各个环节，还不时和他人低声交流几句。

我手臂被接上了管子，又被插上了导尿管。

汉密尔顿医生微微俯下身，在我头旁微笑着对我说道："待会儿你就睡着了，等你醒来时，手术也早就做好了。"

我苦笑着对他说道："是啊，等我醒来后，我的胃也被你拿走了。"

我们又对视相笑了一下。接着，我望着天花板，想象着。

对于即将开始的胃癌手术，我不担心会死在手术台上，因为汉密尔顿医生在韩国只做胃癌手术的医院实习过半年，技术精湛，而且做的是微创手术，况且1年前我已经历过一次大手术。

但是，微创手术能将我体内的癌细胞全部去除干净吗？微创手术能将胃附近的淋巴是否有癌细胞检查得彻底吗？我术后的身体素质会大大降低到何种程度呢？我是否从此就必须终身吃糊状和柔软的食物呢？我会每次进食后出现痛苦难受的感觉吗？我真的就再也没有充足的体力来做康复训练了吗？

我不断想象着手术后可能出现的各种恶果，军医华益慰全胃切除后生不如死的惨状再一次盘旋在我脑中，使我越想越担心和害怕。但是，此刻我已躺在了手术台上，已经身不由己，没有回头路了，只得听天由命。

我突然意识中断，什么都不知道了。

不知何时，我的意识有了微弱活动，但依旧觉得眼皮很重，很想睡，便又迷迷糊糊睡了过去。

等我再次醒过来，脑袋清醒了一些，眼睛也可以睁开了。"这是哪里啊？"我左右转了一下脑袋，看着黑乎乎、空荡荡、凉飕飕的大房间，自问道。

"你总算醒啦。"一位护士见我有动静了，赶紧从床的对面墙边走了过来。

"这里是哪里？"我的大脑依旧不是很清晰，说话声也很轻微。

"这里是医院的恢复室。"护士亲切地回答道。

啊,记起来了,我今天做了全胃切除手术。也就是说,我身体里现在已经没有胃了。

"对不起了,亲爱的父母亲大人,你们给了我一个完整的身体,可我却在万不得已的情况下,将其中一只脏器不小心'弄丢了'。请您们谅解和宽恕,千万不要责备我。"我在内心说道。

"我的家人呢?"我转动着脑袋,怎么没发现太太和小女儿?

"他们一直等到晚上7点,你还是没醒。我们估计你还需要较长时间才能醒,便请他们回家了。一开始,她们不愿离开,说直到你醒了才离开。我们再三对她们讲,你的手术很成功,不会有任何问题,她们才勉强离开,并让我带话给你,说明天一早她们就来看你。"

"现在几点啦?"

"晚上8点了。"

我大脑开始越来越清晰,所有记忆都回来了。

是啊,从今早5点到医院,到晚上7点才离开,太太、小女儿已经在医院呆了14个小时。她们一定累坏了。

事后我得知,我的手术从上午8点30分开始,下午1点50分结束,整整做了4小时20分钟。下午2点,我被推离手术室,进入恢复室,又整整昏睡了6个小时。

"我需要在这里待几天?"

"再等一会儿,如果没有什么问题,就送你去病房。"

"我太太他们明天来，知道我住哪间病房吗？"

"已经告诉他们了。"

晚上9点30分，我被推出恢复室，乘电梯，来到我的病房。护士已经等候在病房门口了。护士安顿好我以后，我马上请她再晚也要打一个电话给我太太，说我一切很好，已回自己病房了，请她们不用担心，并给了她我太太的电话号码。护士一口答应，对我说了句有事随时喊她，便退了出去，让我好好睡一觉。

然而，这一夜，我却无法入眠。

35. 医生竟让我吃牛肉

第二天早上8点，手术后24小时都不到，我就挣扎着从床上爬起来，推着助步车，开始走路训练，护工紧随其后保护我，护士推着输液架跟在一旁，足有半个小时。

自从去年4月1日全身瘫痪后，除了5月5日从中国返回加拿大，以及今年3月5日去中国，3月12日回加拿大，这三天没有进行康复训练外，一年多来，我从来没有一天停止过康复训练。我很明白，康复训练不会产生负面作用，只会离我设定的目标越来越近，即使最后达不到我的要求，也决不会是做无用功。因此，我必须每时每刻抓紧可能的康复训练时机。对我而言，在身体完全康复前，没有休息日，更没有节假日。

早上9点左右，汉密尔顿医生身穿一件双色竖条衬衣和一条笔挺米色西裤，着一双光亮的咖啡色皮鞋，独自一人来到病房看望我。

我问他手术情况。他说很成功，也切得很干净，胃附近的淋巴都检查过了，没有发现癌细胞。我问他是否还需要化疗。他说，按他的经验，我不需要做化疗，但最终决定权在即将负责我的肿瘤科医生那里。

此时，我不能吃任何东西，仅靠输液维持身体的营养。

手术后第二天、第三天，他都会每天一次来病房看望他的手术病人。

我手术后的前两天，完全靠输液。第三天，开始喝水了。第四天，拔掉了输液针头，开始进食。早餐是一些半流质食物，其中有一只冰冻果冻。我问护士，我可以吃冰凉的食物吗？护士回答，医生说过没有问题。同时，护士通知我，可以洗澡了。第四天午餐，已有炒蛋之类的食物了。

"明天将安排你吃牛肉。"术后第四天下午，汉密尔顿医生在检查完我的伤口、询问我的身体情况和消化系统的反应后说。

"你说我明天可以吃牛肉？！"我睁大了眼睛，怀疑自己听错了。

我食道和十二指肠的连接处还未牢固，伤口还未长好，就让我吃又硬又难嚼的牛肉？

我从中国一些医生那儿和网上了解到，做胃切除手术后第四到第十天，病人可以开始进一些半流质食物，出院后两个月到三个月，饮食可由半流质逐渐过渡到软食。而全胃切除的病人，出院六个月至一年以后，才能逐步恢复手术前的饮食。而今天，只是我全胃切除手术后的第四天，明天也仅仅只是第五天，就要我吃牛肉？！

"对，还有其他较硬的食物。"他肯定道。

"为什么？"我嘴巴依旧张得很大。

"我要看一下你吃了以后有什么反应。如果没有问题，你在一个月之内还是尽量吃一些较软的食物。"

"你的意思是，如果我吃了硬的食物有什么问题，可在医院及时被发现和解决？"我似乎明白了他的用意。

医生看着我，笑了，"正是这个意思。"

"正常情况下，术后病人住院5天，不过，我让你多住几天。明天我要去多伦多参加一个会议，回来时你已经出院了，但我会在这期间随时了解你的情况。"

"那太谢谢你了。"

术后第五天午餐，果然给我送来了牛腩胡萝卜，以及其他一些食物，完全是给一个肠胃健全人吃的午餐。

我用叉子将一块比蚕豆略大一些的牛腩放在嘴边，犹豫着是否要吃下去。如果伤害伤口又怎么办？犹豫了大约10秒钟，对医生的充分信任还是占了上风。

"你以后吃饭，要慢，每一口少量的，多嚼一嚼。"汉密尔顿医生在手术前就告诫了我。于是，我将牛腩送入了嘴里，足足咬了四五十下，然后再咽下去。

担忧着牛腩是否会划伤我还未长好的伤口，是否会出现不好的反应和结果，我等了10几秒钟，好像没有任何不良反应。于是，我放心地继续吃。就这样，我将所有牛腩及其他食物全部吃了下去。

说来奇怪，我以前吃饭速度很快，时常没咀嚼几下就囫囵吞枣，即便是在高级餐馆吃山珍海味，也都很少能感觉到佳肴的真正美味。而现在，一顿我不太喜欢的医院大锅西餐，我竟然感觉美味可口，回味无穷，这大概是细嚼慢咽的缘故吧。

更奇怪的是，没有胃的我，竟然将一盆正常有胃人吃的午餐，全部吃了下去。难道我的十二指肠真有这么大的空间？

难以置信的是，整个下午，我没有任何不舒服感觉，更没有出现胀气、恶心、食物反流等不良现象。不过，从晚餐开始，医院又恢复了给我提供较软的食物。

4月29日，星期五，也就是我住院的第七天，是我出院的日子。

早餐后，一位年轻的西人医生到病房，在检查了我手术刀口情况后，说我身上的这根管子还不能拔去，大约一周后，我所在的社区会有护士来我家为我拔去。他指的是我肚子上还有一根细细的软管，从我腹腔内引出来连接着一个小塑料管。

手术后，我腹腔里每天会流出血水。护士一天两次将塑料管里的血水倒掉。一般情况下，五六天后，血水会越来越少。可我腹中流出的血水，到出院这天早晨，还有不少。

我问他，非要带着管子回家吗？他很自信地说，没错。但就在我准备离开医院时，这位医生又匆匆赶来，说刚才我的手术医生汉密尔顿从多伦多来电话，询问我的情况，并对他说，我没有必要带着管子回家，一些残余血水身体自己会吸收掉的，把管子拔了。他赶紧为我拔了管子并做了伤口缝合，说5天后去家庭医生那里拆线。我回家后，并没有因为拔去管子而感到任何不适。

一些人告诉我，加拿大医生水平一般，因为人口少，病人相对也少，操刀机会就不会特别多；而中国由于人口是加拿大的近40倍，病人极多，所以手术医生几乎天天操刀，大都技术精湛。但我在加拿大做的胃癌手术是微创，伤口只有4厘米长，术后没有任何不良反应，而且刀疤平整；而我在北京做的颈椎手术，伤口愈合困难，持续三周每天两次用红外线烤着伤口才收口，刀疤凹凸不平，虽然经过温哥华总医院的两次修补改善不少，但终因先天不足，刀疤依旧不平整，13厘米长的刀疤就像一条很长的百脚虫，爬在我的后脖子上。我想，对病人而言，医生除了水平高低重要外，其工作态度和敬业精神，有时更重要。

在出院单上签个名，不用支付任何费用，我就出院了。

加拿大实行全民医保，一些省的居民需缴纳少量医保费（低收入可全免），但大部分省的居民不需支付医保费。一旦进入医院，检查、治疗、药物、护理、饮食、康复训练等的所有项目，全部免费，直至出院。

2016年5月10日，我手术后的第十八天，汉密尔顿医生在省癌症机构又见了我，进一步了解我的术后情况。见我至今无吞咽困难、头晕、恶心、胀气、难受、反流和腹痛等不良情况，他很满意。

"在你手术后，我又做了五个胃癌手术。他们都不是全胃切除，但术后都有不适感。你运气真好。"这是他第二次说我运气好。

"那得感谢你手术做得很成功啊。"

"那也不完全是。你就是运气好。"

其实，也并非是我运气好。我的少食多餐、细嚼慢咽、基本饱的饮食法，是关键。此外，手术后，针灸和中药及时帮我调理消化系统，也起到了很好作用。

36. 我想自杀

手术后的前两周，除了少食多餐，饮食总量比手术前略少，体重开始时下降比较快速和时常拉肚子以外，身体其他方面并没有明显变化，我依旧精神不错，体力充沛。每天康复训练的时间，虽然有所减少，但还是保持在5个小时左右。

我绝对没有想到，一个人有没有胃，竟然没有什么太大区别，并不是像一些医学专家和网上所说的那么可怕。我庆幸，最终决定做全胃切除手术是正确的，及时的，也是明智的。

然而正当我沾沾自喜时，全胃切除的后遗症，一步比一步厉害地显现出来。

首先，由于我整个胃都没了，消化系统变得极其紊乱，完全不适应吃下去的不同食物，使得除了原本大便极其困难，但会在一两个月之内因为肛门肌肉的软弱无力而突然喷涌而出的情况之外，还出现了更严重的新问题，那就是经常吃完食物不久，会突然拉肚子，而且不知道是哪种食物引起的。

出院前，温哥华总医院营养师来到病房，指导我如何正确饮食，其中谈到如果我实在控制不住想吃冰淇淋或奶油蛋糕，就坐在抽水马桶旁吃，因为会立竿见影地拉肚子。

正常人要拉肚子，可以在一定时间内控制住，完全可以在卫生间排便，而此时的我，本来就因全身瘫痪而无法憋住大便，而且还刚使用助步车不久，走路速度好比乌龟在爬，当感觉到要拉肚子时，刚向卫生间方向迈出几步，便无法控制将大便拉在了裤子上。这种现象，每周都会发生几次，还不知道何时何地会发生。在家里，只是奇臭无比和麻烦恶心。但在外面，那就更难看和狼狈了。

一次，我刚在停车场从车上下来，推着助步车，准备去家庭医生诊所，还未走上两步，就拉了一裤子大便。那里离家只有几分钟车程，于是我赶紧再坐上车，护工马上将车开回家，搞得满裤子都是大便，座位上也臭气熏天。

另一次，中医针灸结束，我刚要在停车场抬腿上车，突然感觉要大便了，还未向太太说出口就已拉出来了，因为离家有半小时车程，赶紧再慢慢走到大楼卫生间去清理。幸好太太每当我外出时，都给我备好了替换衣服。

每一次，凡是我大便在裤子上，太太都是边呕吐，边忍耐着，边为我清洗。

尽管我每次都极其内疚地对太太说对不起，但她总是很和气地说，我是病人，也是没有办法的，所以不要自责。可她越是这样说，我就越觉得亏欠她，也越感到压力增加。

就在1小时前，李医师告诉我，他的一位病人，因为行动不是很方便，时常需要麻烦已结婚几十年的太太，渐渐地，太太不耐烦了，连给他倒杯水都大声抱怨，害得他口干时常忍着，不太敢麻烦太太。真是久病无贤妻，更无孝子啊。李医师一再赞不绝口地夸耀我太太，说他从医几十年，这么体贴关心、尽心照顾和不离不弃的太太，很少见到。

我曾询问过西医，我为何这么频繁地拉肚子。医生让我记住哪些食物容易引起我拉肚子，以后尽量少吃。这是消极的办法。咨询中医，医生本来就因为我要么自己无法大便，要么控制不住大便，而无法很好地配制中药剂量来帮助我改善的大便功能，现在没有了胃，就更加束手无策了，只是让我多锻炼提肛以增加肛门肌肉的力量。

这种痛苦、难看和讨人嫌的日子，我不知道何时是尽头，更不知道何时可让太太解脱。

其次，手术3周后开始，我渐渐地感觉自己越来越乏力，不想动。虽然每天吃下去的食物总量没有什么变化，但时常会在康复训练1小时后，突然感觉头昏目眩，无力到微微移动一下脚步都很困难，只有趴在桌上闭眼休息十来分钟后，人才感觉舒服一点。发展到后来，我就是坐着不动，也是头昏目眩，浑身无力，气喘吁吁。

我请人用血压计量了一下，结果让我瞠目结舌。血压：高压72mmHg，低压43mmHg；心跳：每分钟115跳。连续几个月，我的血压和心跳指数都是如此。我胃癌手术后一个月左右，人比手术前瘦了整整8公斤。

手术前，我每天训练六七个小时都不累，从来不睡午觉，而现在，连续几个星期了，我连坐着都累，不少时间只能躺在床上才感觉舒服些。

这样的身体还谈什么训练？没有了训练，哪来康复？即使我再有耐心，再做好了打持久战的心里准备，没有了胃，身体也无法有效地吸收营养，体能必定会变得越来越弱，只能终日躺在床上，或者坐在轮椅上，最终只能应了医学专家在我全身瘫痪后宣布的对我的判决——最好的结果是终身坐轮椅。

难道中国医学专家所说的，我胃癌手术后只能坐坐、睡睡、看看电脑、打打字，千真万确？难道我无力再做康复训练了？难道我的瘫痪康复永远不可能了？难道我真的成了一个比死人多一口气的废人？难道我从今往后必须日夜有人照顾？难道我只要活一天就残酷地拖累、拖垮太太的身心一天？难道两个女儿也将长久地被我折磨得没有了快乐？

连续好多天，当我睡在床上时，后悔、悲观和绝望的情绪，始终弥漫在我大脑中。

如果去年3月下旬听从了太太的话，在黄刀市大出血后不去北京，在温哥华由她精心照料几个月，体力就会恢复，我就不会因为虚弱晕倒猛力撞墙而导致全身瘫痪。

我真后悔当初没有听太太的话啊。

如果去年4月1日我放弃了坚持和自救，就可以很轻松很惬意地和这个世界永别了，也没有这一年多来的痛苦艰难，吃尽苦头，也不会让家人身心疲惫。现在，虽然逃离了死亡，但活罪变得越来越难受。

我真后悔当时没有放弃啊。

难道我两个月前选择的不做胃癌手术，是正确和明智的？

全胃切除虽能保住生命，但生活质量大大变差。尤其是像我这种全身瘫痪的病人，几乎都没有资格再谈什么生活质量了。不动还喘气，坐着也觉累，一切都需他人帮助，时常乱大便，这是何种人生？这是何种生活质量？

我生来性格刚强，坚韧不拔，善于思考，从不服输，从不靠人，始终愈战愈强，愈战愈勇，而且基本上是屡战屡胜。而现在，残酷无情的现实，却使我无法主动出击，并在逼迫我屈服就范。

我的内心依旧强大无比，但孱弱的身体却让我手脚无力，一事无成，是真正的心有余而力不足啊。而且，体质还在一天比一天差，看不到有任何逆转的希望。内心的极其强大和外表的无比虚弱，形成了极度反差，就像一只血吸虫，在我心脏上慢慢、快乐、猖狂地吮吸着我的鲜血，而我只能眼睁睁无奈地看着。这让我精神痛苦万分，肉体就像一具僵尸，比度日如年和生不如死都有过之无不及。

此外，什么叫做深爱另一半？深爱另一半，并不是得到和索取，也不是甜言蜜语，而是给予和奉献，是切切实实为对方考虑和做实事，使对方感到幸福、快乐和温馨。现在，乃至余生，我已无法为太太做任何一件哪怕是极小的事了，唯有从她那里得到，唯有向她索取，这怎么可以呢？按我们夫妻的感情和责任，太太一定会始终心甘情愿地承担着这一切，直至我死去，可我心里会承担越来越重的负担，最终会不堪重压导致心脏被压破碾碎。

难道就这样度过我的余生吗？

不，不可能！我也不愿意！

此刻，我想到了如何尽快结束已经没有任何意义的生命。

首先，我想到了安乐死。

人总有一死。如果一个人的余生，始终在精神和肉体上痛苦难受，而且无药可救，永远看不到希望，还要连累身边最亲近的人，那还不如痛痛快快地在没有痛苦的状态下安详地死去。这样做，虽然亲人会痛苦万分，悲伤无比，但那只是暂时的。时间会消除一切悲伤和痛苦。她们随后便会快乐地生活。这也是现在我唯一能对太太所做的最后一件看似残忍却真正为她着想的事。

与此同时，自己也得到了彻底解脱。

所以，安乐死挺好的，没有痛苦，没有负名。

于是，我开始悄悄地详细了解可以实行安乐死的国家和条件。目前，只有六个国家允许安乐死。加拿大正在立法，很快就会通过。这样，我不用远足，就能微笑着安然地和这个世界永别了。可当我查阅了安乐死的基本条件后，发现按我半死不活但没有特别痛苦和无法救治的情况，医生不可能同意我安乐死。

所以，安乐死这条路行不通。

接着，我想到了自杀。

最简单的办法就是吃大量安眠药，在没有痛苦的情况下安静地死去，他人还以为我因病，比如心肌梗塞而死呢。安眠药虽说是处方药，需要医生开出处方单才可购买，但我可以骗家庭医生和太太，说我失眠严重，应该容易得到。但我怎么吃呢？我的手指还依旧僵硬无力，无法旋开瓶盖，无法倒出药片，况且我吃什么都由太太把关，她怎么可能让我一次吃许多片安眠药？她怎么可能让我一个人长时间处于睡眠之中，而不来关心我呢？显然，这个方法行不通。

第二个方法，就是设法走入我家的鱼池。我家后花园的鱼池，又大又深。癌症手术前，为了锻炼臂力，我曾坐着轮椅，自己转动双轮来到过鱼池边观赏鱼。我思忖着，按我现状，只要咬紧牙关，一个人在夜半三更是有办法悄悄地来到鱼池边的，只要奋力往前一冲，就可跌入鱼池，那也就万事大吉了。

对，这是个很好的办法！

2016年6月29日，我全胃切除手术后的第68天，晚餐时，我心情悲痛，沉默不语。

这是我人生最后的晚餐，也是同恩爱几十年、相濡以沫的太太，最后一次一起吃饭。

太太以为我比平时还要虚弱，除了不断给我夹菜，滔滔不绝地讲诉我们的往事以及白天的趣闻，尽量让我心情愉快外，还嘱咐我，吃完饭后，马上上床睡觉，今天就不要洗澡了。

晚餐后，我谎称有一份极重要的文件需要马上处理，况且现在精神好多了，便硬撑着让护工推着轮椅，坐到了电脑前，决定写两封信。

打开Word文档后，首先给太太写了一封信，接着，又给两个女儿写了一封信。这两封信，也算是遗书吧。

我给太太的信，结尾是这样写的：

谢谢爱妻你二十多年来为我，为两个女儿，为整个家，放弃了成为出色服装设计师的梦想，付出了常人无法做到的一切，奉献了你所有聪明才智和金色年华，使得我们一家始终和和睦睦，长久平平安安，不断欣欣向荣。

此生我最大的遗憾，也是不可饶恕的"罪过"，就是在我们移民后的前九年，平均每年有将近一半的时间离开你，去中国做生意，让你一个人在异国他乡，挑起整个家庭的重担，担负起养育孩子的重任，还要竭尽全力支持和帮助我的事业。

如果有来生，我希望我们还做夫妻。到那时，我一定不会再离开你，时刻为你遮风挡雨和抗寒祛暑，始终使你沉浸在欢快、轻松、享乐和幸福之中，让你成为世界上最幸福的人。

我给两个女儿的信，结尾是这样写的：

爸爸无法再照顾和陪伴你们了，但会在遥远的天国，时刻为你们祈祷，祝愿你们的一生，始终健康、平安、快乐和精彩。

即使人生遇到再大的惊涛骇浪，再多的明礁暗石，也绝不要害怕和退却，牢记战胜任何艰难险阻和获得成功的法宝：信心满满、方法正确、坚持不懈。

我告诉你们，你们的妈妈，在人品、心胸、善良、助人、律己等方面都是很优秀的。你们的妈妈，是位伟大的妻子，伟大的母亲，伟大的女性。

最后，爸爸在这里郑重地拜托你们俩，请代我好好照顾你们的妈妈，多陪陪你们的妈妈，让她余生始终充满欢笑，尽情享受美好生活。

在我记忆中，除了在父母去世时流过泪，我从未哭过。现在，当我打字写信的时候，泪水止不住顺着鼻梁，流进了嘴巴，流向了下巴，滴在了衣服上。

再过几个小时，我就同她们永别了，同这个世界永别了，去到天国的父母身边。

我从骨子里不愿离她们而去，不放心扔下她们，希望能为她们做更多的事，有更多的时间陪伴她们，更盼望一家人永远幸福快乐地相伴在一起，但这已经是永远不可能的事了，只能等待下辈子的机会了。

我衷心希望，她们不要因为我的离世而痛不欲生，而是要坚强，走好每个人的余生，并祝愿她们幸福、健康和心想事成。

这晚，我还是让护工为我洗了澡，我要干干净净地离开这个世界；我又吃了一罐酸奶和一片面包，我要饱饱地离开这个世界。

护工将我安顿好之后，像往常一样，要把轮椅推离我的床边，靠在离我有2米远的墙边。我对他说，今晚轮椅就放我的床边吧，一旦半夜需要上卫生间，我想尝试一下自己去完成。

夜深人静了，所有人都已进入了梦乡。

借着墙上夜灯发出的微弱光线，我借助床边铁杆，艰难地硬撑着从床上移到了轮椅上。随后，我缓慢地奋力移动着双轮，来到了卧室另一端。由两扇顶天立地大玻璃组成的墙，其中一扇是可以移动的玻璃门。

由于很累，我决定喘口气后，再拉开门，然后再将轮椅移到外面，最后一跃入池。

鱼池，离我只有3米不到的距离。

此时，一轮皎洁的明月高高挂在天空，月色穿过透明清晰的空气，将四周映照得清晰可见。花园里的灯光，更增加了可见度。鱼池里，几十条巨大的色彩鲜艳的日本锦鲤鱼，沉在了池底，水面一片宁静。

突然，两只浣熊从小径窜到了池边，不时用爪子搅动着池水，企图吃鱼，或希望能抓到鱼，带回去给它们的孩子吃。尽管是徒劳的，但它们还在不懈地努力。显然，它们应该是一对恩爱夫妻，终日相伴，不离不弃。

望着外面的景象，我不由触景生情。

动物为了生存，都在顽强地争取，不懈地努力，哪怕是徒劳的。而我，智商、情感、意志都在动物之上，却要躲避，却要退却，却要放弃，却要自杀，这岂不让人贻笑大方？

而且，试想，如果我一意孤行冲入池中，天亮后，家人会发现我不见了，接着拼命寻找我，结果发现我漂浮在水面上，死了。她们此时的感觉和景象将是如何？

当她们接着发现了电脑中的遗书，更会追悔莫及，如果多注意我昨晚的言行，完全可以避免我的自杀啊。

自责、悔恨、内疚和痛苦，将陪伴她们终身。尤其是太太，身心会始终背负沉重的负担，压得她无法喘息。

再说了，我是自杀而死，我的名誉将毁于一旦。他人又如何看？

我死在自己居住的房子里，她们又怎能再继续居住下去？

看来，自杀这个选择是既害人又害己，而且害的是我最爱的人。这个行不通，肯定不行！

余生，我不能潇洒地死去，只能痛苦地苟活，但我又不愿再连累太太和女儿们了。

离婚？对，和太太离婚！

尽管这样做会使我余生很孤独、很伤心、很痛苦，但她就可以从此无论从法律上，还是道义上，都彻底解放了。

但是，我们结婚之时互相承诺过对方：这辈子无论碰到多大困难，多大灾难，都要相守一辈子，绝不分离！因此，她肯定不会同意的。

从她虽然在一年多以前，就确认了我将终生全身瘫痪，但还是立刻将新建的别墅修改了很多地方，以便我生活，以及我患癌症后，毫不犹豫地陪我去万里之遥的中国等一系列举止来看，她绝对不会离我而去，而是依旧会和我厮守一辈子，并且，已做好了照顾我一辈子的准备。

因此，离婚这条路也一定走不通！

那只能采用一个我极不情愿，也是万不得已的办法：余生住进福利院，解开锁住太太身心的枷锁，任她飞翔，还她自由。

那天，我心情沉重且悲哀地对她说道："看来这辈子我再也无法陪你去旅游了，实在是对不起你了。"

"不能去就不能去呗，无所谓的。"太太一副不屑一顾的神态。

"但你多少年来的愿望，就是要看看世界各地。现在，你把两个女儿都带大了，可以实现这个愿望了，我希望你和好朋友从现在开始就去旅游，岁月不等人啊。"

"你无法生活自理以前，我哪里都不去。看看视频也能看到世界各地的风景，都是一样的。"

我试探着对她说道："我的胃癌手术已经两个多月了，尽管采取了很多办法，包括增加营养，中医调理，但都没有起色，而且越来越弱，康复训练也无法正常进行，康复效果不但没有进步，还在退步，这辈子生活自理是不可能的了。所以……"我停顿了一下，看她的反应。

太太警惕地注视着我。

"所以，我想住进福利院。"

"你要住福利院？！"她眼珠子一瞪，机关枪似地连续向我开火，"你脑子是否出毛病啦！福利院哪有家里好？哪有我照顾得好？你想都不要想！"

"这样做，你就可以解脱了，你就可以恢复你以前的生活，唱歌跳舞啦，和朋友喝茶啦，看电视连续剧啦，还可以出去旅游啦。否则的话，你必将被我拖垮累死。"我想诱惑和吓唬她。

"这种事让我碰上了，就坦然接受积极对待呗。所以，什么福利院啦，养老院啦，你想都不要想，老老实实待在家里吧。"她厉声说道，一锤定音。

我所有退路都被堵死了。

此刻，我又该如何办？

就在这时，不知是在天有灵，还是我命中注定，必须完整地遭受完人间最大的精神和肉体的磨难，小女儿打电话给我，同我聊天，谈她的成功，最后还再次提及我对她的承诺——2年后参加她的毕业典礼，而且是走着去的。现在，她最大的愿望和期盼，就是我走着去参加她的大学毕业典礼，她会到机场来迎接我。

对啊，我的确承诺过小女儿。难道我要食言？我要做懦夫？我要给女儿们留下极其负面的形象？

我一下子被打醒了。

我为什么要去考虑安乐死、自杀和住福利院呢？难道我这辈子最终就真的屈服于命运的安排？我就真的不能在打败癌症同时，在没有胃的情况下去战胜全身瘫痪？这是哪国、哪条法则规定的？所谓医学专家的意见，也就是按瘫痪病人康复结果，用统计学得出的结论。天地之间，从来就没有一个一成不变的法则。路是人走出来的。再说，现在我虚弱无力生不如死，不等于永远都这样。

此时，我想到了32年前，我二十四岁时的那件"兵不厌诈"的事，就是因为我抓住了问题的主要矛盾，并有效地解决了，所以困扰我许久的众多难题，都迎刃而解了。

1984年2月，我刚大学毕业一年多，还在从事技术工作，就被破格任命为上海第一羊毛衫厂有着四百多个工人的成衣车间主持工作的车间副主任（主任由生产副厂长兼任），还是厂长的第三梯队。许多人不服气，说我借了"文革"后正规大学毕业的光，只是手握一张文凭而已，其实没有任何本事。几个月下来，工作还是较难开展，不少人或者阳奉阴违，或者背后捣鬼。

公开和我对抗的是一位喜欢闹事、专和领导过不去、任何领导都对她束手无策的女工，同时，她还是一些落后捣蛋工人的无冕"领袖"。我想，要竖立起威信，顺利开展各项工作，必须"擒贼先擒王"，只要把她制服了，很多问题就会迎刃而解。

我在等待着机会。

果然，没多久机会来了。她的组长告诉我，她连续3天没来上班，昨天来了，说是因为发高烧所以无法来上班，有医生开具的病假单，但洗衣时不慎将口袋里的病假单洗糊了，所以补交了一张事假单。另一位车间生产副主任，已经批准她事后所请的事假。而按规章制度，事假必须事先申请并得到批准。组长很肯定地告诉我，她一定在说谎。

此女工长得人高马大，经常找各种理由不来上班，外面的背景很不简单。我让组长将这位女工喊到我的办公室来，并告诉组长，谈话期间组长不能离开。

该女工来了之后，张牙舞爪，大喊大叫，重复了组长告诉我的她请假经过。我对她说道，如果确是病了，即使病假单洗糊了，也算作她病假，但是，如果她说谎，不但不能同意她请事假，而且全部算作旷工。病假只扣很少的钱，事假扣除请假天数的工资，而旷工不但扣工资，还扣当月奖金和年终奖。这时，她先是大声责令组长出去。我心想，如果组长真的站起离开办公室，我也一定拔腿就跑。办公室只留下她和我，万一她要下三流举动并诬告我，我岂不是跳进黄河也洗不清了吗？幸好，组长没有理睬她。

接着，她还是一口咬定是有病假单的，并告诉我，是在上海红光医院内科看的病。此时，我已基本认定她在说谎，因为发高烧一般在她家就近医院，或者工厂附近的劳保医院看病即可，不可能跑到离她家很远、路上至少花费1小时的红光医院去看病。

于是我问是哪位医生？她说是一位内科姓周的男医生。我说很巧啊，红光医院办公室主任是我大学同学，我现在就打电话去证实，如果她说的周医生的确在那天给她开过病假单，就同意她请病假，否则就算旷工。她依旧脸不改色地说，那你就打电话去证实吧。

我拿起座机电话筒，向人工总机要了外线。我一边对她说，再给她最后一次机会，如果在我接通电话之前，她能说实话，即使是欺骗，也会从轻处理，但如果我打电话证实了她在说谎，那么这次不但算作旷工，还要额外严肃处理；一边开始拨起老式的转盘电话，同时，不时用犀利的眼光扫视着她的双眼。

那时，上海电话号码只有六位数。就在我拨到第五个号码，转盘回到原点时，她的眼神一下子黯淡了下来，终于说了句："主任你别拨了，我是在说谎。"

我心里大悦，红光医院我哪来的熟人啊。如果她坚持不松口，我只能对着话筒自说自话一番给自己台阶下，然后再派人拿着工厂介绍信去医院调查，那就得费不少功夫了。而且，万一她真的认识的确存在的周姓医生，就很可能给了他们串供时机，我将失去这个千载难逢的良机。

随后，经过几次反反复复很不易的较量，加上上次的打电话把她镇住了，她最终无奈地接受了我的决定——在全车间广播大会上做深刻检查，我则从轻处理了她。从那以后，我的许多工作一路顺畅了起来。

现在，我康复的主要问题，也就是问题的主要矛盾，就是体力极其严重不足，只要将这个主要问题解决了（我相信一定有办法解决），那么，康复过程中的其他问题也都可能会一一迎刃而解。

因此，我绝不能绝望和放弃！

但是，面对全身瘫痪和癌症，这两个现代医学和其他任何医学都无法解决的世界难题，我还能不受命运的安排，战胜这些世界上最可怕最危险最无奈的疾病，并完全康复吗？

37. 重上战场

在至今的人生中，我创造过许多看似不可能，但最终取得了成功的事情。

此时，我首先想起了三十多年前，我始终保持信心满满，并做到坚持不懈，终于考取大学，从而彻底改变命运一事。

我1966年9月进入小学，1977年10月中学毕业，这正好是中国"无产阶级文化大革命"的时期，读书无用，所以，我们这一届学生文化基础最差。

中学毕业后，我被分配进入上海第二钢铁厂电炉车间，当起了一名炼钢工人。

虽然不久后全国恢复了高考，但由于我从小学就开始钟情于吹竹笛，上班后依旧不离不弃，一心想成为笛子演奏家，所以第一年没有参加高考。后来感觉，一是上班要三班倒很累，已无很多时间和精力来继续刻苦吹奏了；二是我实在没有音乐天赋，终究成不了演奏家，于是我决定报考大学。

于是，1978年的第二年高考，我自以为中学时学习成绩名列前茅，考大学只是小菜一碟，因此没有看过一本书，也没有做过一张试卷，就去考试了。没想到中学里学的文化知识还是很浅薄的，结果当然名落孙山。发榜第二天，我立刻托人购买了十几本一套的《高考自学丛书》，决定攻读1年，明年再考，而且，我信心满满，一定能考上。

这时，车间和我关系不错的一位电工，出于好心找我谈了一次，说他儿子是明年的应届毕业生，每天除了吃饭和睡觉就是读书，还分了理科和文科班，有老师辅导，并有大量的模拟考卷。明年是恢复高考后的第三年，往届生已失去优势，高考将是应届生的天下，而我文化基础差，每周得工作6天，三班倒，每天要汗流浃背地上班，希望我自知自明，不要耗尽精力浪费时间最后还是竹篮打水一场空，明智地放弃高考。我没有采纳他的建议，同时希望他能将其儿子学校印发的模拟考卷给我学习一下。他满口答应，但以后不是见我就躲，就是说忘记带了。

这1年，我将几乎所有业余时间都放在了自学上，中班到晚上11点下班，回到家已是12点了，我便挑灯夜战，直至早晨7点，然后吃早餐，睡几个小时，就去上班了。夜班要到第二天上午8点才到家，不睡觉，继续自学，到傍晚睡上几个小时，又去上班。数学从有理数四则运算看起，语文从拼音字母学起。

到了1979年高考报名之日，正当我踌躇满志，觉得再过几个月我就可以跳龙门，成为一名大学生时，刚从上海宝山钢铁总厂调来大半年、手握车间最高权力的车间党支部书记，由于推崇劳动光荣、读书无用论的车间主任的坚决反对，加上他本人也不希望我离开工厂，少了一个身强力壮的劳动力，所以不同意我报考大学，理由很简单：要安心于本职工作，难道做一辈子工人就不好吗？都去考大学，谁来炼钢？而车间不同意，厂部就不会出具介绍信让我去报名。

难道我这一年的心血就这样付诸东流了吗？难道才十九岁的我，人生就像被套上枷锁一样，没有一点自己的选择权了吗？那当然不可以！况且，此刻我尝到了知识的甜头，多么渴望终日学习文化知识啊。

我每天都去找党支部书记，可无论我怎么说，他就是不同意。眼看报名日即将截止，我却束手无策，也没有任何人可以依靠和求助。我心急如焚，灰心丧气，看不见希望，也无心学习。但我还是不甘心，不愿束手就擒，还在绞尽脑汁想办法。

突然，我眼睛一亮，对，应该找她试试！于是，我赶紧去找了车间会计，一位"文革"前的老大学生。几个月前，我曾在车间门口碰到她，她知道我准备考大学后很支持我，说年轻人就应该有理想有追求，还说她儿子去年考上了大学。她应该肯帮助我，况且，通常来说，会计都是领导的亲信。果然，她答应为我去和党支部书记说说情。

万幸的是，党支部书记终于同意我报考大学，但交换条件是我必须答应，如果我这次考不上大学，以后就再也没有机会给我了，老老实实地一辈子做一位钢铁工人。我只能答应。不过，我对考上大学信心满满，认为没有如果。我终于在报名截止之日前一天傍晚，拿到了单位介绍信。

功夫不负有心人，尽管我没有参加过一次补习班，没有找过一位辅导老师，而且，今年理工科考题的难度远大于前两年，但揭榜时，我得知自己的分数还是高出最低录取分数线6分。

虽然可以报考一般大学非热门的本科专业，但我仅仅高出分数线6分，加上大学都很看重第一志愿，而且我以后再也没有机会参加高考了，这次是我离开工厂最好和唯一的机会，于是经综合考虑，我全部填写了大学专科且最易被录取的学校和专业，结果我有幸被上海纺织工业专科学校（1999年被并入东华大学）纺织系录取。1979年的高考录取率为6%，而我所在的针织专业四十一位同学中，历届生只有四位，10%都不到，其他的全部都是应届毕业生。那位电工说得没错，高考的确是应届生的天下了。

1982年8月毕业后，由于大专应届毕业生不能直接报考硕士研究生，我被分配进上海第一羊毛衫厂。1983年底，我决定报考1984年招生的华东纺织工学院（现改名为东华大学）硕士研究生，并领取了准考证。

正当我觉得把握很大，而且已同我所报考的硕士研究生导师见过面了，历史机遇却硬是将二十四岁的我推上了领导岗位，同时，纺织不是我喜欢的专业，当初选择这个学校和专业，纯属权宜之计，因此我放弃了考研。从此，我的人生轨迹便发生了巨大变化。

接着，我想起了十几年前，由于方法正确，我没找移民公司，前后一年都不到，没怎么花钱，就成功移民加拿大一事。

经过全面分析和综合考虑，并比较了世界上几个主要移民国家——美国、加拿大、澳大利亚和新西兰各自的优缺点，我决定全家移民加拿大。太太不习惯吃西餐，担心加拿大中国食材和中餐馆不多，要求我先去考察一下。英语中有一句谚语：太太开心生活就快乐（Happy Wife Happy Life），于是我决定申请签证。

那时，加拿大还未对中国公民全面开放，签证极其困难，要求很高，其中规定，申请人必须要有加拿大方面发出的邀请函，以及有过硬的加拿大人做经济担保，而且，基本上每位申请者都要被面试。

1999年5月，我来到加拿大驻上海总领事馆，申请短期访问签证。一位坐在玻璃橱窗后面、居高临下的中国雇员，不时将排在我前面的申请者所递进去的材料，从很小的窗口退了出来，要求补上一些材料再来申请，而申请者几乎个个都是唯唯诺诺，生怕得罪她。

轮到我了，我将申请表、家属表、护照、公司营业执照复印件和一张银行活期存折递了进去。没两分钟，中国雇员将我所有资料从小窗口扔了出来，厉声地对我说道："谁邀请你去加拿大了？又是谁经济担保你了？"并用手中的笔，敲了几下玻璃上贴着的一张纸，再次厉声地要求我看清楚了所有必需的申请要求，才来申请签证。

我想，她大概第一次碰到像我这种完全不符合申请资格而来添麻烦的人，所以火气特别大。我也厉声地对她说道："我去加拿大考察商业投资环境要谁邀请？我存折里有4万美金，去加拿大两个礼拜是否够了？"她说钱是够了。我紧接着问道："那为何还要经济担保？我告诉你，今天你不把我的申请材料收进去，我就要面见签证官，否则不会离开这个窗口，如果签证官认为我不符合条件那就与你无关。"接着，我们互相对视了足有10秒钟。最后，她避开了我的眼光，无奈地将我的申请材料收了进去，让我第二天看结果。

翌日，也没有让我面试，我就顺利地拿到了签证。

我两周考察的所见所闻，以及所拍摄的七盘录像带内容，使得太太对移民加拿大也变得很积极了。

通过查看加拿大政府网站和分析我的情况，我认为我申请企业家移民是合格的。于是，1999年9月初，我趁去北京出差之际，将自己准备好的移民申请资料递进了加拿大驻北京大使馆。一个多小时后，使馆给了我一封信，说已正式受理了我的移民申请，3个月之内会给我进一步消息，但是，如果在审理过程中我有催促他们的行为，我的申请将往后延期。

到了12月下旬，已过了3个半月，我还是未收到使馆的第二封信，于是我写了一封信给他们，表达了我对于他们言而无信的不满，敦促他们按时审理不要拖延。

2000年1月中旬，我收到了使馆负责我移民案件的签证官回信，第一句话就是很对不起我，迟迟没有给我信的原因是他回加拿大欢度圣诞节和新年了，并告诉我5月份会安排我面试。果然，4月中旬又来信通知我，一个月后，即5月18日到北京大使馆面试，并列出了一大堆我需要补充的材料及其英文翻译件。

我花了一个星期将所有需补充的资料备齐，足有几十厘米厚，接下来就得翻译。我找到上海最大的翻译公司——上海外国语大学翻译公司。翻译公司说翻译至少需要两个月，翻译费两万元人民币。其他一些翻译公司翻译的时间更长。

面试时间只剩三周不到，怎么办？我冥思苦想一阵后，豁然开朗：既然翻译件只需翻译者签名和有联系电话即可，为何不去找大学英语系的学生翻译？我找了一位在上海师范大学英语专业就读的学生，她发动同学，一周就全部翻译完，只收5000元人民币，但我给了1万元人民币。

面试那天，几位申请投资移民和技术移民的人，尽管都请了移民公司帮助办理，等候了两三年，但还是全部被拒。他们站在大使馆门口满脸哭腔。太太担忧地说我们很可能也会被拒。我说放心吧，我们的移民一定会获批。

那位曾写信对我说对不起的意大利裔移民官，见我的第一句话就是，你移民获批没有问题，不过我还有几个问题要当面问你。很快，面试就结束了。期间，我们相互之间还开了几个玩笑，气氛融洽。最后，我指着脚旁两只装着补充材料的很重的旅行袋问移民官，他不需要看这些补充材料了吗？他说，从收到我第一封对他很有意见的信开始，他就很信任我，不用看了。我笑着说道，那他真不该让我费了很大劲去准备，还很辛苦地从上海拎到北京。

由于方法正确，措施恰当，从第一天递交申请材料算起，包括全家体检，到取得移民纸，前后总共仅仅10个月时间。

所以说，世上没有不可逾越的高山，没有不可到达彼岸的大海，关键看你是否敢想、敢做，并随时检验，调整方法，不断查看是否达到预期效果。

虽然我以前的经历，以及我的性格和意志，足以让我能对付所有艰难险阻，不过，这次与厄运的生死对决，同以往有着天壤之别。第一，我是属于全身瘫痪，至今我还没有耳闻目睹，世界上有哪位全身瘫痪的人完全康复了，至少是生活全部自理了；

第二，同样我没有看见和听到，世界上有人在一年之内既全身瘫痪又患了癌症，做了两次大手术，身心都受到了毁灭性打击；第三，没有了胃的我，不可能再有充沛体力来进行康复训练了；第四，我随时可能会癌症复发，随时面临死亡，极可能所有的努力全部在做无用功。这次，我还能赢吗？

经过认真的分析、判断和思考，我认为，只要结合我全身瘫痪和没有胃的身体状况及特点，讲究方式方法，合理调配体能，劳逸结合，科学安排康复训练，始终保持信心满满、方法正确和坚持不懈，并有足够的耐心，不计较在哪个时间段内必须达到何种康复目标，很多不可能的事情就会发生，就会有良好的结果。

因此，我坚信，我最终一定能打败癌症和全身瘫痪。退一万步讲，就是最终结果不是我期望的，我也努力过了，也不会留下遗憾，也会给孩子们留下意义深远的精神财富。

一种不甘心受命运摆布、决意同命运抗争到底的不屈不挠精神，就像核变过程，瞬间在我内心猛烈爆发，能量巨大，威力无比，无限扩散……

38.　癌症逃跑了

2016年5月16日，胃癌手术3周后，我如约来到省癌症机构温哥华中心（Vancouver Centre BC Cancer Agency），见我的肿瘤医生。

我从今年1月6日被肠胃专科何医生检查出患了胃癌后，先是被转到了肠胃专家唐纳兰医生处，并在2月4日进行了刮胃手术，后又被转到了手术医生汉密尔顿处，并在4月22日进行了全胃切除手术，现在又被转到主攻胃肠癌的华人肿瘤医生霍华德·林（Howard Lim）处。

"根据情况，你不用化疗。"林医生脸带灿烂笑容，语速很快地说道。

啊，谢天谢地。

尽管我预感不可能化疗，手术医生也判断我应该不用化疗，但决定我是否需要化疗的人物，就是眼前的这位肿瘤医生。现在，他明确告诉我，我不用化疗了。这句话，给我吃了个定心丸，也让陪我一起来的太太和大女儿彻底长出了一口气。

"那真是一个好消息。那么，在饮食方面我要注意哪些呢？"我满脸轻松地问道。

"你不用注意，你现在可以吃任何东西。"林医生满脸自信地说道。

"可我全胃切除手术后才刚刚3周时间啊，伤口可能还未长得牢固，就什么都可以吃了？"我还是担忧。

"没有任何问题。"林医生再次肯定。

"喝酒呢？比如威士忌。"我故意问。

"没问题。"

"冰淇淋呢？"

"没问题。"

"很硬的坚果呢？"我想找出一样他说"NO"的食物。

"没问题。我再说一遍，你现在可以吃任何东西。"医生依旧带着笑容。

"哈，手术后仅仅3个星期，我就可以吃任何食物了，我太高兴了。"我边说，便得意地看了看神色有些诧异的太太。

做完手术回家后，太太每天都规定我吃软食，我都吃厌了，很希望能吃各种美味佳肴。现在，医生这样说了，我想她一定又会烹饪各种佳肴给我吃了。

"在下次见面以前，你需要验一下血，还需要测一下你身体里是否还有幽门螺旋杆菌。"他从门旁靠柜子站着的地方，朝我轮椅这里跨了一步，握住我的手，准备离开。

"你是说我体内还有可能存在幽门螺旋杆菌？"我睁大眼睛，以为自己听错了。

之所以叫幽门螺旋杆菌，是因为这种菌一定是潜伏在幽门里，最多再跑到胃里。而我现在不但幽门没有了，就连贲门和整个胃都被切除了，何以还有幽门螺旋杆菌？

"有可能，所以还要测一测。"说完，他便匆匆和我说了声再见，就离开了，前后也就5分钟。

我第二次见林医生的日期，被安排在癌症手术三个多月后的8月26日。

全胃切除手术1个月后，我的饮食就已和正常人一样，什么都吃，包括中国高度白酒、牛排、坚果、冰淇淋、糯米食品、油炸食品和麻辣火锅等等，除了身体依旧很虚弱外，没有任何不适。

由于我坚持吃各种食物，消化系统也慢慢适应了没有胃的情况，拉肚子现象越来越少了。

"你的验血报告总体不错，恢复得也不错。但你体内还是有幽门螺旋杆菌。"林医生依旧带着他标志性的笑容，对我说道。

医生进门后的这第一句话，让我们所有在座的人大吃一惊。

"1月何医生在检查出我胃里有幽门螺旋杆菌时，已让我吃了药，怎么还会有呢？再说，我的胃都没有了，幽门螺旋杆菌还有地方生存吗？是否检测结果有问题？"我满腹疑惑地问道。

"幽门螺旋杆菌也可以在肠道里生存。检查结果不可能错。你上次吃的药力度还不够。这次给你配中等力度的。"说完，他在处方上写了我需要配的药，然后递给我。

这位肿瘤医生的经验，不得不让我对他肃然起敬，同时还夹带着无比感谢。我就是由于幽门螺旋杆菌的长期作怪才得胃癌的。现在胃没有了，十二指肠替代了胃。如果再得肠癌的话，坏的结果是当我知道时已是肠癌中晚期了，好的结果就像胃癌一样是早期，那也得做肠的切除手术，那我余生就只能靠输营养液度过了。想到这些，我毛骨悚然。

"从现在开始，我每半年见你一次。如果一切正常的话，两年后，我就不用见你了。"

又过了半年，第三次见林医生前的体检结果显示，我体内的幽门螺旋杆菌已被彻底消灭了。

2018年6月27日上午，我手术后的2年2个月又5天，第六次见林医生。

"你的一切都很好，癌症已经没有问题了，所以，我今天是最后一次见你。"

"不是说癌症的跟踪需要5年吗？我癌症手术到现在只有2年

左右。"我不无顾虑地问道。

"那是因为你的癌症是早期的，而且两年来你的血检指标越来越好，所以来我这里两年就够了。你的家庭医生会跟踪你，以后每半年验一次血。"林医生解释道。

我们全家都很高兴。林医生走后，太太激动地说道："今天是个大喜日子，我们去餐馆庆贺一下。"

哈哈，我第三次战胜了死神。

在此，我可以自豪地宣布：我彻底打败了癌症！

至今，我癌症手术已经过去3年半了，也没有胃，但血检指标不断变好，体重也一直在慢慢增加，体力不断变强，精神越来越好，每天进行4小时的康复锻炼也不感觉累。

除了正常饮食和补充维生素B_{12}外，我从未吃过任何抗癌方面的保健品、特效药和滋补品，也没有补充过任何特殊营养品，更没有吃过什么由祖传秘方研制，或者具有特效功能的任何一种抗癌神药。

我的体会是：癌症的康复，不像全身瘫痪的康复那样，主动权基本掌握在自己手中。癌症的康复，有一部分还得靠运气。不过，自己的主动行为和中药调理，对癌症康复也是极其重要的。

我总结下来，主要有以下几点：

第一：不要终日担心和忧郁，要笑口常开。

人的精神压力对健康极其重要，放松心情，忘掉自己是癌症病人，做自己喜欢的事，是癌症康复一个很重要的方面。

我自癌症手术后，除了见手术和肿瘤医生外，几乎从未想过癌症方面的事。我把主要精力都放在了康复训练、写作、生意、娱乐和同朋友交流上，还将每周周末的1天自定了一个家庭欢聚日——全家中午一起外出，去不同餐厅吃饭、聊天。我也从不在网上查阅有关癌症方面资料，几乎不和他人探讨癌症问题。这倒反而让我感觉，我没有患过癌症，也没有做过全胃切除手术，我只是一个全身瘫痪正在康复的人。

第二：养成良好的生活习惯。

适量运动，尤其是户外运动，重新融入社会，广交朋友，不但能增强体质，提高身体的免疫力，还能转移对癌症的注意力。不能太劳累，要劳逸结合，让身体基本处于放松、舒适的状态之中。

第三：均衡饮食。

饮食上一定要采用新鲜、少量、多品种的均衡方法。即每顿不要吃得太饱，时常变换不同种类的食品，不能偏食。

第四：改变身体原有的体质。

一个人之所以得癌症，就是因为体内有癌细胞发展和转移的生存环境。所以，抗癌的首要任务，就是要将这个坏的环境消灭掉。

癌症就像臭水池上面飞舞的毒蚊子，外科手术可以将毒蚊子杀死，但滋生毒蚊子的环境依旧存在，毒蚊子还会孵化出来，这就是为什么癌症还会复发。这时，中国的中药就能发挥很大作用。中药调理身体的目的，就是要将臭水池变成干净池，将人体易生癌的体质改变过来，消灭癌细胞生存的环境（就是健康人，每一年夏天，用中药对体内进行一次清肠排毒的"大扫除"，也是使身体内部始终保持健康状态很重要的一个步骤）。

　　因此，癌症手术后，请一位经验丰富、做事严谨和品德高尚的中医师帮助康复，很有必要。我的体会是，中药调理最好坚持两年半至三年。因为两年内癌症不复发，那基本上就算康复了。再加上半年至一年的巩固，那就更加保险了。

　　我认为，中药调理加上饮食合理，才能改变身体的体质，将原来滋生癌症的环境，来个彻底清除。

第｜七｜章 魔鬼般的训练得到了奇迹般的回报

39. 康复医生祝贺我

2017年4月19日上午10点，是我全身瘫痪后的2年又19天、癌症手术差3天就是整1年的日子，太太开车，送我去思强康复中心，和经验丰富、热情负责的印度裔康复医生拉杰夫·里比（Rajiv Reebye）见面。

我们提前10分钟到达了康复中心。我是拄着双拐走进康复中心的，太太紧跟在我身后，以防走路还很不稳的我摔倒。

乘康复医生还没有来，我抓紧时间，在康复中心大厅里练习走路。

大厅里不时有人进出，不少是住院病人。他们大多坐在自动轮椅上，潇洒地、脸含笑容地驾驶着轮椅到处看看。

我想到差不多两年前，自己也像他们现在的情形一样。现在，我居然扔掉轮椅，可以拄着拐杖走进来了。我很得意，也很自豪，更有一种成就感。但这两年魔鬼般的康复训练，其中的折磨、艰辛、苦恼、单调、不易和难熬，只有我自知，任何人都无法切实体会，任何文字都无法确切描写。

看看时间已过了10分钟，还不见医生出来，我便朝秘书处走去，想问个究竟。

刚走入走廊，我就看见里比医生从侧面另一条走廊走过来。他刚一转身迎面对着我时，突然站定不动了，眼珠几乎要从眼睛里弹出来。他用疑惑、惊奇的眼神盯住我，还重重地眨了几下眼睛。我猜想，在他脑中浮现的情景，应该还是像以前每隔4个月到6个月见我一次时一样，我是被人推着轮椅进来的。他需要确认，那个拄着拐杖的人，究竟是不是我。不过，他嘴角还是露出他那标志性的微笑。

在一个有床的房间里，他请我坐下。他眼里依旧流露出吃惊和喜悦的神色。由于上次4个月前的见面，我因故取消了，所以，至今我们已有8个月没见面了。

"我对不起你。"在我坐定后，这是里比医生说的第一句话。

"为什么？"我是丈二尚摸不着头脑。

他对我的瘫痪康复一向很关心，不但每次都给我一些很好的康复训练建议，还询问我是否需要其他帮助，并给了我他私人邮箱地址，让我有任何问题随时可以发邮件或打电话给他，他一定会全力以赴帮助我。他怎么会对不起我呢？

"因为你的这种受伤情况，99%的人都是无法站立的，更不要说走路了。我承认，我始终认为你是不可能走路的，尤其是你又得了癌症，还做了全胃切除手术，但是我错了。"他微笑地说道，"不过，我很开心，也很为你骄傲。"

"那你以前为何从来都没有告诉我你的这个结论？"

我记得8个月前，我问他，我以后能否走路，他依旧出于礼貌回答我说不知道。其实，在他心目中早有定论，我这辈子不可能走路，只能坐轮椅，只是不想打击我的自尊心和积极性而已。这也是加拿大其他见过我的医生，以及中国所有知道我全身瘫痪病情的医生，一致认定的结果。

其实，里比医生没有错。

在康复中心二楼，住着不少颈椎受伤导致高位截瘫的病人，基本上都是一直躺在病床上的，无法自己大小便，一切都需他人护理，有的甚至吞咽困难或无法讲话。

我记得住在康复中心期间，我曾因为左手臂疼痛不已被安排去卑诗大学检查，在那里碰到了一位三年半前因颈椎受伤导致高位截瘫、曾住在思强康复中心半年之久的病人。他至今还是只能坐轮椅，由于自己无法移动，又很胖，所以他的任何移动都需用吊机来完成，就连喝水也需要一位他长期聘用的护工喂他喝。

因此，医学专家根据我瘫痪程度，认定我终身坐轮椅是不会有错的。

里比医生笑而不答，并很快转移话题："你现在还用轮椅吗？"

"我已经把轮椅忘掉了。"我得意地答道。

"什么时候？"

"5个月前，我就扔掉轮椅，改用助步车了。2个月前，我扔掉了助步车，改用了拐杖。"我介绍道。

"你太让我惊奇了，这简直就是奇迹。我真的绝对没有想到你这辈子能摆脱轮椅。"他再次流露出吃惊的神色。

"我现在不管到哪里，都用拐杖走路。"我进一步得意洋洋地说道。

"那你的小便情况如何？是否还时常导尿？"这是他第一次询问我有关小便的事。在康复中心时，医护人员都知道我每天还需导尿。

"一年多前，我从康复中心回家后，就没有导过一次尿，完全靠自己小便。"我得意之中还带着自豪和骄傲。

里比医生的双眉从眼镜后面直往额头爬升，更加惊奇地看着我，随后嘴角往上一咧，慢慢微微地摇了几下头，"那大便呢？是否还用栓剂和吃药？"

"都没有用，也是完全靠自己大便。"

里比医生再次微笑着摇了几下头，看着我的眼神分明在说，你怎么能自己大小便呢？你怎么可以自己大小便呢？最后，他情不自禁地说道："你太让我吃惊了。"

接着，他花了大约20分钟对我进行测试，然后对我说道："你的现状比我想象的要好得多，这说明你的康复毅力是极其强的，训练也是刻苦的。我会全力帮助你进一步康复，康复中心里的所有资源你都可以利用。"

"非常感谢你。"

临走时，他第三次对我说"祝贺你！"并积极建议我去见一下我的物理治疗师玛利安，她一定会很兴奋的。

这时，我忽然想起了我住在思强康复中心期间，玛利安请里比和其他两位医生，在离我有几米远的地方看我走路，那时我刚迈步走路没几次。他们看完后没有任何反应，直接走了，因为从严格意义上来说，我这不叫走路，而是几乎趴在助步车上、治疗师紧握我腰间保险带、我极其费力地挪动极小的脚步，左脚还几乎是被拖着在地上移动的。所以，他们认定我没有平衡感，不可能走路。

离开康复医生后，我又分别去看望了物理治疗师玛利安和护士。他们在惊奇和高兴之余，纷纷对我说："你兑现了你那次在会议上讲的你一定会走路的诺言，你太了不起了。"尤其是玛利安，很激动，很欣慰。

是的，那次在离开康复中心前几天的最后一次由社会工作者、医生、治疗师、护士及我家人参加的会议上，面对所有人都安慰我面对瘫痪不要悲伤，要乐观生活，并再次强烈希望我买一辆电动轮椅，便于我进进出出时，我大声而坚定地对他们说道："不久的将来，我一定会走着进来看望你们的！"

虽然此时的我可以拄着拐杖走路了，但步履还是很小的，很慢的，也是不稳的，而且需要有人紧跟在我身后，离一个人独立正常走路还很遥远。尽管如此，康复中心的医生、治疗师和护士，都认为我已经创造了医学上的奇迹。

在地球的那一边，中国，当2年前为我做颈椎手术的北京天坛普华医院神经外科主任韩小弟，听他人说我能走路时，还不相信，非要我录制一段我拄着拐杖走路的视频给他看。看完后，他连声说不可思议，不可思议。围着他的其他医生，包括我当时的主治医生付兵，也都不敢相信自己的眼睛，惊叹不已。

我想，中国和加拿大的医生，原先对我不可能走路的论断都没错。他们经验丰富，有深厚的理论知识，又有众多的实战案例，只是他们的论断是建立在以前所有案例的基础上。

但凡事总有先行者，先行者的成功事例多了，就成了普遍真理。我希望，我的这个个案，能使他们对瘫痪病人，尤其是高位截瘫和全身瘫痪的病人，其康复前景和结果有一个全新的认识。

走路训练

　　行走锻炼经历了四个阶段：用两种不同的助步车、用拐杖、用直棒和不借助任何器械。每个阶段，都从有人看护过渡到无人看护，从小心慢步走逐渐加大步幅、加快速度。

（扫码观看视频）

40. 我第一次靠自己穿衣服

自我全身瘫痪后，在医院终日穿着病号服。到了康复中心，白天穿的都是自己的衣服。护士曾按职业治疗师要求，让我自己试穿衣服，但由于我四肢僵硬无力，尤其是双手十指不但僵硬无力，还几乎无法动弹，所以每次不管我如何努力，都无法做到。最后，康复中心的医生、治疗师和护士，都放弃了要求我自己穿衣。

所以，一直以来，我的衣服都是由护士、护工或太太帮我穿脱的。这也养成了我对他们的依赖，也使得我没有再试着自己去穿脱衣服的动力和压力。

有时候条件优越也不是件好事，会使人丧失进取心，而艰难困苦往往是进步的催化剂，是动力的源泉。

一天，我突然意识到，对瘫痪的病人，尤其是高位截瘫的病人，康复的目的，首先是学会生活全部自理。反之，生活能全部自理了，不但增加了锻炼机会，促进身体的进一步康复，增强了康复自信，还不需要再麻烦他人，也是对日夜照顾你的亲人最好的回报。因此，只要有可能，所有日常生活都必须自理。于是，我开始主动锻炼生活中我还无法自理的所有方面。

我学会生活自理很大的困难之一，就是自己穿脱衣服。

高位截瘫病人，全身经络都很紧绷，再怎么训练拉伸，每天都会自动收缩。即使手臂和腿有了一些力量，也只能在很小范围内活动，幅度大一点就会很酸痛，甚至抽筋。

我第一次完全自己穿脱衣服，是在2017年7月30日，即我全身瘫痪2年又4个月后。

由于手指还是僵硬且无力，无法系纽扣，所以上衣只能穿无纽扣的套衫。尽管双臂伸向后背往下拉套衫下摆时，很费力，也很疼痛，但一咬牙，还是达到了目的。而脱上衣，就相对容易多了。

但是，穿脱裤子难度就大了。

第一次尝试自己穿裤子时，我根本站不稳，也抬不起腿，只能坐在床边，前面放着助步车，以备我前冲时可以扶住。

我吃力地弯着僵硬的腰，由于腿只能微微抬起一点点，所以只得将一只脚跟搁在另一只脚背上，然后将一条裤筒套进略微抬起的脚里，再艰难地用还是很无力的手指往上拉裤腿。尽管每次往上拉，都只有一点点，有时还会滑掉，拉不上来，但经过不懈努力，我最终还是将一条裤腿完全拉到了小腿处。接着，如法炮制，第二条裤腿也拉上来了。然后，站起身，再将裤腰拉到了腰间。

终于成功了！

虽然花了整整15分钟，感觉很累，但我完全可以自己穿裤子了。

正当我沾沾自喜时，突然发现裤子哪里不对劲。再细一看，原来我把裤子前后穿反了。

我的天哪！一下子，我感觉失望之极，整个身体往后倒在了床上，顿感筋疲力尽，不想再动了。我安慰起自己，算了吧，等以后身体各部位康复得再强壮一些，再练习穿脱衣服也不迟，反正我有的是时间，现在有人帮忙既快又省力。

躺了几分钟后，人也恢复了一些体力，我开始思考了：今天我费了九牛二虎之力却将裤子穿反了，不一定是件坏事。首先，我有能力穿衣裤了；其次，老天故意让我穿错，为的是让我趁热打铁，给我多一次锻炼机会，使我早日自理；最后，再多练一次，也是让我的意志多一次得到磨练。如果遇到难事都是等以后再说，哪还有不凡的成就？这样一想，我的动力又有了，信心又回来了。

继续努力！

我首先需要将已经穿上的裤子脱去，然后才能再穿。我手指的感觉很大一部分还没有恢复，为了能捏紧裤腰，拇指指甲将我腰围周边的皮肤抠破，流出血来，而我却因为皮肤的感觉还没有恢复，感受不到任何疼痛。裤子脱到脚踝时，由于腰弯不到很低，腿也抬不起来，手无法将裤子穿过脚，所以也就无法完全脱去。

正当我感到无能为力且束手无策的时候，忽然看到搁在床边的拐杖，灵机一动，想出了办法。我双手握住一根拐杖，用力将拐杖的橡皮底座顶推裤子，同时用力抬起脚后跟，这样一条裤腿就落到了脚底，再奋力抬起整条腿，用拐杖底座挤推裤腰，然后将整条腿移到裤子外面，终于将一条裤腿脱了下来。用同样方法，我又脱去了另一条裤腿。然后，将裤子前后调换一下，重新费力地将裤子穿好。

尽管这第一次的穿脱衣服困难重重，使我精疲力竭，但我最终还是成功了。从此以后，我再也没有请任何人帮我穿脱衣服。

很多情况下，失败和成功看似相隔千山万水，实际上却往往只有一步之遥。可只有勇往直前坚韧不拔的人，才可能完成这一步的跨越。

手指锻炼

为了实现生活自理，能够自己穿脱衣服、恢复写作，我还针对手部进行了许多力量和灵活性的锻炼。

（扫码观看视频）

41. 遭遇江湖郎中

2017年9月26日，我全身瘫痪两年半后，经中介公司推荐，来了一位号称康复能手的医疗按摩师（我称呼他为江先生），魁梧强壮，和我同岁。

在之前和江先生的视频交流中，他自我介绍说，在日本12年期间，他治疗了成千上万个病人，还列举了数个典型的成功案例；回上海后，又继续做按摩治疗5年。他还向我展示了由某权威机构颁发的高级按摩师证书，以示他是正规的，可信的。他还信心满满地对我说：根据我病情和现状，他有100%把握将我恢复得健康如初，而且只需半年左右时间。这对我们夫妇来说，简直是件梦寐以求的大喜事，巴不得他明天就飞到温哥华。

江先生到达温哥华的当天，不顾长途飞行劳累，不倒时差，不休息，立刻为我进行了一个多小时的按摩，同时不断为我解释，所谓医疗按摩就是要让你感觉到痛不欲生，这样才能起到治疗效果。而凡是感觉很舒服的，甚至能让人睡着的按摩，那都是没有效果的，都是骗钱的。

他给我的第一印象是：此人很敬业，也较专业。

第二天一早，我们进行了一次谈话。

他先是问我怕不怕痛，能否坚持让他为我按摩治疗。在得到了我的肯定回答后，他又提出让我停止中医针灸的治疗，因为这会消耗我的元气；停止喝中药，因为凡称为药的都有毒，会伤害我的内脏；停止物理治疗师指导的康复训练，因为这和他的训练法有冲突。同时，他提出了他的理论：我之所以全身瘫痪，就是因为经络不通。只要我的全身经络通了，就路也可以走了，手指也灵活了，全身里外都会康复如初。而他的医疗按摩，就是打开我全身经络，快的话，只需3个月时间。他所有成功的案例，都是这样走过来的。所以，针灸也好，康复锻炼也好，在经络畅通以前，都是无用的。

接着，他为我做了按摩治疗，还进行了一些他自定的康复训练。

想想他的话有些道理，看看他的康复安排，在某些方面，也是和我现在的治疗师有些异曲同工之处，加上他全力为我着想，而且还有那么多年的实战经验，我便接受了他的建议：暂停中医针灸和中药，以及治疗师的训练安排，全面按照他的计划和时间来进行康复训练，每天除了睡觉、康复训练和吃饭，其他活动的总计时间不超过1小时。

几乎所有病人，尤其是久病、难病、险病的病人，及其家属，都有一个共同的、强烈的愿望，那就是希望明天病就好了，就康复如初了。所以，任何一个偏方、特效药、神医，都是救命稻草，病患及家属都会不惜代价对其言听计从。这也是这些奇门怪道，赖以生存和不断壮大的的坚实基础。对此，我也没有完全超脱。

我想，此时的我，康复进步极其缓慢却无能为力，时常忧心忡忡。现在，有一位能保证在3个月到半年时间，使我不借助任何工具能独立行走，甚至能恢复如初的能人出现，我能不对他言听计从吗？

我甚至在想，老天爷不忍心再让我受尽折磨而没有什么大的进步，派他来拯救我了。不过，我还是留了一个心眼，对自己定下一个规定：最多只给他1个月时间来实践，如果效果明显便继续进行下去，如果没什么成效便让他打道回府。

从第二天开始，我便深陷于一个无比凄惨、疼痛之极、无法忍受的状态之中，遭遇了远比魔鬼还可怕的待遇。

江先生一改昨天保健按摩的手法，用他那有力的十只手指，对我进行全身医疗按摩。他说：由于我的全身经络都堵住了，所以按摩时我会感觉极其疼痛，但是，随着不断按摩，我的疼痛感会越来越小。最后，经络完全通了，就一点也不痛了，就可以自由走路、生活自理和各种运动了，也就完全康复了。我问：那需要多久完成这个过程呢？他答：每个部位不会超过1个星期，全身经络全部打通3个月足够了，也就是说，他3个月完成任务就可以回中国了。

太太听了他的这番话，眼睛发亮，很是兴奋，激动地对他说：如果真是这样，我们一定重谢你。

他接着说：高血压、失眠、颈椎病、中风、便秘等等症状，通过按摩都能治好，根本没必要吃药。他还列举了他自己的一个案例，来佐证他的话是有根有据的。他说，去年他感觉肚里不舒服去体检，结果被检验出右肾里有一个2厘米左右的囊肿。他没有进行任何医学上的处理，而是不断给自己的肾脏按摩。几个月后再去检查，囊肿完全消失了。

"不过，你要忍得住巨大的疼痛，让我尽情发挥才行，否则，我无法达到使你康复的目的。"江先生语气变得严肃起来。

"再大的疼痛我也能坚持。"我想到，两年多来，我一直进行的中医针灸和刮痧治疗，尽管每一次都疼痛不已，但我都咬紧牙关坚持了下来，没有吭过一声。世界上还没有什么痛，能让我惧怕和退却的。

但这天，我真正感受到了，什么叫做无法忍受的痛。

他先对我感觉捏上去特别痛的部位集中按摩。我的意志能承受任何痛，但身体却忍受不了。尽管我还处在瘫痪之中，很多部位不是不灵活就是极其无力，但身体会拼命地反抗，会不由自主地移动、扭曲，来躲避他的用力。这大概就是身体的一种自我保护能力吧。可是，我越是躲避他的手指，他越使劲不让我躲避。

比如，在按摩肩后部位时，我痛得无与伦比，身体开始扭曲，被按摩的部位开始移动。他就用一个膝盖压住我身体，不让我身体有一点点移动，并告诉我：通则不痛，不通则痛，几天后你这里就会不痛，经络也就通了。于是，为了早日康复，我咬紧牙关坚持。还是不行，就是咬紧牙关也无法忍受，我便嚎叫。一边嚎叫，一边在心里数数，他每按一下，我就数一个数，以强迫自己分散注意力。这样我才勉强能承受。

几次下来，我总结出了一个规律：每一个部位，他会按摩30下左右。我告诉自己，数一下就少了一记捏。就这样，我一次次挺了过来。

我不知道他这样做最后是否一定有效。但有一点，我感受到了，那就是原来一按摩就感觉疼痛无比的地方，随着四五天的按摩下来，再按摩时疼痛减轻了不少；原来比较僵硬的脖子，也比以前灵活了一些。

接着，身体的其他部位，又开始遭受新一轮的折磨和疼痛。尤其是这位江先生对我手指的康复治疗，如果被加拿大警察看见，非把他抓起来不可。

他先捏紧我左手的大拇指，然后往手心方向捏，形成三个90度角。只听到拇指里发出"咯噔"一声脆响，痛得我两眼直冒金星。低头一看，只见指甲根部处，飚出了一股鲜血，血管爆裂。我的第一反应是，怀疑拇指骨折了，于是马上弯了几下手指，不痛了，也能弯曲，说明没有骨折。他一面用餐巾纸擦掉我拇指上的血，一面对我说：你看，血都是黑黑的，这是淤血，如果不把这些血清理掉，经络不可能通，更谈不上手的功能和握力恢复。

接着，他又将我左手其余手指，逐一形成四个90度角捏了一遍。每一次，都是刺心的痛，其中又有无名指和小指两个手指，飚出了血。十指连心哪。

第二天，除了将我左手的每一个手指重复再捏了一遍外，江先生又把我右手手指逐一捏了一遍，其中的中指、无名指和小指也都飚出了血。

其他的训练，如蹬自行车、拉力、走路等，无论是时间上还是力度上，也都是远超负荷的，这使我开始害怕他的出现。

10天下来，我感觉整个人始终处于疲惫不堪的状态，而且越来越怕冷。

我找他谈了一次，商量这种康复措施是否过量了。很多事，往往物极必反。他的这种训练方法，就是正常人也受不了，何况我是一个全身瘫痪，一年之内先后做过颈椎及胃癌手术的病人。他坚持认为他的训练和按摩没错，我会很快见到明显效果的。

最后，他扯高了嗓音，严肃而坚定地说道：一切，必须听他的！

每天6小时的按摩，2小时的各种训练，使我感觉再多的睡眠和休息都无济于事。我将卧室空调的温度调到27度，盖上厚厚的被子，都感觉冷。我的脸色，由原来的正常变得土灰。本来就因为全胃切除手术已瘦了8公斤，好不容易反弹增加了1.5公斤，现在又瘦了2公斤。尽管我一天午觉加晚上的睡眠时间达到10小时，但还是整天感觉疲惫不堪。如果再继续任由他这样下去，我相信我会彻底倒下的。除了整天感觉累、怕冷和无力外，我的左右手各有三个手指的指甲全部断掉了。

太太也找他谈了，要减量，我要累倒了。他眼珠一瞪：这算什么累，只有在走路时腿软了，站不住了，"噗咚"一声控制不住自己坐地下了，那才叫累。

见他一意孤行，加上我身体日趋衰弱，我当机立断，决定坚决不能再用他了。

就在他来到我家的第十六天早餐后，我正式通知他，他可以回中国了，我这里不再需要他了。

他立刻脸上堆满笑容，向我保证：一切听从我的安排，希望再给他一次施展才能的机会。

我毫不犹豫地说，不。他又恳求地说，再给他一个礼拜的时间，他一定让我对他另眼相看。我斩钉截铁地说，不！

此时我心里非常明白，再也不能将我的生命交到一位江湖郎中手里了。留用他继续所谓的医疗按摩，要么继续使我痛不欲生，身体状态每况愈下，甚至虽然没有死在胃大出血、全身瘫痪和癌症之时，却很可能倒在他有力无情的双手之下；要么使我舒舒服服，按他的说法是骗钱的。

他这时讲了老实话，他之所以这样疯狂般地训练我，按摩我，就是想做一个成功案例：连续不断的整日按摩、康复训练，能否出现奇迹，在3个月内让高位截瘫不可能走路的人走路，在他所谓的医疗按摩方面创造出一个奇迹。

原来他是把我当作小白鼠啊！也许，他的动机不坏，但拿人的生命来做没有任何科学依据的试验，结果一定会使病人雪上加霜，甚至造成无法挽回的恶果。

事后我了解到，就是一个完全健康的人，一天最多也只能按摩2小时，否则，会大伤元气。的确，直到过了两个月，我的元气才得以恢复。我的6个指甲，过了7个月才全部重新长好。

不过，我还是庆幸自己及时并果断地将他解雇了，否则，后果不堪设想。同时，我也立刻恢复了中医治疗和治疗师的康复训练指导。

做任何事，还是要相信科学，遵循客观规律，不要投机取巧。即使在我的康复旅程中，经常打破医学上对我的论断，不断创造出康复中的"奇迹"，但那也是建立在客观科学的基础上。

42. 第一次靠自己站起来了

全身瘫痪能站起来走路后，最害怕和最担心的一件事，就是摔倒，尤其是当我一个人在家时。

第一次摔倒，就使我被送到医院急救，还差点瞎了左眼，幸亏没有让我再次全身无法动弹。那以后，我就万分小心，尽可能避免摔倒，特别是不能让我的头部受到撞击。此外，一旦倒在地上，无论借助于何种辅助物，我的腿力、腰力和臂力都无法支撑我自己爬起来。

2017年10月30日，全身瘫痪后的2年又7个月，我因故在小女儿房间睡午觉，小便信号把我弄醒了。我向右一侧身，用右手肘撑住床边帮助起身。由于我已习惯了很硬的席梦思床，所以知道每次手臂和腰需用多少力，以多大角度支撑，便能顺利地坐起来。但这次，我没注意女儿的席梦思床较柔软，用了同样的力量，结果，整个人冲向了床外，"噗咚"一声，重重地摔在了地板上。万幸的是，我的头没着地。

我连续大声喊了几声，可是房间的隔音效果特别好，没人听见。看来只能静静地躺在地上，等待他人来帮助了。我奋力翻了个身，仰面而躺。可是，没几分钟，我的小便越来越急，快憋不住了。现在，只能依靠自己爬起来。

我又使劲翻了个身，先设法跪在地上，然后双手撑着床沿，左腿尽力往上抬的同时左脚往前移动，争取脚掌着地。试了几次，终于左脚的脚掌着了地。但由于床比较高，我的双臂无法用力在一条直线上撑住，双脚更无力撑起我的整个身体，所以努力了几次，还是无法站起来。这段时期，我身体的神经正在逐步恢复，很敏感，也很娇嫩，皮肤碰到衣服也会痛。此时，我跪在地板上的双膝开始疼痛，而且越来越疼，实在支撑不住了，我便重新仰面躺在地上，思考着如何办。

如果等待他人帮我起身，不知要等到何时，小便可能会尿在裤子上。

　　不行！尽管我全身瘫痪后大小便失禁，但也仅仅是在刚开始的一个多月使用导尿管，之后有时导尿，有时靠自己小便，五个月后就完全依靠自身能力来小便了。五个月后至今，小便还没有一次尿在身上。我必须保持这极好的荣誉，再次努力爬起来，到卫生间去小便。

　　近三个月来，我已经在较软的垫子上，在他人稍微帮助下，训练借助一把椅子从地上站起来，但必须很大程度上借助椅子握把。尽管不是每次都成功，但还是会成功几次。现在，站不起来的原因，应该主要是床太软了，也没有像椅子那样有把手可以让我握住，让我借力，更没有任何人可以略微帮我一下。

　　对于我们全身瘫痪的病人，由于身体任何部位都会长期软弱无力，所以只要外部条件有一点小小变化，原来可以完成的动作就会变得异常困难，甚至不可能完成。

　　此时，小便越来越急，我尽力用意念来告诉自己，我能站起来的，我能憋住小便的，同时提肛，不让自己尿在裤子上。

　　现在，我应该变换一下方法爬起来。

　　几分钟后，我又翻转身，再次双膝跪地，往床头柜爬了过去，并采用刚才的方法左脚掌撑地，左手撑住床头柜，右手撑住床，形成一个直角，然后双腿努力用力蹬，双手努力用力撑。

　　终于，我站起来了！

　　我来不及庆幸，赶紧取过床头柜边的拐杖，直冲卫生间。

　　这是我完全依靠自己能力，在困难条件下，第一次站了起来。

> **爬起来**
>
> 　　2017年4月以来，在康复师的帮助和看护下，我已经开始练习借助椅子从地上站起来。到两年后，我已经能够独立从地上爬起来了。
>
>
>
> （扫码观看视频）

43. 重新开车奔驰在大街小巷

　　全身瘫痪后，按法规我没资格再开车了。要想重新驾车，必须先有医生证明我的现状是有可能再驾驶汽车（包括有可能驾驶车内装置经过改造后的汽车），然后重新通过极其严格的考试。

　　在国外生活，要想自由自在和办事方便，必须要有两条腿，一条腿是语言能交流，一条腿是能开车。我从全身瘫痪只能躺在床上，康复到能借助拐杖走路了。但是，如果无法开车，就相当于少了一条腿，既不方便，又不得不时常麻烦他人，尤其是太太。

　　2018年1月，全身瘫痪两年多后，我决定重考汽车驾驶执照。

　　第一个坚决反对我的人是太太。她最了解我的身体状况，我的手指依旧僵硬无力，脚踝软弱抬不高，无论手握方向盘，还是脚踩刹车和油门，都会极其困难，这能开车吗？一旦我开车上了马路，不是多了一个"杀手"吗？她说，我想再次自己驾车外出，这是异想天开。

其他一些朋友知道我还想重新驾车，都委婉地表示担忧或反对，即使退一万步来讲，我重获了驾驶资格，在马路上驾车，对自己和他人，也都是极其危险的。含蓄一点的，就说等以后我完全康复了，再去考也不晚。

在他们眼里，一个生活都无法自理，手指和脚踝僵硬无力，不能离开拐杖走路的全身瘫痪者，怎么可能再次开车？何况，汽车在路上行驶，如果不能及时反应并立刻控制刹车和油门，是要出人命的。

唯一赞成我去试一下的人，是已经跟踪我病情两年多的康复医生里比。他了解我从不打无准备之仗，每次见面还时常让他大吃一惊，所以，爽快地在省安全驾驶机构（RoadSafetyBC）寄给我的评估表上，写上我以后可以开车，但须通过考核，并签上了他的大名。

我决定重新考取驾驶执照，并非心血来潮，也不是为了赶时髦，而是我生性不喜欢麻烦他人。如果我可以重新驾车，不但可以不麻烦别人，方便自己，还可以帮助他人。因此，我没有理睬他们的反对，也没有采纳他们的建议，依旧我行我素。不过，我也不会盲目地认为有了决心就一定能成功。事实上，我自从决定重考驾照后，就加强了手的握力及右脚脚踝上下移动的艰苦训练。

2018年3月27日，差4天就是我全身瘫痪3周年的日子了。我去了思强康复中心，接受驾驶考试室内部分测试，只有通过了才可以进行室外的路试。

给我测试的是一位名叫丽莎·克里斯塔洛维奇（Lisa

Kristalovich）的西人职业治疗师。测试内容包括视力、色盲、视角、智力、肢体运动和反应能力，以及能否有效地控制模拟的汽车方向盘、油门和刹车。测试从下午1点开始，直至3点半结束，一共花了2个半小时，我表现不俗，顺利通过了。而一个想获得驾驶执照的新人，不需要这些测试，只需通过视力检查和电脑考试驾驶知识即可进入路试。

尽管我对自己再次可以驾车信心满满，但毕竟整整3年没有碰车子了。为了确保安全和路试一次通过，4月17日，我打电话约了一位具有驾驶教练执照的教练，来指导一下我开车。

我艰难地坐上了驾驶座，用依旧僵硬无力的手将座位、反视镜、左右两边的反光镜调整好后，系上安全带，发动汽车，然后静静地闭了一下眼，默默地告诫自己：慢，不要急，始终要控制着方向盘、刹车和油门。

我深深地呼吸了一下，将车子慢慢驶出我家花园的大铁门，此时需要马上右转，但我双手无法握紧方向盘。于是，我尽量用手掌来握，车速很慢。结果，我成功了，汽车稳稳地转向了右方。每当需要踩油门和刹车时，我都提前开始奋力抬起脚尖、移动脚前掌，每次也都成功了。几分钟后，我渐渐适应了对方向盘、车速、油门和刹车的控制。

我驾着车，驶到了离我家有15公里远，我曾在那里住过3个多月的思强康复中心。

在康复中心大门口，我小停了一会儿，看着不少下肢不便的病人开着电动轮椅车进出大门，感慨万分。自从离开康复中心后，两年多来，我来过这里见康复医生差不多有10次，但每次都是由太太或他人开车来的。而今天，我居然自己开着车来到了这里，心里不由得意洋洋。

说来难以置信，尽管3年没摸车，尽管我还全身瘫痪，但不管在繁忙的高速公路，车水马龙的市中心，长长的大桥，学校和运动场附近，还是居民区，我居然一口气开了整整2小时的车，除了刚开始的5分钟有些紧张外，丝毫没有感到一点点生疏和紧张，全程很放松。结束时，教练对我称赞不已，说按她多年的教学经验，我通过路试肯定没问题。

4月25日，我如约来到思强康复中心进行路试。

丽莎、康复中心指派的女驾驶教练，以及我，一起上了车。教练让我沿着康复中心附近的学校、运动场，在每小时限速30公里的马路上开了1小时。她俩，尤其是教练，一路对我的驾驶技能赞不绝口。

回到康复中心后，丽莎对我总结了一下今天的情况，最后的结论是，我还需要六到八次由教练带着开车训练，然后她再来检测一次。

丽莎是判定我现在是否可以开车的决定性人物。她说我需要再练，总有她的道理，我只得再练。但是，我不认为需要练这么多次。

于是，我说道："我认为再练一到两次就足够了，我很自信无论开什么路，包括高速公路，我都没有问题。"

"那我们先定六次吧。如果你确实开得很好，再减少。"丽莎说。

丽莎最后提了一个建议："你的手现在还不灵活，握方向盘比较艰难，如果将你车上的方向盘改造一下，开起来就容易多了。"

"不！我双手握住方向盘没有任何问题，我不想去改造方向盘，我要开正常的、不经任何改造过的车。"我坚定地说道。

我想好了，如果一定要我改造汽车的油门、刹车或方向盘之类的装置，才可让我开车，那我宁愿康复得再强壮一些后重新考试，因为一旦汽车被改造过了，以后我就只能开自己改造过的汽车。

"那到时候我们再检测一下你手的握力吧。"丽莎退了一步。

"我相信我所开的车不需要做任何改造。"我充满自信地说道。

2018年5月7日，我开始了六次练习中的第一次，一共连续开了1个半小时。

这次换了一个教练，是位名叫哈利（Harry）的中国香港老移民，他已经和思强康复中心合作了近三十年。结束后，哈利认为我除了倒车时油门控制得还不够顺畅外，其他都很不错。哈利还告诉我，在他近三十年为思强康复中心的病人指导开车的过程中，我是脊髓受伤部位最高的病人（受伤部位越高，伤害越大，后果越严重），也是第一个完全不用改造车内任何装置开车的人。他碰到脊髓受伤最高位的病人是C6—C7（我是C2—C3，比他受伤部位高不少），由于双脚不便，手指僵硬，这位病人车内改装了很多装置，刹车、油门和方向灯等，都是用双手的手腕来控制的，所以，哈利很为我自豪。

经过我的再次要求，丽莎减去了我的两次练习。

2018年5月14日，正式路考。

一开始，丽莎首先要求我，在没有任何人帮助的情况下，自己从车外进入车内，并将拐杖放在副驾驶座位前，调整好座位、反光镜，系好保险带。一切都安顿好后，丽莎将我的双拐放在车的后座，然后坐在副驾驶后面的座位上，哈利则坐在副驾驶座位上，随时踩刹车。

我对今天的路考充满信心，唯一感觉有些担忧的有两点：一是需要一次性提前牢记考官发出的三个行驶指令（比如在第二个红绿灯处左转，然后在第三条马路处右转，最后在第二个有停车标记的地方左转）；二是汽车从路边开始启动，七拐八弯开了一段路后，再回到出发处。尤其是第二点，的确有一定难度。考这些内容的目的，是担心我们这些脊柱受伤部位高且严重的病人，万一脑子也出现了问题，就会迷路。而这些内容在对正常人的路考中是不需要的。不过，哈利已经带我开过好几次路考时考这些内容的线路，我已经烂熟于心，而且以往每次路试时都是由他发出行驶指令的，丽莎负责监测和打分数。所以，对于今天的路考，我有的放矢。

"今天由我发出行驶指令。"丽莎在我启动车子前，先给了我一个明示。

我心里"咯噔"一下，怎么不是由哈利来发行驶指令呢？

丽莎今天极可能让我开一些不是以前路考常行驶的线路。不会是在为难我吧？这样做对我也太不公平了。

"OK，没问题。"虽然心中在疑惑，但我还是冷静地答道。我相信这也难不倒我，然后发动了汽车。

"好，考试开始。出停车位后先右转。"她发出了第一个指令。

我按照丽莎的指令启动了车子。

果然不出我所料，今天她给我指定的线路，不但教练没带我开过，而且就连我这个温哥华老移民也基本没去过。

我暗暗在想，也许我当初违背她的要求，非要她减去我练习的次数，也不同意改造汽车内任何装置，她今天给我颜色看了；也许她一定认定，我这个很严重的全身瘫痪患者，通常大脑会受损，所以要严格中的严格，这是对市民和社会的负责。

整个考试过程中，大路、小路、高速路、不同的速度、变道、几个指令一起发和回到原处、停车、倒车……没有间断地整整考了1个半小时，而新驾驶员的路考只需45分钟。我曾问过哈利，为何对我们要求这么高？考试这么难？他告诉我，因为我们受过严重的伤，所以在安全驾驶上特别严格。

终于结束了路考。

我将车停好后，熄火，静静地坐着，等待着丽莎对我路考的评判。我想，她没理由不让我通过路考。

丽莎有些激动地对我只说了一个字："Perfect！"

哈哈，正如我所料，我顺利通过路考了！

随即，我解开安全带，然后拿起拐杖从车里出来，关上车门。

站稳后，丽莎告诉我，由于我的驾驶执照还没过期，我现在就可以开车了。最后，她带着由衷喜悦的语调，再次祝贺我路试成功。

"也就是说，我现在就可以自己开车回家了？"我突然感到很兴奋——我又创造了一个"奇迹"。

"当然啦。"丽莎也很为我高兴，"省安全驾驶机构很快会给你一封同意你驾驶的书面通知信的。"

在我全身瘫痪3年1个月又14天后，我又可以一个人合法地在大街小巷上、在任何地方开车了，而且开的是不经任何改造的常规车！

我决定立刻开自己的车回家，让护工坐在副驾驶座上。

我驾驶着汽车，一路高歌而行。

我的心情非常愉悦，因为从现在起我完全可以像正常人一样，独自开车到任何想去的地方。

我今天能成功，是我三年多来不畏艰难、刻苦用功和持之以恒训练身体各部分的必然结果，也是我敢想敢做、不断挑战自己的决心所致。

这次成功，更增加了我对身体全面康复的信心。

"你真的通过了？！"这次，太太的问号里，更多的是喜悦和敬佩的语调。

我得意洋洋地朝她一笑。

此时无声胜有声。

一个月多后，小女儿需去一趟温哥华市中心，因为距约定的时间很近了，那里停车又很不方便，正在犯愁，我便自告奋勇提出开车送她去。她在惊喜之余，问我如何一个人开回来？因为之前我每次开车出去，都有人坐在副驾驶座位上，以防万一。我很自信地告诉她没问题。我将她送到指定地点后，一个人开着车回家。一路上，我很自豪，不时和一起等候红绿灯的他人微笑、挥手、打招呼。

我相信，他人绝对想不到，那位开着车并和他们挥手致意的人，竟然是一位全身瘫痪患者！

后来有一次，我从西温哥华市的皇家公园购物中心（Park Royal）练习走路结束后，来到车旁。迎面停着的一辆车里，正在打电话的一位中年女士，看见挂着双拐慢慢摇摇晃晃走路的我，打开了车门，艰难地坐上了驾驶座，睁大着眼睛，张大了嘴巴。紧跟我身后的护工，随后坐上了副驾驶座，告诉我，直到我倒车转弯开出了停车位，那位女士还在惊诧地盯着我看。

我能重新考取驾照，并安全地开车，让很多人大吃一惊，感到不可思议。

著名医学专家李国平，曾因我能挂着拐杖重新走路、能控制大小便，连声说我创造了奇迹。这次，他在看了我驾车的视频后，对我娴熟驾驶不经改造任何装置的汽车，兴奋地对我说道："你柯兆龙创造了奇迹中的奇迹！"

重新开车奔驰在大街小巷上

　　自决定重考驾照后，我就加强了手和脚踝的训练。考取驾照后，我又可以独自合法驾驶不经任何改造的常规车辆了。著名医学专家李国平评价说："你柯兆龙创造了奇迹中的奇迹！"

（扫码观看视频）

44．走路参加女儿的毕业典礼

我一直期盼着2018年6月，能自己走路参加小女儿柯玲大学本科的毕业典礼。

自2016年3月初以来，除了为了证实我是否的确患了癌症而坐了一趟飞机去中国上海外，我已经有两年多时间没出过远门了，更没有坐过飞机。

太太很紧张，因为我做了全胃切除手术后，尽管体力慢慢在恢复，但她觉得我的体力还是不行，绝对不适合出远门。但我铁了心，非要去参加小女儿的毕业典礼不可，而且一定是走着去参加，这也是几年前我全身瘫痪后，对小女儿作出的郑重承诺。

为了能西装革履地出现在小女儿的毕业典礼上，我提前10天开始穿着皮鞋练习走路。太太又反对了，说这几年来一直穿运动鞋练习走路，换了皮鞋肯定会使我走路更危险，还是穿运动鞋安全，上面穿西装和打领带就可以了。我说那怎么行，不伦不类的，简直像个没文化的土包子、暴发户。于是，我穿上皮鞋练习走路，结果比我想象的要容易得多。没练两次，我就完全适应了穿皮鞋走路。

正当我认为我已为去芝加哥做好了充分准备的时候，6月2日，我的腰突然受伤。起因是早晨起床后，我坐在床边，弯腰去捡掉在地上的裤子，由于用力太猛太快，一下子把腰拉伤了。白天练习走路时，好几次，人会不由自主地突然下蹲。如果不是护工紧跟在我身后及时保护我，我就会一屁股坐在地上。如果继续这样下去，我怎么远行？这必将使我留下终生遗憾。

太太在一旁"幸灾乐祸"地说，我基本上是去不了女儿的毕业典礼了。我知道她的目的就是提醒我要极其小心，不能再受伤了。

6月3日，小女儿和我通电话时，太太将头凑过来对着手机说道："你爸爸基本上是来不了你的毕业典礼了。"小女儿紧张地问为什么，太太说我的腰受伤了。小女儿问是否严重。我说只是很轻微的。她说，如果不行，我可以坐轮椅去啊。显然，她很希望我能去。我说，她妈妈吓唬她的，我一定会走着去。

不过，我内心还是很担忧。几年的准备，是否会毁于一旦？全身瘫痪加上腰部拉伤，连走到户外都很艰难，怎么还可能坐汽车去机场，接受安检，过海关，再乘飞机去几千公里以外的地方？

于是，我万分小心，康复训练避开腰力，平时也尽量不用腰力。幸好，有惊无险，几天后，腰部的伤基本好了。

6月7日，我全身瘫痪后的第3年2个月又7天，我、太太、大女儿及表姐一家，乘坐美国联合航空公司（United Airlines）的航班，从温哥华出发，直飞美国芝加哥。

坐在飞机上，我感慨万分啊。

早在两年以前，我就发誓，就是坐着轮椅，被人抬着，也要去参加小女儿的毕业典礼。我之所以这么执着，除了对她承诺过以外，还有一个主要原因，那就是我至今都觉得很愧对大女儿，无法原谅自己。

在北美，孩子小学、中学和大学的毕业典礼，是他们人生中的重要里程碑，因此，几乎没有家长会缺席，哪怕夫妻已经离婚。

大女儿的小学毕业典礼时，我由于正在中国，生意繁忙，"无法"从中国回到加拿大。中学毕业典礼时，我正带领着一支由加拿大和美国组成的专家团队，在北京，为2008北京夏季奥运会中国国家队运动员提供健康服务，也"无法"参加。尽管她的大学毕业典礼我参加了，尽管她很理解，也原谅了我，但我内心却无法原谅自己。难道钱比亲情、责任更重要？钱，可以以后再去赚，但孩子的重要成长阶段，却是一去不复返的。所以，亡羊补牢，我推掉了一切事务，参加了小女儿的小学和中学毕业典礼。而大学的毕业典礼，尤其重要，我更要不顾一切去参加。

现在，我实现了自己的愿望，也不会使自己再次终身遗憾了。

飞机在飞行了二千八百多公里后，于当地时间晚上8点到达了美国芝加哥。

小女儿看见我拄着拐杖，摇摇晃晃、慢慢吞吞地从机场小步走了出来，立刻奔了过来，长时间紧紧地拥抱住我。

我听见了她的抽泣声。

6月9日上午，我们一起到了芝加哥大学（University of Chicago），为学校给学生颁发毕业证书那光荣和激动的一刻喝彩。

在给小女儿颁发毕业证书的那一刻，前来参加她毕业典礼的我们一行八人（包括从多伦多赶来的侄子，以及在美国的侄女），鼓足气力，声嘶力竭地齐声高喊着小女儿的名字，绝对不输给任何其他学生亲友团的呼喊声。

毕业典礼结束后，我是走着、站着和小女儿、大家一起拍照留念的。

我兑现了全身瘫痪后对小女儿的承诺：我一定会走着来参加她的大学毕业典礼的。为此，我很开心，很得意，很自豪，很欣慰，也很有成就感。

晚上，我们在芝加哥市中心的一家名叫锡耶纳酒馆（Siena Tavern）的意大利餐馆，为小女儿人生中的这一重要里程碑，举行了隆重的庆祝晚宴。

望着可爱的全家，以及众人亲切的欢声笑语，我倍感和睦温馨。这不正是我所推崇的天伦之乐吗？

我不由感慨道：活着真好啊！

小女儿紧挨着我坐着，不时为我倒酒、夹菜，还滔滔不绝地对我讲述着她的趣事和毕业后的打算。

席间，我感觉要小便了，便挂着拐杖，不让任何人跟随，独自一人走向卫生间。

这一次上厕所，是对我极大的考验。从包间到厕所，要走上一百米左右的距离。餐馆常年的油腻造成地上很滑，顾客满座，人声鼎沸，人来人往，高分贝的爵士乐响彻整个宽大的餐厅，对我干扰很大。每走一步，我都神经紧张。橡皮底座的拐杖，几乎每次着地都会滑向远处，我只能很小步地移动。尽管在这期间，不断有人想来帮助我一下，但都被我婉言谢绝了。

这次小便，前后足足花费了半个小时。尽管很艰难，但对我大脑、身体适应外部的复杂环境，是一次极好的锻炼。

从7日到11日凌晨，我经历了完全和正常人一样度过的几天日程密集的生活：从家里来回机场，上下飞机，上下汽车，去洗手间，来回各4小时的空中飞行，机场来回酒店，去酒店内外的餐馆，去学校……除了在机场内，以及在大学里，为了赶时间，我使用过轮椅，其余所有时间和活动，我都拒绝了轮椅，全部一个人拄着拐杖走路，而且不需要任何人紧挨着我保护我。

小女儿在机场为我们送行时，激动地对我说道："爸爸，您这次能走着来参加我的毕业典礼，我太兴奋了，也太开心了。您是我的榜样。"

这次芝加哥之行，给了我三点提示：一、通过几年的康复训练，我已基本适应社会活动；二、融入社会是很好的康复训练；三、我对身体全面康复更加信心百倍。

走路参加了小女儿毕业典礼

在芝加哥的几天，我度过了和正常人一样的生活。除了部分时候为了赶时间而使用轮椅外，其余所有的活动，我全部一个人拄着拐杖行走，且不需看护。

（扫码观看视频）

45.　能自己洗澡了

我决定要自己洗澡。

"什么，你要自己洗澡？！"太太瞪大了眼睛，拉高了声音，以为自己听错了。

"对，没错。这次从芝加哥回去后，我就开始自己洗澡。"我平静地重复着我的决定。

"你又要多事了，要知道，洗澡是最危险的，正常人都得很小心。不行不行，万一在卫生间摔倒，后果不堪设想。好不容易现在太平一点了，你不要再搞事情出来。"太太坚决反对。

我每一次有一些风险的自我挑战，她都形容为我多事，极力反对。不过，她说得也对，自从近三年前我从康复中心回家以来，每天都是由她或护工为我洗澡的。尽管他们都小心翼翼，但我还是摔过几次，幸好被及时救助，摔得不重，否则后果不堪设想。

的确，对我来说，自己洗澡很危险。沐浴露很滑，浴室有玻璃，而且都是水，对于平衡感只是部分恢复、腿力臂力还不够强的我来说，摔倒的概率比普通人更得高，而摔倒对我来说很可能会导致毁灭性的恶果。所以，像我这种全身瘫痪的病人，几乎没人会自己洗澡，也不敢。

但凡事都有其两面性。从另外一个角度来看，要想自理，早晚得自己洗澡，这不但可以全方位地锻炼自己身体的各个部位（比如站着洗头就可锻炼手臂、手指和平衡），进一步增加康复的自信心，还可以减少他人麻烦。只要时机基本成熟，考虑周到，我认为还是可以一试的。

事实上，我康复中给人以惊奇的每一步，都是经过深思熟虑，到了认为已经到了可以跳一跳的时候，再小心谨慎，勇敢地去尝试的，所以结果也都是成功的。

"到时再说吧。如果风险实在太大，那就以后再说吧，毕竟安全现在对我来说是头等大事。"我用了缓兵之计。

"那就对了，说明你现在聪明了，也懂得轻重了。"太太露出了放心的笑容。

我心里自有小算盘，那就是先给太太一个预告，过几天再讲同样的事，她就不会那么坚决反对了。这是几十年来我"对付"她惯用的狡猾手段，每次效果都不错。

2018年6月11日，高位截瘫后的第3年2个月又11天，我从芝加哥返回温哥华的第二天晚餐时，又对太太谈起，今晚我决定自己洗澡。这次，她没有坚决反对。也许是此次芝加哥的4天之行，她感觉我表现不俗，比较可以信任了，但还是很有顾虑和担心，建议我再等上几个月再尝试自己洗澡。

"我们结婚这么多年了，难道你还不知道我是一个困难吓不倒、很有办法的人吗？就说那次和加拿大总理合影一事，所有人都说不可能，包括你，我不是照样做到了吗？"

那是2006年1月16日，时任加拿大联邦政府总理（加拿大的最高政府官员，相当于美国的总统）保罗·马丁（Paul Martin），带领五位联邦政府部长，来到温哥华唐人街的富大海鲜酒家（Floata Seafood Restaurant），对一千位来宾为即将到来的联邦大选，代表自由党演讲造势。我和同桌的人打赌，尽管马丁演讲完就走，还有严格的安保措施，但我待会儿能同马丁单独合影，赌一顿饭。众人不信，太太更是劝我头脑不要发热，我却笑而不答。

见总理演讲已近尾声，我便起身让太太拿着照相机跟随我，走向电梯处，挤在人群中的第一排。总理在所有人起立鼓掌欢送下，一边微笑着挥着手，一边昂首阔步沿着通道走向电梯，众多警察和安保人员前后保护着他。就在他准备跨入电梯的一刹那，我高声喊道："嗨，保罗·马丁，我支持你！"总理闻声，立刻转身面带笑容地看着我。我又紧接着喊了一句："我支持你！"他马上朝我走来，脸上的笑容更加灿然了，伸出右手紧紧握住了我的右手。我赶紧说了一句："合个影吧。"他说没问题。于是，太太立刻举起相机按动了快门。担心太太的摄影技术，我建议再拍一张，总理又爽快地答应了。

事后，太太问我为何感觉这么有把握和总理单独合影。我得意地答道："首先，加拿大总理是民选的，所以他得敬重每一位选民，至少是表面上的；其次，面对媒体和这么多人，他更要显示出亲民，这样才会有更多的选民支持他和他的政党；最后，在摄像机面前有人大声高喊支持他，这不正是他求之不得的事吗？所以，他一定会笑容可掬、热情地同我握手，满足我要求一起合影的小小要求。这叫知己知彼，百战百胜。"

"那完全是两码事，照片没拍成最多输一顿饭，但你自己洗澡那可是有很大危险的。"太太还是不放心。

"放心吧，如果有一点点风险，我就立刻停止。"我进一步打消她的顾虑。接着，我告诉她，我准备如何自己洗澡，如何确保安全。

太太嘴里还在嘀咕着，但态度已经明显缓和。

"第一次洗澡时，你就待在卫生间外面，万一有事你也可以在第一时间来帮我。"我进一步打消了她的顾虑。

她终于同意让我一试。

"不过，在我没有危险的情况下，你不可以帮我做任何事。这样才能真正完全由我自己独立洗澡，才能达到自理的目的。"我对她提出了要求。

晚餐后不久，我便挂着拐杖，走进了卫生间，先是坐在马桶上，脱衣、脱鞋，然后站起身，神经紧张、小心翼翼地扶住淋浴房玻璃门外挂毛巾的架子，慢慢进入淋浴房，坐在了一把椅子上，开水龙头、洗头、洗身体、冲淋、用干浴巾擦身……在这期间，我不断告诫自己，小心小心再小心，千万不能摔倒，否则，即使没有造成毁灭性的灾难，太太也一定不会再让我一个人独立洗澡了。有几次，我脑中瞬间闪现出3年多前，在北京的酒店卫生间滑到、撞墙、昏死过去的悲惨画面，不过，立刻被我一甩头跳跃过去了。

终于洗完了，没有出现过一次危险。接着，我又小心翼翼地走出淋浴房，坐在马桶上，穿衣、穿鞋，挂着拐杖走出了卫生间。

呼——，我长长地出了一口气。

尽管前后花费了整整1小时，但我成功了！洗澡的同时，我还自然地锻炼了脖子、手臂、腰、背、腿和脚。这的确是最好的康复训练之一。

"真没想到你做到了！"太太终于夸奖了我。"这样，我以后可以更轻松了。"她的脸上露出了开心和轻松的表情。

从此以后，我每天都自己洗澡，也渐渐地不那么紧张了，速度也快了很多，再也不用麻烦他人了。2周后，借助淋浴房里墙上的握把，我又让人移走了淋浴房里的椅子，站着洗澡。

第一次自己洗澡的1周后，我把完全独立自己洗澡的事，告诉了西人物理治疗师戴安娜·克拉斯戴法（Diana Krasteva）。

从2016年10月，即全胃切除手术6个月后开始，我感觉体力回复不少，可以比较正常地进行康复锻炼了，便聘请她来我家指导我进行康复训练。每次1小时，开始时每周一次，2年后每2周一次，2年半后每4周一次，3年后每6周一次。她有着30年的丰富康复训练经验，热情耐心，尽心尽责，指导我的训练方法，不但使我康复更有效，还避免了受伤。

就像1个月前得知我重获驾驶资格一样，她还是那样兴奋，很为我高兴，同时还相当吃惊。她幽默地笑着对我说道："你现在越来越独立了，今天你就可以辞退我，因为我的作用越来越少了。"

46．两个手指敲出长篇小说

从2009年开始，我重拾了20多年前中断的文学创作梦，开始了移民系列长篇小说创作。

我对文学创作发生浓厚兴趣，始于1984年末。那时，我担任车间主任，每天碰到和需要处理的事情特别多，故事也特别多，这使我不断迸发文学创作冲动，时常晚餐后爬格子到深夜。

考虑到对领导岗位的兴趣越来越小，而文学创作又需要大量时间，1985年4月，我刚担任了1年多车间领导，就毅然向厂长打了辞职报告，要求辞去车间主任一职，去厂校做一名普通老师。

厂长和党委书记，接二连三给我做工作，挽留我，认为我1年多前被破格提拔，现在才二十五岁，又是厂里的第三梯队干部，前途无量，而现在这么年轻就放弃这么好的前途实属可惜。我父母也不赞成我的决定，但他们绝不横加干涉。我还是绝不动摇。2个月后，我如愿以偿地成了一名教师。

从此开始，我的命运和人生轨迹，全部由我自己设计和掌握，而且，基本上都能做到心想事成。

做了老师，又有寒暑假，我就有大量时间来阅读和写作了。1986年10月，《萌芽》杂志发表了我的小说处女作《名片收藏家的遭遇》，更激励我对文学创作的热情。

1987年10月，我遇见了我太太，加上其他一些缘由，便中止了写作。之后，又是结婚生孩子，去法院工作，下海经商，出国定居，同时在中国和加拿大经商……就一直无暇顾及写作了。

现在，除已出版的揭开中国富豪移民神秘面纱的长篇小说三部曲，即广东人民出版社在2011年至2013年出版的《局里局外——温哥华的中国富豪》《情归何处——温哥华的中国女人》和《生死对决——温哥华的中国富豪》外，我正在构思第四部移民系列长篇小说。

康复训练，是我全身瘫痪及癌症手术后压倒一切的头等大事。除此以外，文学创作是我的最爱。因此，我基本上平均每天都会花上两三个小时，坐在电脑前写长篇小说《高尔夫丽人》。

我很喜欢高尔夫运动，不但在加拿大经常打球，每次去中国出差，也会忙里偷闲在不同的城市打高尔夫球。

我十分了解中国高尔夫球场内的方方面面。高尔夫在中国被称为贵族运动。高尔夫球场上集结了中国官员、富豪、名人和明星等最上流社会的打球者。有趣的是，在球场上还有另外一群人，那就是基本上来自中国各地贫困农村的社会最底层的球童。一场球里，这两群截然不同的人，在同一片蓝天下、同一块绿地上，在封闭的环境里，共度几个小时的时光，此间演绎了许多独特的人世间的悲欢离合。我非常想把这些不为人知的故事写出来。

还在全身瘫痪以前，我就开始构思这部小说了，但由于全身瘫痪，刚写了部分的章节划分就搁置了。现在，在康复期间，我又重新燃起了写作冲动，决定继续书写。

开始时，由于手指几乎不能动，手臂也软弱无力，我无法使用电脑的鼠标和键盘。

我的右手可以轻轻握住鼠标，但手指却无法按下鼠标的左右键，也就无法写作。于是，我试着右手握住鼠标，然后用左手相对有些力度的中指来按左右键。尽管很费力，也很慢，但还是成功了。后来，逐渐过渡到只用右手来完成鼠标的使用。经过3个多月的持之以恒锻炼，最终，我完全可以只用一只右手来操作鼠标了。

在打字时，开始时5分钟不到，我腾空的手臂就会感觉酸痛无比（此时我的手臂已有所感觉了），还时常抽筋，只得休息一会儿再敲打键盘。因为手指之间无法分开移动，敲打下去往往会同时击到好几个键，所以屏幕上会出现乱七八糟的字，只得重打。我从开始的右手一个手指打字，到试着用两手的无名指打字。慢慢地，虽然很慢，但不容易打错字了。渐渐地，手臂就是腾空连续打上半个小时也不觉得累了、酸了。整部小说的写作，我始终只能用双手的各一只手指，即两只手指来完成打字的。

虽然很艰难，但只要在每天的康复训练基本完成后，一坐在电脑前，打开小说文件，播放动听的音乐，我就会立刻感到很兴奋，充满了创作冲动。但我还是会在每隔1个小时左右，站起来练习一下走路，同时活络一下变得有些僵硬的双腿，让血脉流通得顺畅一些。

每天的写作，让我愉悦，让我没有烦恼，让我的大脑不停地转动，让我不感到生活枯燥无味。同时，每天的写作，使我忘却了我现在还是一位全身瘫痪和癌症康复者，使我沉浸在丰富多彩的世界里，使我不可能得痴呆症，更不可能患上忧郁症。

就这样，我坚持不懈地每天平均写上一两千个字，日复一日，年复一年。经过3年努力，在2018年10月，我全身瘫痪3年半后，终于完成了这部七十万字的长篇小说《高尔夫丽人》（上下册）。

2019年8月，广东人民出版社出版了我的这部小说，并在中国大陆发行。

两个手指敲出了长篇小说

从双手僵硬无力，无法使用鼠标和键盘，到打字写成长篇小说《高尔夫丽人》，我花了三年。虽然艰难，但每天的写作，让我感到愉悦，让我的大脑不停地转动，让我忘记病痛，不感觉生活枯燥无味，沉浸在丰富多彩的世界里，使我不可能得痴呆症，更不可能患上忧郁症。

（扫码观看视频）

47. 我"欺骗"了太太

久病、危病，并留下严重后遗症的病人，无论是身体，还是精神，都是悲惨的，也是痛苦的。但是，深爱着你的人，人品很佳和责任心很强的人，尤其是生活在一起的病人配偶，在生活上也是悲惨的，在精神上也是痛苦的。他们用自己独一无二的人生支撑起另一条生命，眼前是一片看不见希望的黑暗，未来还不知道会不会出现曙光。很多照顾者因此患上抑郁症等疾病，有的甚至病人尚活着，照顾者反而离世了。

结婚近30年来，太太为了这个家、为了我的事业、为了两个女儿健康全面成长，倾注了她所有聪明才智和精力。现在，生活应该给予她回报了。此时，她应该是最幸福、最快乐、最轻松、最无忧无虑的人。

然而，由于我的全身瘫痪，罹患癌症，并做了全胃切除手术，让她突然变得比以往任何时候，都来得劳累、艰辛、压抑、痛苦和无望。

我全身瘫痪，尤其是癌症手术后，在美国哥伦比亚大学（Columbia University）就读硕士研究生的大女儿，以及在美国芝加哥大学读本科的小女儿，因为担心妈妈因过分劳累而倒下，都曾提出休学回来一起照顾我。太太语气坚定地对她们说："你们按期完成学业，就是对我最大的帮助！不用担心，妈妈一个人能撑起天。"

但现实是残酷的，由于现在的保姆整体素质下降不少，要找一个好保姆很难，所以除了照顾我外，几年来不少时候太太还一个人承担起了所有家务，因此，她压力极大，心事重重，身心疲惫，面色土灰，本来就不胖的她，体重下降了整整8公斤！

两个女儿曾告诉我，在我全身瘫痪后，尤其是在我被确认癌症及手术后，夜深人静之时，她们多次看见妈妈一个人，站在餐室的窗前一动不动，久久凝视着窗外的一轮明月。

望着不离不弃、身心疲惫、整天忙碌、日趋憔悴、没有了自己生活和快乐的心爱的太太，我深感心痛、内疚、焦虑和不安。

如果没有她不离不弃，在精神上给予我极大鼓励，在生活上给予我无微不至的照顾，我想，我很难达到现有的康复程度。

原来我极度担心，我这个顶梁柱倒了，整个家庭也会因此崩溃，现在太太却将所有事情打理得井井有条。然而，她的努力付出换回的却是她精神和身体两方面的极度疲劳，并随时有可能永远倒下的危险。

几个月前，即2017年11月30日，全身瘫痪后的2年又7个月，我突然接到一个电话，温哥华沿岸卫生局（Vancouver Coastal Health）打来的，问我是否需要帮助。我很纳闷，我们从未要求过啊。对方解释道，我们的家庭医生看见我太太脸色憔悴，精神疲惫，便主动联系他们，说我家需要帮助，否则我太太会累趴下的。我赶紧询问太太是否需要，她坚持说不需要帮助。

12月6日，对方又来电了，还是坚持要上门帮助我，又被我婉拒了。这次对方不依不挠，问了我不下十几个问题，诸如我自己现在能做哪些事，哪些需要人帮助，家里除了太太是否还有其他人帮助我，等等。最后，说了一句，这事还得和我们的家庭医生商量，同时告诉我，假如需要，随时联系他们，他们可立刻上门提供帮助我穿衣、洗澡、吃药、打针、喂饭等日常生活中的所有服务，以及送我去医院检查、看病等等工作。（这些服务会根据前一年的家庭收入，收取一定费用，但对低收入家庭，全部免费。三年多前，我从思强康复中心回家时，我家所在的社区已接到康复中心通知，并在事先同我全家、康复中心和他们社区共同召开了一个我回家后如何妥善安置我的三方会议，也准备立刻派人来，要为我提供所有帮助，那时也被我婉拒了。）

其他见到我太太的人，也都明显感觉她累了、瘦了、苍老了不少，叮咛她千万要注意自己的身体。

是的，她的身心，已被我拖累得疲惫不堪了。她必须完完全全地放松心情，减轻疲劳，去观光旅游，拾回属于自己的快乐时光！否则，她真的随时都可能彻底倒下。

可我深深地知道，只要我没有完全康复，她是不会这样做的。但我完全康复，也许还需一两年，也许需要五六年，甚至更长时间。

这可怎么办呢？

经过冥思苦想后，我终于有了一个好主意。

从2018年6月去美国参加完小女儿的毕业典礼后，我就告诉太太，今年10月份，我想去日本进行两三周康复训练。

"怎么突然想去日本康复训练了？"她很不理解。

"最近我发现康复进步几乎停滞不前，也许日本那家公司的装备能帮助我加快康复。"

一年多以前，大女儿就向我推荐过日本这家公司，希望我能去那里进行一段时期康复训练，而且日本公司在和她沟通后，已安排好我去那里的康复训练课程，只是由于我的康复医生里比感觉这套混合辅助肢（Hybrid Assistive Limb，简称HAL）装备，对我现状没什么大的帮助才作罢。

"那好啊。"只要有利于我的康复，太太就会极力支持，不惜代价。

"我们一起去日本。我去做康复训练，你去旅游。"她一直想去日本好好旅游一下，"日本结束后，我就在上海住上两个月，你再去中国大陆其他地方和台湾旅游。"

"那在上海谁照顾你？谁帮助你康复训练？"她不放心。

我告诉她，在上海，我准备聘请两个人，一个住家保姆，一个陪伴我康复训练的钟点工。

"嘿，你的这个安排倒不错，我也可以放心地去旅游了。期间，还可以回上海别墅住上一阵子再去旅游。一旦有事，我赶回上海也方便。"她同意了，"不过，我总感觉还是有些担忧，看一看再最终决定吧。"

为了让她彻底放心，我开始告诉我们中国的亲朋好友，以及上海的一家保姆公司，我们计划何时回来，需要找怎样要求的人。不少电话，我是当着她的面打的。太太也很希望去一趟中国见一下亲朋好友，同时顺便旅游，只是因为我的原因才放弃了这些。现在，经我一拨动她的心弦，她也开始热情高涨，并告知了她的亲朋好友。

到了出飞机票的时候，我突然对她说，考虑再三，我决定留在温哥华康复，原因有：一，我再次仔细研究了一下日本的这套装备，好像对我康复没什么特别作用；二，这里有很多现成的健身器材；三，我现在的护工已跟了我1年多，知道如何保护我；四，这里有很好的治疗师；五，我还需要李医师的中医针灸和调理；六，生活上我已能基本全部自理，她不在，我一个人是行的。

其实，我的确也很想去一趟中国，但我一个人留在上海，她会更加担心，旅游也会不踏实。而我在加拿大，她鞭长莫及，也就会一门心思开开心心会友旅游了。此外，我想证明一下，她不在，我也没有大碍，以后万一我还是无法陪她去旅游，她也可以放心地离开我，凡事总有个第一次嘛。还有一个很重要的理由，就是她不在，对我独立生活是一次极大挑战，也可以迫使我更加早日全面自理，摆脱对她的依赖。

见我说得合情合理，考虑周全，她终于同意一个人去日本和中国了，但还是安排两个女儿轮流陪伴和照顾我，并买了很多食品，将两个大冰箱塞得满满的。

实际上，从一开始我就没打算去日本和中国，我欺骗了她。不这样做，她绝不会一个人离我而去旅游的。同时，我还请了一个好朋友的日本通太太，全程陪她去日本旅游；安排了小女儿陪她去中国大陆和台湾旅游。我只希望，她的这次旅游，能轻松、快乐和满意，令她回味无穷。

2018年10月27日，在我全身瘫痪后的第3年6个月又27天，她安顿好了诸多事宜后，准备去机场了。

昨天，她为我理了发，这样，我就可以等到她回来后再理发了。

自从全身瘫痪后，由于我出行极不方便，她自学成才，已为我理发三年多了，除了一次让我理完发看上去很像村长外，效果都不错。

小女儿已将车开到了大门前，并进屋来拎行李，送她去机场。

太太刚要跨步，我请她去一下我的书房，书桌上有一个为她准备的文件夹，里面全部是我为她这次旅行所做的日程、预订的酒店、旅游线路、名胜古迹、好景名吃等的具体安排和介绍。以前每次出游，这些都是我的工作，她总是很悠闲地跟着我走。

"这下我就可以很放心地到这些地方去旅游了。"她翻开略微看了一下，如释重负地说道，声音有些激动。

我很开心，也很自豪，更有些欣慰。三年多来，只有她在为我做事，为我操劳，为我付出。现在，我居然有能力为她做事了。

"你出发以后，我会好好思考一下，打算将我这几年不平凡的经历写出来，正式出版。"我随口说了一句。

"你真的同意写出来发表了？"太太有些吃惊地问道。

早在一年半前，我能用拐杖走路后，凡是了解我全身瘫痪后整个经历的中外医生、治疗师（康复师）、亲朋好友等，大都希望我能将我战胜不可能战胜的病魔的经历写出来，既能帮助到很多人，尤其是病人和家属，又很励志。而我始终没有答应，因为感觉还不够资格，即使要写，也得等到我全面康复。可他们不断催促我，说现在我康复得越来越好了，而且还在不断进步，创造了医学上的"奇迹"，很多心得和方法是很独特和有效的，应该抓紧写出来，可以帮助到许许多多人。我想，如果我的整个经历真能帮助他人，那我责无旁贷。

"对，我希望这本书能帮助到很多人。"我大声肯定道。

"那太好了！哦，我差点忘了一件事。"说完，她赶紧去了她的书房，拿给我一本她的记事本。"我把你受伤后的所有大事都记下来了，也许对你写书有帮助。"

我打开一看，太太详细记录了从三年多前，即2015年4月1日，我全身瘫痪的这一天开始，包括何时回加拿大的，何时进入康复中心的，何时发现癌症的，何时去中国的……一直记录到我全胃切除手术后。

看着这些用笔一撇一捺工工整整写下的记录，可以想象，她当时在每写一个字时一定是心情难过，压力重重，甚至是噙着泪水。这些记录对我写书是很有帮助的。太感谢太太用心良苦了！

"如果你有一点点问题，就赶快告诉我，我马上赶回来。"她在迈出大门的最后一刻，还在牵挂着我。

我坚持拄着拐杖，走到屋外送太太，亲眼看着她跨进了汽车，坐在了副驾驶座上，关上门，打开车门窗子，依依不舍地朝我不断挥手告别。

望着慢慢驶出自动大铁门、一右拐就不见了的汽车，我突然感觉整个身心一下子变得空荡荡了。自和她相识以来，三十多年了，我从未感觉到，此时此刻，我竟然是如此强烈地需要她！依赖她！离不开她！

由于全身瘫痪使我失去了身体所有功能，几年来，我就像一个呱呱坠地的婴孩，已习惯于她的照顾和庇护，但却没有感觉她存在的至关重要。现在，她的离去，尽管我很明白那只是短短的

2个月，但心里就是无法承受，无法接受，甚至有些紧张。

以后的几天，我依旧感觉若有所失。但是，一想到和太太的暂时离别，能换取她的自由、她的放松、她的欢乐、她的健康，我就立刻感觉坦然多了，也轻松多了。

是啊，如果不骗她离开我，去旅游，去散心，万一哪天她真的撑不住了，有个三长两短，我岂不更痛苦、更无助，甚至痛不欲生？

随着太太不断传过来神采奕奕的照片和视频，以及见到亲朋好友，中学、大学同学和出国前的单位同事时，不断发出朗朗笑声，我也由衷地咧开嘴，哈哈大笑了起来，感受到心里无比开心和踏实，也一扫这些天的忧愁和孤单。

2个月后，她风尘仆仆地回到了温哥华。

"外面的世界太美了，也太精彩了。"她兴高采烈地说道，"等你康复了后，我们一起去旅游。"

太太从一开始认定我终身只能坐轮椅，接着认为我余生只能坐坐看看电脑不能出远门，发展到为我能走路、能开车、能生活自理而感到激动和欣慰，现在，居然盼望着和我一起去旅游了。这说明，我的康复成果，已使她这位对医学论断深信不疑的人，彻底改变了看法。同时，太太的话，让我心里不由自主地升腾起一股终于要到达胜利彼岸的喜悦之情。

见她面色红润、精神抖擞、心情愉悦，我很开心。同时，这两个月来，我完全一个人自理了我的一切，我很自豪。

我事先设定的两个目的，都完美地达到了。

我决定，只要我还没有康复到可以陪她去旅游的阶段，就每一年都得让她去世界各地旅游几个月，并为她安排好所有的旅程和酒店。

2019年10月16日，她又一次去旅游了。同样，我事先给她安排好了一切。而在这之前，今年我已安排了她好几次在北美的短期旅游，每次，她都满载而归。

尽管太太又要离开我两个多月，不过，这次我却很放松，很舒坦。

12月9日，我收到了一张11月24日从泰国清迈寄出的明信片。谁会从泰国寄明信片给我呢？一看字迹，便知是太太寄来的！明信片上写满了字，最后一句写道："祝你早日参加到我们的队伍里来，一起去旅游吧！"

我拿着明信片，看了又看，直到眼睛开始模糊了。

48. 辞退优秀护工

2019年6月15日，全身瘫痪4年2个半月后，是我又一个值得纪念的日子，也是康复之路上的又一个里程碑。

从2015年8月底，即全身瘫痪后的5个月，我从思强康复中心回家后，就开始有朋友或护工每天24小时生活上照顾我，康复训练上帮助我。到了2017年5月，随着我的不断独立，独自一人训练时间的逐步增加，改为每天只请护工来我家3小时，仅仅帮助我进行康复训练，主要是帮我拉筋，以及在我练习走路时紧跟在我身后防止我摔倒。尤其是我离开拐杖在草地走路、上下台阶、上下坡，后面有一个人，使我既放心又大胆，感觉不紧张，很放松，脚步也大，效果也好。

从2017年7月开始聘用的钟点护工，是位老移民，从中国广州移民来温哥华已有40多年了，工作极其认真负责，不断从治疗师那里学会如何更好地协助我康复训练，简直成了治疗师助理，还在我每次倒下的第一时间扶正了我。有他在，我的感觉和训练效果都特别好。广东人擅长煲汤，他还时常带一瓶一早由他太太煲好的浓汤给我喝，希望我身体强壮，不生病痛，尽早康复。我几乎离不开他了。我们全家对他印象都很好。

尽管他很优秀，但我很明白，这不是长久之计，我总要独立，不可能身后永远跟着一个人。好几次，我都决定辞退他，但话到了嘴边，又咽了下去，怕万一我一个人不行，却失去了这么敬业和有经验的护工（他会立刻去找其他工作赚钱）。我不断告诉自己，再等等吧，等我身体变得更强壮些，走路更稳健些，再辞退他吧。

2019年6月14日，和往常一样，我在屋外的车道上不带拐杖练习走路。当走到后花园，路过其中一个车库时，看见车库门开着，便走进去转了转。突然，一件东西强烈地吸引着我——那不是我爱不释手、久违了的高尔夫球包吗？啊，对了，我已经四年多没有碰球杆了，也没有去过具有极大吸引力的高尔夫球场了。

我站在球包前，凝视着。忽然，一个想法跳进了我的大脑：为什么至今你还离不开护工？你不想独立啦？你还想不想去球场打球？行的，现在你一个人完全独立康复训练是绝对没有问题的。

于是，当天康复训练结束后，尽管有些依依不舍，但我还是一咬牙，辞退了这位尽心尽责的护工。

6月15日，吃完早餐后，因为没有了护工，太太要跟着我一起去地下室，看我一个人怎么训练、是否安全，被我拒绝了。她只好再三叮嘱我，千万要小心，不能摔倒，如果不行，马上再把护工请回来。

对于独自一个人训练，我并不怎么担心，因为我已经从被动训练，过渡到大部分内容都自己主动训练了。唯一让我有些担忧的，就是一个人练习不带拐杖走路。

为了让我自己能独立走路，以及有正确自然的走路姿势，太太在3个月前专门请人在地下室一面墙上，安装了整个墙面的镜子，以及一根长5米的横杆，就像芭蕾舞练功房一样。

以往，都是由护工站在外侧，每当我倒向内侧时，可以迅速手握横杆，倒向外侧时，则由护工及时保护我，所以，从未出现过摔倒在地的情况。最近1个月，我每天不带拐杖走路200米，包括前行、后退和横走，每一步有20厘米—30厘米距离，从没有一次失去过平衡。所以，我认为自己一个人练习不带拐杖走路没问题。

来到地下室后，我背靠另一面墙，右侧靠镜子，相对强壮一些的右手贴近横杆上方，镇定了几秒钟，深吸一口气后，右脚顺利地迈出了自全身瘫痪后、身边没有任何人、不借助任何器械的第一小步，但左脚却不敢跟上去，全身紧张，担心只要身体往左边空荡荡的一侧倾斜，没有任何东西可以借助，就会直挺挺地摔下去。尽管附近空空荡荡，不可能撞到头，但左手臂或左手肯定会条件反射地去撑地，很可能造成骨折，后果也是极其严重的。我此时的感觉，自己就像一个走在两个高楼之间细长木板上的人，突然他身上的保险带被卸去了，他还敢跨步行走吗？

真没有料到，有没有人在身边保护，我的神经紧张程度和训练效果，竟然会有如此天地之差。

怎么办呢，是继续往前走，还是放弃这个训练内容，先用拐杖练习，等到练得炉火纯青了，再放下拐杖？我开始犹豫了。

放弃很容易，但再要跨出这一步，会有加倍难度，况且，我日思夜盼早日独立走路，已经能够练习不带拐杖走路了，再改用拐杖练习，是在倒退。最后，我咬了一咬牙，做了一下深呼吸，极其小心地迈出了左脚的第一步。接着，第三步，第四步……每一步，只有10厘米距离。

终于，在极度紧张的心情和摇摇晃晃的状态下，我走了5米，身体居然没有一次失去平衡！

哈哈，我成功了！我昨天辞退护工的决定是正确的，及时的，英明的！

为了安全起见，我双手握着横杆，横着身体，移动到了原点。接着，开始了第二次练习。这次的感觉比第一次轻松多了。

然而，当我再一次重复着不带拐杖走路的锻炼时，意外发生了。就在我走到横杆中间时，整个人突然失去了平衡，往外侧倾倒，我赶紧用右手抓住横杆，身体虽然不再往外倒了，但由于惯性，整个人还是往横杆里侧倾倒，即使此时左手也赶紧握住了横杆，但双手和腰力还是支持不住已经倾斜45度以上的一百多斤的体重，身体沿着镜子平面重重地摔倒在地上。左手肘先于身体在地上撑了一下，顿感很痛。幸好，由于双手拉了一下横杆，力道被缓冲了很多，身体没有其他大碍。

躺在地上时，我想起了那位敬业的护工。如果他在，就不可能让我摔倒。我昨天的决定是否太草率了？看来，还是应该把他请回来。治疗师说得对，我现阶段练习不带拐杖走路时，身边一定要有人保护。于是，我决定待会儿就打电话给他，让他明天继续来帮助我练习不带拐杖走路。

在地上躺了几分钟后，借助横杆，我爬了起来。正准备拿起靠在墙角的拐杖，一想，不如再试一下，如果还是不行，再打电话也不迟。

这一次，我比第一次更小心，更缓慢，更小步。结果，连续走了两次，虽中途有三次也失去了平衡，但因为我在刚感觉危险时就立刻抓住了横杆，所以没有再倒地。

我庆幸没有打电话，自己坚持了下来，结果正是我所期望的。

接着，我开始练习倒着走。我刚走到横杆中间，又一次失去平衡，虽然右手抓住了横杆，但还是因为惯性，又一次摔倒，右手肘先着地支撑，还是感到刺心的痛。

看来，我的确操之过急了。这两次摔倒，虽然没有大碍，头部也没有碰到任何东西，但不等于下一次也一样能够幸免。再说，如果我不断摔倒，还敢迈步吗？

"你千万不能让自己摔倒，否则，很可能真的无法挽回了。"我不由想起了每个治疗师都这样警告过我。

不过，我也不甘心仅仅因为害怕，就把护工再次请回来。那么，有没有办法，既能摆脱护工，又能使我安全地独立练习走路呢？我坐在横杆旁的椅子上，思考着。

如果我把右手放在横杆上方几厘米的地方，练习走路，等到很稳定了，心里也不紧张了，再将手放回原处，万一身体失去平衡，就可以在第一时间握住横杆，不就没有什么危险了吗？于是，我开始这样练习。果然，经过半小时练习，身体开始适应一人独自走路了，神经也没有那么紧张了，效果越来越好了。临结束前，我已经可以不用拐杖前行、后退和横着走，而且没有一次摔倒。

回到书房后，太太赶紧走过来问我，今天没有护工效果怎么样？我回答说很好啊。她又追问了一句，有没有摔倒啊？我说，怎么可能摔倒呢。她连声说有希望了，有希望了，笑呵呵地走了。

太太走后，我赶紧让小女儿过来，拉开袖子一看，左右手肘都磨破了皮，有些红肿，出了血，怪不得这么痛。她赶紧用创口贴贴在了我的伤口上，并答应不告诉妈妈。否则，太太一定会不让我再独自一人练习不带拐杖走路了。

从此以后，我每天都会练习不用拐杖走路，尽管开始几天又摔倒过几次，但由于我预防措施做得好，尤其是对头部的保护到位，所以没有大碍。1个月后，我在空旷的空间，提起双拐，练习不靠拐杖走路，一旦失去平衡，立刻用拐杖撑地，也从来没有摔倒过一次。

辞退护工最大的好处就是，我完全从心里彻底摆脱了几年来依赖人的习惯，无论是每天的平衡、拉伸和力量训练，还是走路训练，都是一个人主动完成，不断在进步，神经越来越放松，心态也越来越好。

无人照看独立走路

几经考量后，我辞退了照顾我近两年的护工。这让我完全从心里彻底摆脱了几年来依赖人的习惯，此后每天各种训练，我都一个人完成神经越来越放松，心态也越来越好。

（扫码观看视频）

49. 意念的神奇作用

自从2015年4月1日我全身瘫痪后，至今已经四年半多了，期间我做了无数个梦，但只有在两个很美妙的梦里，出现了我拄着拐杖的情景，其余梦里，展现的都是我健康的体魄，矫健的步伐。

美梦之一：太太和我进入一家服装店，为我选择衣服。我将拐杖放在玻璃柜台边，站在她身旁。突然，门口有人喊我，我一转身，便走了出去。刚走到门口，太太喊我试试衣服，我又赶紧往回走。"你怎么一个人走路了？！你可以走路了？！"太太睁大了眼睛，几乎是在尖叫。我再定睛一看自己，是啊，我两手空空的，竟然能大步独立走路了。

这一天，我心情极好，康复训练效果也特别好。

美梦之二：我和两个女儿在丛林中比赛，看谁先到达200米开外的湖边。丛林里，地面凹凸不平，不少长满青苔的石块让人不得不跳跃前行。我拄着拐杖，高喊一声开始，只见她俩飞快奔去。眼看着被她们越甩越远，我赶紧扔掉拐杖，快速追赶她们，离她们越来越近。哇，我居然能飞奔了！

这一天，我同样心情极好，康复训练效果也特别好。

每当坐在电视机前观看体育比赛，我都会情不自禁在大脑里同运动员互动。

观看高尔夫比赛时，我会想象，我是如何来打这一杆的；观看网球比赛时，我会在脑中想象，这个回拍太浅了，与此同时，我的手臂会情不自禁地动起来。

从全身瘫痪至今，我运用意念这个神秘武器，止住了在北京酒店额头持续不断的出血，消除了左手臂一直搁在胸口上的幻觉和噩梦连连，第一次迈出了全身瘫痪后的第一步，第一次能自主小便……

当我站定转身，角度很小时，只要回头看一下身后的某一个点并固定在意识中，闭上眼想着刚才的画面，然后睁眼再转身，角度就会大了不少。

当我闭眼练习平衡时，只要在意识中想象着，我的头顶被固定在了天花板上，然后松开握把，平衡效果就明显好多了。

当我重回游泳池却不知如何蛙游时，闭上眼，在意识中想象着，应该如何伸展双臂，如何蹬腿，接着再游，很快就又学会了。

当我的腿无论如何使力，就是抬不高，跨不上SUV汽车时，闭上眼，在意识中想象着，我的腿已经抬得很高的画面，然后睁眼再奋力抬腿，就行了。

当我训练握拳时，尤其是左手，由于手掌和手指僵硬无力，不但只能握半拳，食指还会留在拇指外面。于是，我首先在脑中想象着握紧拳头后的正确画面，然后闭眼，一边开始握拳，一边在脑中想象着手指开始卷向掌心，拇指在最外面，同步进行，效果就有明显改善。

……

无论是美梦带给我的康复训练动力和效果，还是现实状况和康复训练过程中，时常出现的令人惊奇的结果，都是神秘的意念，在起着看不见摸不着却威力无比的作用。

以上所有这些事例，都证明了一个道理：将意识中产生的强烈念头，通过神经系统，不断强制有力地灌输给身体相关部位，会达到神奇的效果。

50. 康复成果

2018年5月1日，我全身瘫痪3年又1个月后，一位朋友向我推荐了一篇题为《爱的奇迹！全身瘫痪男子在婚礼当天走路》的文章，讲述了这样一个故事：

一位全身瘫痪者名叫克里斯·诺顿（Chris Norton），2010年10月16日，十八岁，在美国爱荷华州路德学院（Luther College）就学时，因打美式足球时在开球中脖子受到重击，导致脊髓C3受伤（我是C2—C4受伤）。他的医生宣判，严重的伤势致使他脖子以下的躯体整个瘫痪，他只有3%的几率能够感受到脖子以下的躯体和重新再站起来。但他不屈不挠，在专业康复团队长期指导帮助下，坚持康复训练，并回到了学校。

2015年5月，在路德学院毕业典礼中，他在当时还是未婚妻的艾米莉·珊玛（Emily Summers）的帮助下，走过舞台领取了他的工商管理学士学位证书。他在毕业典礼时站起来领取毕业证，不仅让现场观众欢呼，其视频更被转载至不同社交网站，全球约有3亿人曾看过他的视频。来自世界各地有一万多封信寄给他，鼓励和赞许他的坚持不懈。在2015年的视频中，诺顿宣布他将会击败伤病，要在自己的婚礼上走路。

他在亲友陪伴下，经过7年半的物理治疗和训练，在2018年4月21日的婚礼上，虽然在交换誓言时是乘坐轮椅的，但他们的婚礼仪式完成后，他终于在新娘珊玛的帮助下站起来，并在新娘扶持下一起慢慢走上婚礼现场的中央大道。他和珊玛在美国的佛罗里达州举行的结婚仪式全程由《人物杂志》（People Magazine）记录摄影。

我赶紧在网上查找有关他更多的资料，并观看了他的好几段视频，包括他毕业典礼和婚礼的。

虽然他在专业康复团队长期指导和帮助下，进行康复训练至今已有7年多了，但生活上还是无法自理，离不开轮椅，无论站立还是走路都需要他人扶持，而且只是极其短暂的。不过他的勇敢和坚持，还是打破了医学上对他无法站立的判定，期间还取得了大学学士学位，创造了奇迹，的确是个了不起的人物！

2019年4月，他全身瘫痪8年半的时候，他依旧不屈服于命运的安排。在一辆拆掉驾驶座位，发动汽车、方向盘、转弯灯、油门、刹车等几乎所有控制系统也全部改造过的商务车上，诺顿坐在轮椅上，用两只手掌控制着汽车，慢慢行驶在马路上，这让很多人感到惊奇、激动。

现在，他是一位全职的励志演说家，向美国人民宣传他的励志故事，为他的非牟利基金会筹款，以激励和帮助那些脊髓受伤的病人，成了美国人心中的英雄。

和他一样，我也不屈服命运的安排。

尽管这几年来，我始终感觉我的头顶上悬着一把达摩克利斯之剑——癌症复发，随时死去，但我还是忍受着，坚持着，用千万倍的坚强意志，持续不断地进行康复训练，始终坚信我的身体我做主，付出必有回报，坚持做到信心满满、方法正确和坚持不懈。在许多人的帮助下，至2019年10月1日，我全身瘫痪整整4年半的时候，我取得了奇迹般的康复成绩。

我的康复成果，具体体现在以下几个主要方面：

1. 借助双拐独自一个人能走到任何我想去的地方，能借助一只拐杖在比较平坦的地面上自由行走，能不借助任何器械独立小步缓慢走路。

2. 能在生活上做到基本全部自理。

3. 能完全自控大小便。

4. 能独自一人进出游泳池，并在游泳池里一个人，快速大步地往前、往后及横着走路、前跳后跃、击球和游泳。

5. 经常开车到任何我想去的地方。

在此，我可以很自豪地宣布：我打败了全身瘫痪！

　　虽然许多医学专家和专业治疗师，都说我已经创造了人间奇迹，但我还是不满足，还想百尺竿头更进一步，继续挑战医学上的不可能。

　　不过，我也深知，从一个被医学上判定终身坐轮椅，没有胃，只能坐坐、看看电脑的人，能康复到今天的结果，已经是做到了不可能做到的事，要想再进一步康复，难！难！！难！！！这就像一个跳高选手，已经跳到了他的极限高度，即使从早练到晚，要想再提高1厘米，恐怕也是难上加难，甚至不可能。

　　此外，我已能生活自理，能开车，能挂着拐杖走到任何地方，最近半年尽管依旧刻苦训练，但已经几乎看不见康复有较大的进步了，所以，时常会冒出"这些已经够了"的念头，今后很可能不会像全身瘫痪后刚开始的几年里，斗志那么昂扬，训练那么刻苦。面对年岁逐渐递增和体力逐渐递减的现状，以及接下来困难更大，挑战更大，需要更强的体力、更加坚韧不拔的意志、更加顽强的拼搏的未来，我还能持之以恒和力所能及吗？

　　所有康复专业人员，都不约而同地认定，受伤两年后，康复就不会再有明显进步了。我想，我已经打破了这个论断，瘫痪后的前四年内，尽管没有了胃，但还是不断有很大的康复进步和惊人的结果。但凡事，总有个极限吧。也许，我的康复进步极限已至，没必要再去做吃尽苦头却没有效果的训练了。况且，我已步入六十岁了，加上患过全身瘫痪和癌症，做过两次大手术，生命随时会终止，所以更没有必要在继续残酷地折磨自己的同时，却看不见更加灿烂的阳光。

　　可能是我的身体里，始终流淌着与生俱来的一种明知山有虎，偏向虎山行的血液，很快，我否定了康复止步不前的想法，丢弃了训练不必再刻苦的打算，忘却了生命随时会结束的担忧，而是对自己立下了新的誓言：目标无止境，康复没终点，训练再加强，进步在永远。

我的下一步康复目标：能自然稳定大步地快速独立走路，能爬山和跑步，双手功能完全恢复并可以吹奏我喜爱的竹笛，重回高尔夫球场打球，亲自陪伴太太去世界各地旅游，帮助太太做她喜欢做的别墅花园里的活。

哪怕这些目标的达到还需要三年五载，甚至更长时间，我也会义无反顾地勇往直前，不达目的决不罢休！

我的人生虽然遭受了毁灭性打击，但我却把灾难看成是更幸福的前奏曲，乐观积极地对待。同时，感觉人体有着巨大的潜力，只要你充分挖掘了，就可不断达到常人看来是奇迹般的结果。

微信扫码 ◀◀◀
您立即获得的权益主要有

本书配套资源
社群服务、阅读工具

第八章　我的使命

51. 我至今无法原谅自己

"你那位全身截瘫的同学，最近怎么样？是否有些康复了？"

2019年4月7日晚上，我打电话给我的一位中国医生朋友。这已是我在1年之内，第四次在电话中问及他同学的病情。

"他前不久刚去世。"朋友语气平和地说道。

"他死了？！"我不敢相信，全身瘫痪后仅仅1年多一点，他就去世了。

2017年10月30日傍晚，我的这位医生朋友，从中国急急来电，说他二十多年前在美国留学学医期间的一位韩裔美国人同学，与我同岁，因为在夏威夷和他儿子度假一起冲浪时，被冲浪板打在颈椎上，导致全身瘫痪。尽管在美国做的手术很成功，但还是出现吞咽有些困难的现象，并被认定为终身全身瘫痪，完全废掉了。

　　他俩当时的教授导师，焦急万分，满世界找医生，想办法，看看能否帮到他。教授从我医生朋友那里得知我同样全身瘫痪却神奇般康复的情况后，很兴奋，决定去找北京天坛普华医院为我做颈椎手术的医生韩小弟主任，希望能从他那里了解到我战胜全身瘫痪的秘诀。医生朋友希望我能从中协调和安排他们见面一事。我赶紧联系了有关人员，并让他们对接上了。

　　11月21日下午，我的医生朋友、教授，去了医院，同韩小弟交谈了，详细了解我当时的情况。见他们并未取得实质性有用的资讯，我便立刻告诉我的医生朋友，能否将我的通讯方式给他的导师，或者告诉我他同学的电话号码，再或者给我他的那位韩裔美国同学家属的电话，我可以将我全身瘫痪后的情况，以及如何康复的过程详细告诉他们，我相信这对他这位同学一定很有帮助的。这位医生朋友满口答应。

　　作为经历过的人，我很明白，此时病人及其家属最迫切需要什么。他们最迫切需要的就是尽快找到一位同类病情的人，了解他手术后情况怎么样，现在状况如何，期间如何面对的，有何良方妙药，康复手段是什么，是否能够康复。就像我当初得知非做胃癌手术不可后，最迫切的事，就是希望能找到一位已经做了全胃切除手术的病人一样。

　　那时，我和太太，委托了几乎所有认为可能帮到我们的亲朋好友，看能否立刻寻找到一位成功做了全胃切除手术、现在还健在的人，我需要了解他（她）的一切。这就像在伸手不见五指的漆黑荒原上，迫切需要一盏指路明灯一样。很快，接二连三来了好几个据说都是全胃切除的人，而且都愿意和我交流。极其遗憾的是，交流后我们发现，其中竟然没有一位是全胃切除的人。最后，好不容易找到一位据说二十多年前做了全胃切除、现在上海一家三甲医院当会计的女士，结果不知是我的朋友不愿意打扰她，还是她本人不愿意，就是无法同她直接联系上。这让我们很失望，整日焦虑不安。

因此，我认定，只要同那位韩裔美国人身边的人直接联系上，不但会使他们喜出望外，还能确确实实帮助到他和他的家属。

之后，由于此事迟迟没有进展，我又去过几次电话，我的医生朋友还是说会尽快联系他们的。由于顾虑对方不一定需要我帮助，或者有其他不便告诉我的原因，之后同这位医生朋友的通话，我就再也没有提及他同学一事。

我深深知道，全身瘫痪对于病人本人和他的家人，意味着什么。所以，在心里，我还是始终惦记着那位和我一样的全身瘫痪患者，总盼望能为他做些什么。也许，过段时间就能联系上他了，反正这种病有的是时间，到时再同他交流我的心得也不会太晚。

现在，他竟然突然死了！

夜已经很深了，尽管白天的康复训练加上晚上的游泳，以及这些天生意和写作上的繁忙，已使我很疲惫，但我却无法入眠。

我感到极度的内疚，深深的自责。

那位我未曾谋过面的韩裔美国医生，其影像不时闪现在我眼前：他躺在病床上，输着各种营养液，痛苦、无奈和绝望的眼睛，无法瞑目，始终无神地看着冷酷的天花板，终日想着前不久还生龙活虎，现在怎么会突然变得如此悲惨和无助，如果不去冲浪多好啊，未来是否还有希望……他的太太、儿子，焦急、痛苦、期盼、无奈地坐在他的床边。一天又一天，一月又一月，希望奇迹出现，希望他康复如初。但是，他却永远闭上了眼睛，扔下了他们孤儿寡妻。从此，由于这位在美国做医生收入很高的顶梁柱突然离世，他的家里必将陷入一片恐慌，家境也会每况愈下。

如果刚开始我们就能联系上，我会让他鼓起勇气，树立信心，相信自己，积极康复训练，并牢记"信心满满，方法正确，坚持不懈"这12个字的成功秘诀，很可能他依旧还活着，甚至渐渐在康复。

如果我一再强烈坚持向我医生朋友索要，或者联系一下我的开刀医生韩小弟找到那位教授，我是可以得到对方联系方式的。但是，我却没有做到这一点。

左边一个柯兆龙在说："你不要自责，更不要内疚，也许你那位医生朋友实在太忙，没时间转达你的好意；也许因为他本身就是医学专家，很清楚这位韩裔美国同学是没救了，再努力也是在做无用功；也许他的导师和他有同感；也许病人家属更相信医生的定论，感觉我的例子不足以证明对病人有用，还会麻烦我。"

右边另一个柯兆龙在反驳："你完全可以通过自己不懈的努力，做到联系上那位教授或病人家属的，你完全可以将你的经历告诉那位病人，因为你俩受伤的部位和导致的结果是一样的，相信对他一定有极大的帮助。这样的话，病人很可能至今还活着。

所以，他的死，你是有一定间接责任的。"

是啊，只要当初我没有想得那么多，再努力一把，就完全能和教授，或者病人家属联系上的。

不过，退一万步讲，即使我联系上了那位病人，他也因此躲避了死亡，并在慢慢康复，虽是件助人为乐和积德的大好事，但那我也只是仅仅帮助了一个人。

根据世界卫生组织和世界银行集团公布的《世界残疾报告》，目前世界上有各类残疾人超过10亿人，其中近2亿经受着相当严重的功能困难，未来残疾率还将进一步上升。

根据中国残疾人联合会公布的资料，目前中国有各类残疾人总计8500万人，其中重度残疾的有2500多万人。

全世界罹患癌症的人数巨大，而且还在迅速增长，仅2018年一年就新增1810万病例。

中国每年新发癌症病例429万。

他们每一个人，都多么希望能够康复啊！

那么，我能帮助到世界上许许多多这样的病人吗？

只有经历过灾难并战胜灾难的人，才知道其他遭受灾难的人最需要什么，才有资格告诉他们如何战胜灾难。

对，如果将我一年之内三次面临死亡威胁，并导致全身瘫痪和全胃切除的过程告诉他们，将我同疾病决斗的经过、方法、体会和成功经验告诉他们，鼓励他们勇敢地面对任何疾病，顽强地同病魔作斗争，积极努力康复，不但学会自理，还要有能力来帮助他人，回馈社会。这样的话，我就可以确确实实帮助到世界上许许多多这样的人了。

而且，我相信，我的奇特经历，对医务人员、康复师、病人家属，乃至普通读者，也都会有所启发的。

于是，我决定从深深的自责和追悔中摆脱出来，从今天开始，哪怕减少一些康复训练，减少一些文学创作，减少一些生意活动，减少一些娱乐休闲，也必须分出我的一部分时间，将我的经历抓紧写出来，通过现代媒体，快速传送给需要帮助的人们。

人的生命是有限的，如果在有限的生命里，能帮助到世界上既无助又很需要帮助的人，生命才会更灿烂，更有意义。

52. 我坚决支持你

2019年9月13日，中国传统佳节中秋节，也是我全身瘫痪后即将4年半的日子，我按康复医生里比的约定，离上一次见面过了半年后，再次来到思强康复中心。

在全面对我检查后，里比医生连声说，我身体的每个部位都比半年前强壮多了，没想到，都四年半了，我的康复还在不断进步，对此，他太高兴了，并约定半年后再见我。同时，他很希望我能和他的一些病人交流，他们太需要我这样的人的帮助了，一定会受益匪浅。我爽快地答应了。

按理说，一个不管伤病得多严重的病人，康复医生在其离开康复中心后，通常也只跟踪两年，最多三年。而对于我，他已跟踪了四年半，下一次就是第五年了。每次见面，他都会详细记录我的方方面面，询问我的训练方法。我想，他这样做，也从侧面证明了他不但是一位优秀的医生，更是一位与时俱进、不断积累经验教训，并会更加有效地帮助病人的医生。

离开医生办公室后，我对太太说："走，上楼去看看我以前的病房，再去看看其他病人。"

还在四年多前我住在思强康复中心期间，同一楼层的一位华裔女士，某天突如其来地半身瘫痪，使她对生活和未来都失去了信心，整天躺在病床上，不愿去健身房锻炼，也不愿见任何人。所有人对此都束手无策。一天，她的先生来找我，希望我能用我的故事和行动来启发、激励他太太。经过我几次耐心有效的帮助，这位病人的脸上逐渐有了笑容，开始每天离开病房，去锻炼，去散心，像是完全换了一个人。

二楼依旧住着许多瘫痪病人，不少是高位截瘫患者，还有一些是更严重的全身瘫痪者，其中一些只能靠着输液维持着生命。整个环境是宁静的，气氛是悲哀的，就连所有人走路，也都是轻手轻脚，怕打扰了正在病床上无法动弹的可怜之人。

到了四楼，第一个看到的，就是对我当时增加吊来吊去次数极不满意的那位印度裔护士。尽管已过去了四年多，但她还是一眼就认出了我。除了对我康复效果赞不绝口外，她也希望我能用我的经历来激励更多的病人。

她还带领着我，在四楼每个病房前停留了几分钟，重点介绍了其中几个病人的情况：一位病人刚来康复中心时，对康复充满信心，期望很高，但2个月后，康复效果并不如他所愿，所以现在灰心丧气，没有了康复训练动力；一位病人，刚开始家属天天来，渐渐次数减少了，现在几乎不再来了，这对病人身心打击很大，康复训练动力大大减退；一位病人，八十岁了，但她每天进行康复训练的时间比他人多，进步神速……最后，这位护士无比感慨地说道，他们的伤病给他们带来多大的痛苦，又给他们的亲属带来多大的麻烦啊，真希望他们个个都能康复如初。

准备离开康复中心时，迎面的自动门被打开了，只见从外面正走进一位推着助步车、艰难行走、三十多岁的西人女士。我看见，她左右摇晃，步履极小，每一步都是脚尖先着地，脚踝的动作很微小，几乎是拖着脚走的。

"Good job！"我对她大声鼓励道。以前，都是他人对我这样说的。

"谢谢。"她微笑道，显然很开心。随即，神色阴沉，却又不无担忧地说道，"不过，我感觉再也不可能有明显进步了，一辈子离不开助步车了。"

"为什么？"

"因为我已经瘫痪两年了，今天是我的康复医生最后一次见我。"

"请你猜猜我以前的状况如何？"

她仔细看了我一下，此时的我精神抖擞，为了安全起见挂着一支拐杖，笔直地站在她前面。

"你的病情一定比我轻多了，我可是半身瘫痪啊。"

"那你完全猜错了。"

接着，我简单描讲述了一下我的经历。

"啊，你太不幸了。"她眼里流露出极大的同情心。随即，好像突然想起什么似的，"你是说，你全身瘫痪都能自己走路了？！"她嘴巴张得很大，完全一副不相信的眼神。

我转身，给她看了我脖子上一条手术后留下的13厘米长的疤痕。

"你已经恢复得不错了，不要相信两年后就不会有进步了的论断。你看，我都四年半了，还在进步。放心吧，只要你不放弃，加强脚踝、腿力、腰力和平衡的训练，不但以后可以独立走路，而且姿势也会不难看的。"我鼓励她。

"如果不是亲眼看到你的现状，我绝对不会相信，一个全身瘫痪，而且又得癌症的人，能恢复得这么好。本来我认定再怎么训练都是白费的，已经决定放弃痛苦和艰难的训练，就认命了，打算一辈子用助步车来生活了。现在，你让我看到了希望，我一定会记住你的话，决不屈服命运的安排。真是太谢谢你了！"她的脸上露出了灿然的笑容，眼里闪烁着兴奋的神色。

突然，她又喊住了我，"你能否告诉我你的邮箱地址？这样我有问题就可以随时请教你了。"

"没问题。"我爽快地答应了。

望着她开心的神态，好像变得有些轻快的脚步，我突然领悟到：老天之所以在2015年3月至2016年1月，这短短的10个月里，使我面临三次死亡威胁，让我坠入人类最可怕、最痛苦、最无助的伤病深渊——全身瘫痪，罹患上人类最恐怖、最危险、最无奈的疾病——癌症，并且长期让我受尽人世间最煎熬的折磨，不是因为我前世做了多少孽，而是将大任交予我，让我作为一个不屈不挠的开拓者，以死神之门作为起点，以成功康复作为终点，铸就一条康复大道，用自己亲身的遭遇、感受、康复过程、方法和结果，来帮助世界上所有病人顺利走过这条康复大道。最终，使得我们这个世界上健康的人越来越多，人世间的友爱越来越浓。

这是多么神圣、光荣、积德和令人自豪、喜悦的伟大事业啊！

我的余生，必将全力以赴地去完成老天赋予我的这个责无旁贷的使命！

在回家路上，我对太太说道："我已经差不多写完了有关我这几年经历的书，但是，我不可能将我所有的经历、感受、方法都写下来。而且，每个病人的情况也不相同，他们需要个别辅导，就像刚才那位推着助步车的女士一样。"

"你的意思是……"太太不太明白我的话意。

"通过四年多的康复旅程，可以说我已经比较有经验了，因此，我认为我的许多体会和方法对病人很实用。我决定将我余生的相当一部分时间，用来帮助和指导所有需要帮助的病人。"

实际上，自从听到那位韩裔美国人死了之后，近半年来，我已通过电话、视频，帮助了一些亲朋好友介绍过来的病人，使他们受益匪浅。每次帮助他们后，我都会油然而生起一种幸福感，快乐感，自豪感，成就感。

"那太好了！这对他们的家属也是极有帮助的。要知道，病人的家属太不容易了，这我深有体会。"太太有感而发。

"这样的话，即使某一天我完全康复了，也不能经常陪你去旅游了，更兑现不了我们银婚庆典上我对你的承诺——去世界一百个名胜古迹看看，因为这将占用我许多时间和精力。"

"就是你不再陪我去旅游，只要对他人有很大帮助，我也坚决支持你！”太太毫不犹豫地说道。

中秋节，按照中国人的习俗，就是家家团团圆圆、欢欢喜喜的日子。但是，此时，世界上有许多家庭，却因家庭成员受疾病所困，无法做到这一点的。

但愿天底下所有病人，都能再健健康康地快乐生活，都能开开心心地同家人团圆。

结束语

尽管我在一年之内遭受了全身瘫痪和癌症的侵袭，这两个现代医学至今都束手无策的顽疾，而且做了两次大手术——颈椎手术和全胃切除手术，成了世界上最倒霉和最可怜的人。

尽管我很伤心，在全身瘫痪和全胃切除手术后，分别有少数和我关系密切的亲朋好友离我而去，个别的甚至还严重伤害了我，使我一度很悲痛。

但是，更多的医务人员、治疗师、亲朋好友、各界人士和社会组织，以各种方式对我提供了无私有效的帮助和关爱，使我感到无比温暖，受益匪浅。

经过四年半坚韧不拔的康复训练，我已经打败了全身瘫痪和癌症。

现在，除了身体基本康复外，我还在文学创作上、生意发展上颇有收获。

太太和两个女儿始终不离不弃、一如既往地关爱我，我家变得更加团结、和睦和兴旺。

我已从完全依靠他人帮助才能生活，改变为有能力帮助太太和女儿们做事。

我还有能力和精力，来帮助世界上很多需要帮助的人。

我更希望和愿意，将北美先进的康复理论和有效的康复手段，以及丰富的康复经验，引进到世界上一些在康复方面相对落后的国家，尤其是我的祖国——中国，让更多优秀的专业人士，去帮助众多需要帮助的人。

……

此时此刻，我突然又感觉到，我依旧还是世界上最幸福和最幸运的人！

2019年12月31日于加拿大西温哥华市

后 记

自从2019年6月15日，我辞退优秀护工，独自一人进行康复训练，每天早餐后，我都会对太太说：我去上班啦。接着，便一个人愉快地来到地下室，开始上午2小时的康复训练，从未间断。每天，我的康复训练时间不会低于4小时。而且，一直在不断进步，也没感觉训练是一种负担，一种压力，一种折磨，只感觉，每天过得太快了。

我想，正因为我在全身瘫痪和癌症手术后，没有颓废，没有放弃，而是在这几年的时间里，始终坚守着康复训练的十二字方针：信心满满、方法正确、坚持不懈，才有今天的成功，才能将不可能的事，变成了可能。

很多人，包括一些医学专业人员，看到我这么一个被医学上判定终身瘫痪、最好结果坐轮椅的人，现在居然能走路了，生活自理了，还有能力帮助他人，都忍不住问我有何秘诀？

我的回答是：没有任何秘诀，也没有灵丹妙药，更不需要强大的经济做后盾，但却有方法可取，窍门可循。

在此，我愿意将我这几年同疾病生死对决并获胜的方法、体会和心得，毫无保留地奉献给世界上所有需要帮助的人，希望对他们有所启发，并能从中获益。

我的康复训练主要从以下几个方面进行：

1. 信心训练：我从全身瘫痪后的第一天起，就充满坚定信念，坚信自己一定会重新站起来走路的。这些年来，我始终信心满满，即使有时情绪跌落低谷，也会很快又调整心态，重振信心。因此，对自己，对未来，始终保持信心满满很重要，也是康复动力的最重要源泉。

2. 目标训练：无论我在思强康复中心，还是在狮门医院的康复中心，第一次的按惯例面谈，他们都会问我康复的目标是什么，我毫不犹豫地答道：康复到我全身瘫痪前的健康状态。对康复目标设定得越高，康复的成果就会越大。

3. 意志训练：只有始终保持坚定的意志，才能克服和战胜康复训练中的艰难、乏味、痛苦和无望。越是在低潮、徘徊之时，越是要坚信，世间万物是平衡的，付出越多，回报越大。

4. 意念训练：对于一些难度很大，或者已不记得如何去做的事，或者大脑和需要完成任务的身体某部位短路了，我都会首先用意念想象着正确动作的画面，然后将此强制性地传递给身体的相关部位，最后再去努力完成，一次不行就反复这样训练，效果往往是明显和令人惊奇的。

5. 正确训练：全身瘫痪后，全身变得僵硬和无力，往往很多康复训练的动作无法做到位，需要借助身体相对强壮一些的临近部位帮助完成，这样久而久之，动作就会变形（就像很多中风后能走路的人，走路样子很难看一样），还不能全面康复。所以，训练时，一定要保证动作正确（有条件的可请一位有经验和责任心的康复师指导），即使几个月，甚至更长时间都看不到比较显著的进步，还是要坚持动作正确训练，总有一天会发生量变到质变的结果。

6.　平衡训练：一个人没有平衡感，就不可能独立走路，所以，我坚持每天进行站立平衡训练，从睁眼到闭眼，从双脚分开到并拢再到一前一后，即使是在刷牙洗脸，我也尽量同时训练我的平衡感，但要特别注意安全，因为此时最容易摔倒。

7.　拉伸训练：全身瘫痪的人，全身的经络都会收缩，变得僵硬和紧绷，尤其是起床和坐久后，所以，我每天对脖子、手指、手臂、腰、背、大腿和脚底部位进行拉伸训练，而且要持之以恒，因为这些训练对身体全方位恢复很重要，尤其对走路很有帮助。

8.　力量训练：全身瘫痪后，身体任何一个部位都没有一丝力量，而且没有任何柔软可言，所以，我时常进行臂力、腹肌力、腰力、腿力、蹬力等的训练，还会在每条腿上各绑上5斤重的负重走路以增加腿力。久而久之，身体所有部位都会慢慢变得强壮。比如，全身瘫痪后的第五个月，我同太太掰手腕，没数到三我就败下阵来了，但1年后同太太再次掰手腕时，就可以轻轻松松打败她了。

9.　速度训练：起初我走路速度极其缓慢。于是，我开始进行速度的训练。一是不断用意念告诉我的身体，必须加快走路速度；二是在跑步机上练习，并不断加快速度。此外，我还在健身单车上以不同的速度练习。跑步机和健身单车的锻炼，还可不断增加体力。现在，我已可在跑步机上，双手握把走路达到正常人走路2英里/小时的速度，也可在1英里/小时速度的情况下单手握把走路。

10.　弱项训练：当我的身体刚开始可以动时，身体右边明显强于左边，于是本能地一直用右边去完成任务，其结果右边越来越强大，左边越来越弱小。于是，我开始凡需身体左边完成的任务，决不让右边替代。身体上越是虚弱的部位，越是需要有目的、持久、坚韧不拔地刻意去训练。

11. 走路训练：我每天走路训练至少2小时，并不断加大训练难度，比如在坡地、草地、沙滩和商场里训练走路。从全身瘫痪到完全不借助任何器械独立走路（步履很小且不稳定），一共经历了五个过程：轮椅、两种不同的助步车、拐杖、直棒和不借助其他器械走路。每个阶段，我都是在开始阶段让人近距离在我身后保护我。当一个阶段我感觉比较有把握时，便会独自一人走路，从开始时特别小心翼翼发展到练习大步和加快速度。

12. 手指训练：全身瘫痪后，我双手的握力和十指的力量几乎是零，而且极其僵硬，十指都自动朝着掌心卷曲，既无法伸直，也无法进一步卷曲，基本上是废掉的。神经的恢复极其缓慢，手指的神经是末梢神经，离身体脊柱最远，而且很精细，因此，手指神经的恢复不是几个月就可以显现出来的，往往几年都看不到有明显的进展。我每天至少花上半小时的时间训练手指。而手指的训练，是我整个身体所有部分康复训练中最艰难、最难受、最漫长、最无奈、最无聊和看似最没有希望，也是最力不从心的部分。记得我在思强康复中心期间，一位正准备离开康复中心回家的中年病人告诉我，他因油漆房屋从梯子上摔下来，导致轻微瘫痪，3个月不到就基本全面康复了，但左手功能没有恢复，他说一只右手就够了，决定放弃左手，因为训练左手实在太艰难痛苦而且不见效果。所以，这就更需要耐心、韧性和超乎寻常成千上万倍的毅力坚持锻炼。我训练双手时，除了利用一些器械和工具外，还在日常生活中尽可能用手去完成健全人用手完成的任务。现在，我已能用双手，完成大部分应该用手完成的任务。

13．提肛训练：全身瘫痪的人，要么便秘，需要药物、开塞露帮助排便，甚至人工扣出来；要么一有便意就控制不住拉在了身上，这是肛门肌肉松弛无力所致。所以，几年来我坚持每天提肛训练，以增加肛门肌肉的力量（这对小便控制也很有帮助）。到了2017年10月，即全身瘫痪后的两年半，我不但早就不需任何辅助物，完全靠自己大便，而且再也没有出现过将大便拉在身上的事。有好多次，尽管我已感觉就要拉在裤子上了，但立刻提肛憋住，奋力尽快走到不远处的卫生间，结果都没有出洋相。这说明，数年的提肛训练，效果明显，肛门的肌肉变得强壮了。

14．主动训练：虽然很艰难，尤其在身体每个部位训练的初始阶段，但主动训练效果远比他人帮助训练好得多。只要有可能，在没有危险前提下，我都设法自己来完成康复训练中的各种动作。到了2019年6月15日，即我全身瘫痪后的4年又2个半月，我已经不需要任何人来帮助我了，每天康复训练全部由我自己独立完成。

15．持久训练：病去如抽丝，而对瘫痪病人的康复，更是需要经得起时间、耐心和坚持的考验，只有做到持久持久再持久，耐心耐心再耐心，坚持坚持再坚持，顽强顽强再顽强，才极有可能达到康复的预期效果。

此外，全身瘫痪和癌症手术后，较长期的中医治疗，对我身体的全面康复，也起到了不小作用。

人体是整体的结构组织，人类的健康也是整体的表现。在疾病的治疗中，如果将中、西医疗法互补，就能达到完整的康复。

西方医学以病论治，因此必须要先确定"病"，才能找到解决的医疗方法。而要确定"病"，就需要经过一系例仪器的检查。所以，身体若是器质性的变异、疾病及损伤，西医的手术及其医疗方法可以有效地进行治疗。可是，临床上我们经常可以看到，西医检验出的各项指标在健康范围，但身体却告诉我们，病痛的确存在，西医对此病痛却无法解决。

中医是辨"症"治疗，是依据身体病痛的讯息，寻找出疾病的根源从而去解决，所以，中医治疗病痛不需要靠仪器的检验，而是依据中医四诊及辨症论治得到解决的方法。身体若是患有功能性的病症，西医的检验方法无法显示疾病的发生，中医才是解决疾病的医疗方法。

中西医是互补的医疗方法。

就我颈椎严重损伤的情况来看，首先是以西方医学精密仪器的检查及手术治疗，因为这是器质性的伤害，属于现代医疗外科手术的范围。但手术后身体功能的恢复，如果仅由西方医疗的物理复健，无法达到理想的结果。此时，中医针灸及中药的治疗就显得至关重要了。

中医的治疗，能使经络得到疏导，气血变得畅通，从而使筋骨、肌肉获得足够的滋养，五脏六腑及神经细胞的功能才能逐渐恢复。因此，中医在帮助身体功能性修复方面有其特殊效果。

全身瘫痪患者，四肢瘫痪毫无知觉，身体器官丧失功能。针灸及中药的治疗，在神经细胞的逐渐恢复，大小便功能的逐步自理，四肢功能障碍的渐渐改善等方面，经常会显现出令人想不到的效果。

所以，全身瘫痪后不久，我就一直坚持中医治疗，从开始的每周三次，减到两次，然后一次，最后每两周一次，持续了有4年半时间。

我在四年半多的康复过程中，感受颇多且深刻，也因此得出了一些体会，希望和世界上所有病人共勉。

1. 我们永远是自己身体的主人，决不能让疾病主宰我们的身体。

2. 不要迷信医学专家论断，人的潜能远比人们所认知的巨大，"奇迹"常会出现。

3. 生病不是犯罪，没有见不得人的地方，要坦坦荡荡勇于承认。

4. 吃五谷的人，生什么病都是正常的，不要埋天怨地，唉声叹气，一蹶不振。

5. 疾病既然来了，就要勇敢面对，乐观向上，理智对待，积极治疗，努力康复。

6. 信心满满、方法正确和坚持不懈，不但是战胜任何疾病和身体康复的灵丹妙药，也是做任何事情的成功秘诀。

7. 多说让我来，我行的；少讲请帮忙，我不能。

8. 做自己喜欢的事，这会让我们忘记疾病，心情愉悦，有利康复。

9. 康复成果很大部分取决于决心多大、目标多高、毅力多强、坚持多久。

10．既要抓紧时间，又不能操之过急，要循序渐进，方法正确，不时挑战一下自己。

11．要坚信每天的训练都是有用的，累积到一定程度就会发生由量变到质变的飞跃。

12．对于正在进行康复训练的病人而言，自己既是军事学院的学员，又是严酷无情的教官，只有自觉地对自己进行魔鬼般的训练，不断超越自我，绝不偷懒，才可达到康复的预期目标。

13．对未来不要失去信心，对现在不要放弃努力，否则，就不可能改变命运。

14．不要沉湎和纠结于当年之勇，而是要面对现实，展望未来。

15．即使最终康复效果没有预想的好，也都要勇敢地融入社会，绝不要自暴自弃。

16．即使身体最终残废，精神和心理也决不能残废，只是换一种活法，同样可以活出精彩。

17．虽然亲友在精神和身体上的帮助对病人康复很重要，但他们愿意帮助是我们的福气，可这并不是他们的义务；即使他们远离我们，甚至抛弃我们，也要坦然面对，不要怨恨他们，因为这改变不了他们的行为，反而会影响自身的康复。

18．一旦患了大病、险病或久病，还能留在我们身边的人，是真正的朋友，要格外珍惜。

最后，我想告诉此书的所有读者，做任何事，你只要再坚持一下就可能成功。

平衡训练

站立不等于能走路，走路最重要的就是身体的平衡感，平衡感没有恢复，即使能迈步也会摔倒。所以，我一直坚持进行平衡训练。

（扫码观看视频）

拉伸练习

全身瘫痪的人，身体的经络都会收缩，变得僵硬和紧绷，所以坚持进行拉伸训练极为必要。

（扫码观看视频）

本书配有智能阅读助手，为您1V1定制
《扼住命运的咽喉》阅读计划

帮助您实现"时间花得少，阅读体验好"的学习目的

▶ 建议配合二维码一起使用本书 ◀

您可根据自己的学习需求，量身定制专属于您的阅读计划：

阅读服务方案	学习时长指数	为您提供的资源类型	帮助您达到以下学习目的
1. 高效阅读	每周阅读频次 较低　每次耗费时长 较短 总共耗费时长 ■■	总结类	快速了解残疾人康复知识。
2. 轻松阅读	每周阅读频次 较高　每次耗费时长 适中 总共耗费时长 ■■■	基础类	简单了解作者的人生经历。
3. 深度阅读	每周阅读频次 较高　每次耗费时长 较长 总共耗费时长 ■■■■	拓展类	学习作者自强不息的精神。

针对您选择的阅读计划，您可以享受以下权益：

立刻获得的主要权益

本书配套资源	**专享本书社群服务**	**1套阅读工具**
由出版社独家提供 作者康复训练视频及其记录短片	提供创造价值与私密的深度共读服务 群内分享阅读干货，发起话题探讨	辅助您高效阅读本书 终身拥有

每周获得的主要权益

专属热点资讯	**精选好书推荐**
16周社科文学类资讯推送 每周2次	16周精选文学社科热门好书推荐 每周1次

长期获得的主要权益

▶ **线下读书活动推荐**　　精选活动，扩充知识开拓视野　　不少于1次

▶ **抢兑礼品**　　不少于2次限时抽奖　　免费抽取实物大礼

只需三步，获取以上所有权益：

第一步：微信扫描二维码；

第二步：添加智能阅读助手；

第三步：获取本书权益，提高读书效率。